當代網路文學研究

黃衛 著

本書對近年來方興未艾的網路文學，
以獨特的視角進行了全方位的闡釋，
從其發展歷程到與傳統文學的關係，
從網路文學的分類、風格、藝術特色，
到全新鑑賞模式和理論批評標準的建構，
以及對現有網路文學理論研究的評價等，
都試圖給出作者的解釋和界定。
本書對於廣大網路文學愛好者而言，
是熟悉和進入網路文學這一文學藝術領域的必備理論入門寶典。

前　言

　　從20世紀90年代末至今，伴隨著中國的網路文學的巨大發展，國內網路文學研究的發展速度也很快，到今天已經走過了十多年。回顧這十多年的網路文學研究歷程，研究隊伍不斷增大，研究的問題不斷深入，網路文學研究取得了豐碩的成果——在網路文學存在的合法性、網路文學的特徵、網路文學的寫作閱讀與批評傳播、網路文學與特定人群的關係以及網路文學的亞類等方面都有廣泛探討，但也存在較大的問題。對此，本書將已有的國內重要的網路文學研究成果進行了梳理，探討了網路文學研究的意義與價值。同時，把網路文學研究放在21世紀文學的背景下進行探討，發現其研究的局限性，探討其未來走向，以一個更宏觀的角度看待網路文學研究和整個文學理論研究之間的關係，從而為網路文學研究甚至當代文學研究提供一個思路和現實借鑑。

　　首先，本書大致界定了網路小說的概念，講述了其發展進程。其次，本書從創作門檻、創作過程等方面研究網路文學的主要特點，通過對一系列網路文學作品的個案研究以及文本分析，得出網路文學創作門檻低、創作過程中互動性強等特點。再次，針對網路文學和網路文學網站的業內現狀，主要闡述了網路文學和文學網站在傳媒時代下呈現的新特點與新趨勢，分析了網路文學作品的產業化模式，并針對產業化模式對網路文學發展的積極意義進行探討。最後，以網路文學的產業化現狀為研究背景，分析了網路文學發展到今天所具有的積極意義以及存在的問題等；并從側面研究分析了網路文學的利與弊，從而揭示了網路文學的優勢與不足；還從源頭上深入剖析了網路文學的未來出路，并就網路文學發展存在的問題，提出了自己的看法和解決方案。本書從整體上講述了網路文學的現狀及發展，對網路文學進行了全面的梳理。自從網路文學

這種新的文學現象產生以來，文學理論界對此進行了廣泛的研究。但仍存在不少模糊之處，如對網路文學概念的界定、對網路文學特點的描述、對網路文學與網路技術關係的探討等，都需要重新思考。本書從網路文學概念的定義和特徵等問題入手，對網路文學的研究進行了反思，試圖為進一步研究打開一個通道。

由於時間倉促和編者水平有限，書中難免有疏漏和錯誤之處，敬請廣大同仁及讀者不吝指正。

編　者

目　錄

第一章　緒論 / 1

　　第一節　網路文學概念的界定 / 1

　　第二節　網路文學的特點 / 6

　　第三節　網路文學的分類 / 11

　　第四節　網路小說和網路詩歌 / 19

　　第五節　網路文學的形成與發展 / 43

第二章　網路文學的欣賞研究和影響 / 47

　　第一節　網路文學欣賞 / 47

　　第二節　網路文學促進了文學大眾化發展 / 57

　　第三節　網路文學促進了文學平民化發展 / 63

　　第四節　網路文學對傳統文學所產生的深遠影響 / 66

　　第五節　網路文學作品對青少年思想道德教育的影響 / 68

第三章　網路文學與傳統文學 / 72

　　第一節　網路文學的語言 / 72

　　第二節　網路文學與傳統文學之異同 / 81

　　第三節　網路媒介與傳統媒介的對比及其在文學傳播中的作用 / 92

　　第四節　網路文學對傳統文學的衝擊 / 94

　　第五節　網路文學與傳統文學的相互融合 / 97

第四章　中外網路文學比較分析 / 101

第一節　中國網路文學發展的幾個階段 / 101

第二節　外國網路文學的發展 / 117

第三節　中外網路文學的同質性與異質性 / 119

第五章　網路文學批評 / 128

第一節　網路文學批評的形成 / 128

第二節　網路文學批評的特徵 / 134

第三節　網路文學批評的類型 / 138

第四節　網路文學批評的現狀及發展趨勢 / 139

第五節　網路文學批評的意義 / 149

第六章　網路小說的現狀及主要問題 / 154

第一節　國內主要文學網站的生存現狀 / 154

第二節　網路小說的盈利模式 / 156

第三節　網路小說產業化中面臨的主要問題 / 161

第四節　網路小說繁榮背後的危機 / 163

第五節　網路小說的未來展望 / 169

第一章　緒論

　　縱觀文學史，人們就會發現，在漫長的文學發展進程中，在不同的文學發展階段，「文學」一詞所涵蓋的範圍一直在變化，其外衣也一直在更換，有時嚴肅正經，有時怪誕先鋒。但無論怎麼變，用富有詩意的語言溝通不同心靈、滋潤人們心田的特性是不會變的。正是無時不變、「變」中有「不變」，才使得文學之樹常青。而作為信息時代新的文學形式，網路文學的誕生為人們開闢了文學創作的廣闊天地，給日益喪失活力的文壇注入了新鮮血液，為文學的健康發展提供了新的創作模式和創作方法，也為人類文化的進步拓展了自由發展的空間。

　　作為新生事物，網路文學最鮮明的特色就是注重創新、反對固守傳統。確實，固守傳統陣地才能讓貧瘠的人找到庸俗的安全感，沒有另類、沒有爭議、沒有突破──只有傳統的厚重。而當網路文學誕生之初，卻要而且必須要對上述一切說「不」。

　　20世紀末至21世紀初是電子的時代、信息的時代、變化的時代。世紀之交席捲全球的網路狂潮，極大地改變了人們的生活方式和思維方式。而千百年來熔煉著人類靈魂的藝術之境、文學之域，在這聲勢浩大的技術革命中，也發生了令人意想不到的變化。

第一節　網路文學概念的界定

一、網路文學

（一）計算機與網路發展概述

　　不知不覺中，互聯網已經誕生了四十多年。在這四十多年間，全世界因互聯網而發生了翻天覆地的變化，特別是世人對時間和空間的認知幾乎完全被顛

覆。在人類漫長的歷史裡，幾乎很難找到一項發明能比互聯網更能催生創業的狂流，很難找到一個革命更能拉近青春與夢想的距離。互聯網的產生，本來是美國與蘇聯冷戰的結果，但如今它早已超越戰爭的範圍而成為人類生活中不可缺少的工具，同時也構成了人類全新的生存環境。

（二）網路文學的界定

「網路文學是人類繼口頭說唱文學、書寫印刷文學之後的又一種新的文學形態，是技術進步和媒介革命對文學體制的悄然更新」。① 由於不同的人對網路文學有著不同的看法和定義方式，因此關於網路文學的界定眾說紛紜，尚沒有一個統一的、權威的概念，就如許苗苗和許文鬱教授所言：「『網路文學』是一個經久不息，推翻了又建立，建立了又推翻的話題。其作品文本的誕生遠遠早於其名稱的誕生，而其具體的定義，則到現在還沒有一個眾所認可的概念。」目前學界對網路文學的界定大致分為廣義和狹義兩種。廣義來講，網路文學分為三類：「印刷作品的網路化、網路原創文學、通過計算機軟件生成的文學作品進入網路。」② 而狹義的網路文學指的就是網路原創文學。

歸根究柢，網路文學是一種具有網路特徵的文學形式。從傳播載體來看，網路文學以互聯網為平臺；從傳播雙方來看，一方是網路寫手，另一方是網民；從傳播內容來看，網路文學是網路文化的一部分，它借由互聯網的優勢，更加接地氣和貼近現實，把文學娛樂化，多為以網路為載體，由網路寫手在互聯網上進行原創並在互聯網上首發的文學作品 。

二、網路文學的興起和發展

網路是一個神奇的詞語，尤其是當其出現在文學前形成「網路文學」一詞，無盡的想像便出現在眾人腦海中：年輕的作者、繁榮的網路文學出版市場以及嬉笑怒罵、纏綿悱惻的各色作品⋯⋯面對如此繁榮的網路文學，許多學者也逐漸對其投以關注的目光。但是令人遺憾的是，如果網路文學的創作這一半如海水，那麼對其進行理論研究的另一半就如干涸的沙漠。

（一）網路環境與「80後」「90後」作家的興起

著名作家莫言曾向《時代周刊》的記者西蒙·埃利甘（Simon Elegant）坦承自己創作小說的最初願望是逃離貧困，他說：「既然吃得起窩窩頭了，我為

---

① 歐陽友權. 網路文學概論 [M]. 北京：北京大學出版社，2008：49.
② 李紅秀. 網路文學對主流意識形態的消解 [J]. 西華師範大學學報，2007（1）：27.

什麼還在寫？因為我有話要說。」①「饑饉」是莫言那一代文人最深刻的記憶，物質的匱乏讓他們在進行文學創作的勞動背後，隱藏著生存的主題。後來，物質性的糧食問題得以解決，但「糧食」作為問題卻依然存在，精神食糧的匱乏使得他們把文學創作當作「有話要說」的唯一渠道。「匱乏所帶來的并不僅僅是通常所認為的『消瘦』和『萎縮』，有時卻反而是『腫大』和『膨脹』」，②文學作為精神食糧的一種，被作家們當成精神性「食物」進行膜拜。在經歷十年的精神荒漠後，這個曾在中國歷史上承載著「載道」「救亡」等多重重擔的文學，又一次成為人們精神昇華的動力和跳板。

時間一晃而過，充裕的物質條件和信息的爆炸式增長無疑讓出生於20世紀末的年輕人對「糧食」不再如此渴望，高音量的「吶喊」已非必要。但傳統文化的流逝，對主流意識形態的質疑，肆意橫流的消費品的衝擊，西方自由民主觀念的滲透……在信息缺失的年代，各種喧囂而又彼此衝突的聲音如同鬧哄哄的噪音，讓人昏聵、混亂甚至瘋狂，亂成一團的信息更是讓年輕人易於迷失自我，「我是誰」「真正的自我又該如何」這類質詢頻頻出現於年輕人中。「說」的需求無法滿足，「無法說」成為難堪的現實。

在「說」的慾望被現實牢牢壓抑時，互聯網走入了這批年輕人的視野。「我們的世界是一個既無所不在也無所在的世界，但絕不是我們肉體所生存的世界。我們正在創造一個每一個人都能進入的，沒有由種族、經濟權力、軍事權力或出身帶來特權與傲慢的世界。我們正在創造一個每一個人不論在什麼地方都能表達他或她的不管是多麼單一的信仰的世界……」③《賽博空間獨立宣言》裡的表述，表現出互聯網的精神內涵：自由、平等和真實。互聯網的自由，是有「說」的自由，也要自由地「說」；互聯網的平等，互聯網上的每個人都有權利「說」，人們的「說」不需要迷信權威也不存在權威。互聯網的真實，是互聯網暢通而廣泛的「說」的渠道，疏通了因「說」的渠道的匱乏而帶來的慾望膨脹，使受傷、迷惘的心靈回落到生活的平凡，「說」不再有特定的目的，而沒有特定目的的表達能接近情感的真實。

如今，所謂的「80後」在中學時期就逐漸熟悉互聯網，而「90後」更在

---

① 莫言，原名管謨業，1955年2月17日生，祖籍山東高密，是第一個獲得諾貝爾文學獎的中國籍作家。他自20世紀80年代以一系列鄉土作品崛起，充滿著「懷鄉」以及「怨鄉」的複雜情感，被歸類為「尋根文學」作家。
② 張閎. 聲音的詩學 [M]. 北京：中國人民大學出版社，2003.
③ [美] 約翰·佩里·巴洛. 賽博空間獨立宣言 [M]. 高亮華，譯//歐陽友權. 網路文學概論. 北京：北京大學出版社，2008.

兒童時期就可以熟練操作電腦，登錄互聯網這一虛擬世界，接受大人眼中光怪陸離的玩意兒。在網路監管、網路整頓、屏蔽等措施還未嚴格實施的互聯網生態環境中，日本動漫、網路遊戲、影視作品等不再需要電視臺的引進和播放，這些互聯網資源隱含著「個體意識」「叛逆文化」「自我追尋」等思想，契合了這些年輕人欲「說」的內容，也影響了「說」的形式。韓寒、郭敬明等一批出生於20世紀80年代的作家從「新概念全國作文大賽」中走出，他們的憂鬱敘事代表了部分年輕人的書寫慾望。而且，今天的「80後」「90後」不再甘當沉默的大多數。更早熟，心智更超前，且喜愛新鮮事物的年輕人更是樂於在互聯網這個肆無忌憚的空間「吐槽」、謾罵、自言自語、自娛自樂……網路空間就像原始森林一樣，各種各樣的「奇異生物」生長其間。這些生物或許如原始人類般只會做最簡易的玩意兒，卻煥發著恣意的生命力，迸發著新思想。顯然，只有互聯網可以包容這些奇異的思想、奇異的言語、奇異的行為……這種海納百川的包容性，減少了對文學之魂的扼殺，甚至成了其萌芽的搖籃和生長的沃土。

（二）中國網路文學的興起和發展

文學網站的發展為網路文學的創作者提供了一個更加自由化和草根化的平臺。網路空間的高自由度，讓各個階層的網民在網路上都可以盡情地抒發自己的所感所想，讀者可以接觸到來自不同階層、不同年齡段、不同生活背景的作者的作品。文學網站以計算機技術為基礎，因此具有網路傳播的優勢，如傳播的多樣性、快捷性、即時性、互動性、廣泛性等，促使文學網站伴隨著互聯網的普及而呈現異軍突起之勢，吸引著不少網民進行在線閱讀或者下載閱讀，提升了文學網站的點擊率和知名度，同時也為網路文學的影視劇改編奠定了收視基礎。

網路文學的技術基礎源於計算機技術，受眾基礎來自於網民。計算機技術的保證、互聯網的迅速普及和互聯網發展下催生出的文學網站促使了網路文學的萌芽、發展和興起。追溯網路文學的發展過程，其最初誕生於美國和歐洲等互聯網發展較為先進的國家和地區。隨後原創性漢語網路文學也相繼出現，這主要是由於海外留學生較早地接觸到了網路文學這一新媒體，進而在網路上公開發表自己的文章和作品。伴隨著海外網路文學的發展、漢語網路文學在中國的萌芽，以及1994年互聯網在國內的出現，網路文學逐漸在中國興起。

中國的網路文學至今已有十餘年的發展歷程，分為最初的萌芽階段、發展階段和現今的繁榮階段。有人將網路文學的發展過程梳理為三個時期，即2000年以前是「自我歡唱時期」，2000—2003年是「初步探索期」，2003年至

今是「多元探究期」。不可否認的是，中國的網路文學在這十幾年的歷程中的確取得了較大的發展，從最初的不被認可，到被大眾接受，再到如今的逐漸成熟，說明了網路文學的魅力所在。

三、中國文學網站的異軍突起

互聯網的出現與普及催生了文學網站的誕生與發展，其中比較受歡迎和關注的有起點中文網、小說閱讀網、晉江文學城、紅袖添香、縱橫中文網、榕樹下、逐浪小說網等31家文學網站。不同的文學網站具有其自身特色的板塊，吸引著不同的讀者群體。如起點中文網，該網站針對不同的作品類型和讀者群體將不同的文學作品分類，分有微博專區、作者專區、電子書、客戶端、文學精品和論壇等欄目。又如榕樹下文學網站，它的定位是一家華語文學門戶網站，整個網站的頁面設置充分體現了網路的特質和網路文學的特點，按照網路文學的題材將其分為言情、軍事、歷史、青春、懸疑等類，方便讀者按照自己的喜好去選擇閱讀。其中還設置了品書試讀榜、潛力推薦榜、長篇點擊榜、長篇潛力榜、短片精華作品等板塊，群組一欄裡分為社團、官方和粉絲三部分，充分利用了互聯網的優勢，做到網站與讀者的及時交流與溝通，為讀者提供了發表想法和意見的平臺。瞭解讀者的心聲，聽取讀者的意見，時刻為讀者服務，這樣才能吸引更多的讀者和粉絲。網站的底部還設置了友情連結，讀者可以在瀏覽的同時搜索其他感興趣的文學門戶網站，既方便了讀者，也做到了文學門戶網站之間的互惠互利，促進了文學門戶網站間的共同發展。此外，榕樹下緊跟新媒體發展的腳步，在網站的左側設置了微信公眾號點擊與二維碼掃描，可以下載榕樹下的客戶端，方便讀者通過手機閱讀，這不失為提升榕樹下點擊率和知名度的一個有效措施。

從大大小小、各具特色的文學門戶網站來看，其共通之處便是都體現了網路的特點，將網路的優勢與文學創作相結合。正是由於這些文學門戶網站的出現，才催生了如今發展得如火如荼的網路文學。文學網站為那些喜愛在網路上進行創作、與他人進行創作上的交流與溝通的群體提供了一個便捷、自由又人性化的平臺，其吸引文學愛好者通過網路抒發情感和進行文學創作。但由於網路本身是把雙刃劍，文學網站也不可避免地存在一些問題。正是因為網路對文學創作設置的門檻低，任何一個網民都可以在文學網站上寫作，造成了創作主體和讀者群體在文學水平上的參差不齊，在造就了優秀文學作品的同時也造就了很多低俗的作品。這就需要文學門戶網站、創作主體的相互監督和共同努力，打造一個健康、良好的網路文學氛圍，為讀者們提供真正有價值、有意義

的文學作品。網路文學以文學網站為平臺，文學網站是網路文學生存的基礎。文學網站為網路文學愛好者提供了一個自由廣闊的空間，這個空間需要文學網站的建設者和管理者共同細心經營，以打造一個積極向上的網路文學家園。

第二節　網路文學的特點

一、網路文學的創作門檻偏低

相比傳統文學，創作門檻低是網路文學的一大重要特徵，這是與網路文學的傳播媒體互聯網自身去中心化的特性密切相關的。

根據麥克盧漢的「媒介即訊息」理論，每一次新媒體的變革均意味著社會文化的變革，因為對媒介資源的壟斷意味著對信息乃至統治權力的壟斷。回顧歷史，部落、氏族時代的祭祀階層，封建時代的神權階層皆是如此，直到近代古登堡印刷機的出現，部分地解除了對統治階層信息的壟斷，使普通大眾擁有了自由接受信息的權利。然而，傳播信息的權力，即話語權依然掌握在所謂社會精英階層手中。因此文學創作也自有其政治職能，只有符合社會主流審美觀的文學作品才能獲得發表和出版的機會。直到互聯網的出現，使每個人都可以成為創作主體，大量的公眾互聯網平臺也使得文字在網路上的創作以及傳播的成本降低至近乎為零。

因此，有學者認為，傳統意義上的文學具有神性——儀式化文化品格。這種品格無疑是與傳統社會金字塔型甚至垂直型的社會結構和等級觀念息息相通的。傳統文學作為一種「權力話語」，顯然具有強烈的權力意味和精英色彩。但是網路文學則倡導共享，網路結構的空前開放性和去中心性是互聯網的核心技術文化理念。

以中國人氣最高的起點中文網為例，網友只需註冊一個帳號，就能在網站上自由發表自己的小說；寫小說不再是文學家、作家們的專屬工作，一個沒有接受過傳統寫作訓練的人也可以在網路上發表自己的小說。例如近幾年異常火爆的小說《盜墓筆記》，其作者在創作初期只是在百度貼吧上匿名以連載故事帖的形式發表，在百度貼吧上聚集了部分讀者人氣後其才開始在起點中文網上註冊帳號進行連載創作。而他在創作《盜墓筆記》之前的職業并非寫作，而是從事對外貿易工作。再如《武俠從牛 A 到牛 C》這本有現代武俠解構主義之風作品的作者「大臉撐在小胸上」并不具備中文專業背景，很多讀者都知道其實她是氣象學專業的博士後。

网路文学降低了文学作品的创作门槛，直接的结果就是刺激了很多非专业人士的创作慾望，更大大地丰富了市场上的文学作品的数量与种类。很多的文学作品如果按照传统的出版发行流程，仅题材的审核这一关就过不了。以《盗墓笔记》为例，它不仅在题材上宣扬盗墓；在故事内容上加入了大量恐怖、灵异、神怪元素；如果走传统出版发行流程，按照中国传统出版业对文学作品意识形态以及内涵调性的把关标准，这类作品是根本不可能通过出版审查的，或者即使通过了审查，也必定要在情节内容上作大幅度的删改，不仅会花大量的时间，而且情节内容的大幅度删改极有可能导致原作面目全非。事实上，在 2007 年，由起点中文网通过中国友谊出版公司将《盗墓笔记》转为实体书出版时，就在出版审查时遭遇到上述情况，只不过凭藉《盗墓笔记》小说在网路上累积的人气，加上起点中文网在出版业内的影响力，才使得小说得以通过审查并顺利出版。可以说要是没有网路小说平台创作门槛低的特性，就不会有红极一时的《盗墓笔记》。但也应该看到，这种低门槛特性，导致一些负能量作品在网上传播，值得反思。

二、网路文学的创作过程体现出强烈的互动性

互联网作为新媒体的一大特色就是模糊了信息的传播者与受众的严格定位，让传统媒介时代单向的「传—受」关系变成了互动关系。使得传播层面上的传播者与接受者双方对於信息处於一种相互交流与共享的状态，这一特点折射在网路文学上，就呈现出在网路文学的创作与传播过程中强烈的互动性。网路文学的读者对於作品并不只是被动地接受，他们在很多时候充当了作品的传播者，甚至可以影响作品未来发展的方向。

这一点对於传统文学而言几乎是不可能的。朱立元、李钧在《二十世纪西方文论选》中曾提到：「一个文本潜在地能够有若干不同的实现，阅读绝不可穷尽这全部的潜能，因为每一个个别的读者将以他自己的方式来填补空白，所以就排除了其他各种可能性；当他阅读时，他将做出他自己如何填补空白的决定，就在这个行为中阅读的动力学得以展开，读者通过做出决定，悄悄地承认了文本的不可穷尽性；同时，又正是这种不可穷尽性迫使他做出自己的决定。对於『传统的'文本，这个过程或多或少是无意识的，但现代的文本完全有意地利用这个过程。」① 也即是在传统文学中，读者只能被动地接受作者所呈现给他的部分，再加上个别读者在阅读过程中对作品空白的排他性填充，

---

① 朱立元，李钧. 二十世纪西方文论选 [M]. 北京：高等教育出版社，2003.

使得作品失去了發揮其他潛力的可能性。

　　但是網路文學的創作過程就完全不同。作者在互聯網上進行創作，並將作品發布在網路平臺上；讀者在第一時間閱讀到作品之後會以自己的方式解讀作品，其中最關鍵的一個環節就是在讀者可以將自己的解讀結果以評論或者意見的方式即時反饋到網路平臺上。於是在整個作品的創作與傳播過程中，受眾（讀者）與傳播者（作者）的身分已不再重要，互動性被淋灕尽致地顯現出來。而正是因為互聯網媒體平臺去中心化的傳播特性，使得網路文學打破了傳統文學在文本上以作者為中心的模式，讀者在閱讀過程中以「填補空白」的形式實現了與作者的互動。

　　網路文學作者和讀者的互動，不但會造成網路文學在文本意義層面的自由解讀，更重要的意義在於其會實實在在地影響文學作品，尤其是網路小說的創作流程。在傳統小說創作之前，作者需要對小說進行整體構思與計劃，對其作品發展方向進行把握。可以說，在正式動筆之前，故事大致脈絡就已經了然於胸了。然而大多數網路小說在創作之前卻沒有這種過程，在以起點中文網為代表的眾多文學網站上，網路小說幾乎都是分章節連載更新。每個章節一般幾千字，作者完成一個章節後將其發到網站上，讀者會根據本章故事情節內容給出評價或者建議。作者往往會參考讀者的評價建議設計後期故事劇情走向。而文學網站上的 VIP 付費閱讀的商業運作模式更是將這種互動性推到極致。在付費閱讀商業運作模式下，讀者對網路文學的點擊與閱讀購買代表著作者的收入來源，因此一個作品的網路人氣代表著支持創作者繼續創作的物質與精神動力。在這個大背景下，受眾的反饋對創作者來說顯得尤為重要。起點中文網的主力作家貓膩，在回顧自己創作其成名作《慶餘年》時，曾經談到在創作過程中，一些讀者擁有豐富的想像力以及敏銳的洞察力，能夠根據他在之前故事中埋下的伏筆猜測到後續情節的發展，甚至提出比他自己的構想更加精彩的劇情。當這些猜測構想以書評、意見形式反饋到他面前時，給他帶來了非常大的寫作壓力，他甚至不得不採用部分讀者的創意，從而改變故事原本的走向。再以《盜墓筆記》為例，在作者南派三叔最初的創作思路中，是以古董店老板吳邪無意中得到其爺爺遺留下來的一本盜墓筆記為故事開端，講述吳邪通過一次次詭異的盜墓經歷逐漸成長的過程。吳邪是故事的絕對男主角，甚至故事本身也是以吳邪的第一人稱角度展開，但是作品在網路上連載的過程中，第二號男主角張起靈在網友之中人氣更高。受到網友反饋意見的影響，南派三叔在之後的劇情中逐漸增加張起靈的戲份，使其在故事中的影響力逐漸趕上甚至超過了主角吳邪。而可以稱之為故事女主角的重要人物阿寧，由於其人物性格設定

不討網友喜歡，所以受到網友意見影響，南派三叔在故事發展過程中不斷減少她的出場機會，甚至在劇情發展過半之後，直接安排阿寧在盜墓過程中喪生，讓《盜墓筆記》變成了一部沒有女主角的小說。由此可見，在整個網路文學創作流程中，對作品內容、甚至作品生命起決定性作用的創作因素已從傳統文學中的創作主體向受眾傾斜。讀者以評論、點擊、購買的方式參與網路文學的共同創作，這樣的創作模式也使得網路小說具有民間自由化、去精英化的特性。

三、網路文學的娛樂化傾向

由於網路文學有著「創作門檻低」以及「互動性強」兩個特性，導致了其文學調性上的娛樂化傾向。一方面，由於創作門檻降低，所以對網路文學創作者文學素養的要求比傳統文學創作者低很多；另一方面，由於創作過程中創作者與讀者的互動性增強，使得普通網友也能以讀者身分參與到創作過程中。兩方面合力帶來的結果，就是極大地消解了傳統文學的嚴肅性內涵。再加上2000年左右，在中國內地網路文學誕生早期，正是周星馳影片《大話西遊》在互聯網上風靡的時期，受到《大話西遊》「無厘頭」風格的影響，當時的人氣網路小說往往以幽默惡搞為主要風格基調，題材上則以解構經典文學作品為主。如今何在《悟空傳》對《西遊記》的解構、張韜《理工大風流往事》對《三國演義》的解構、江南《此間的少年》對金庸小說的解構等。這些早期的經典網路文學為之後的網路文學奠定了一條娛樂化的發展道路。

以《盜墓筆記》小說為例，其以中國社會為故事大背景，以一個初入行的青年盜墓者吳邪的第一人稱視角，講述了國內幾個盜墓世家近百年的故事。由於小說採用了較為寫實的風格手法，使得小說從表面上看來具有一定的可信度。但事實上，《盜墓筆記》小說是一部缺乏嚴肅性的純娛樂小說。拋開故事中涉及鬼怪與超現實元素的情節，文中大量貌似涉及嚴肅史實的情節也充斥著大量謬誤。諸如正傳小說第一卷中，出現了歷史人物魯殤王，先不論歷史上是否有魯殤王其人，關鍵是對其身分背景的介紹「被魯國公封為魯殤王」就存在問題。實際上，在春秋戰國時期，「王」是周天子的特定稱謂，諸侯至多只能被稱為「公」。雖然到了戰國後期由於周王室式微以及無力阻止諸侯自封為王。但是魯國公自己尚未封王，卻將他人冊封為王是較為嚴重的史實錯誤。然而當這部分情節在網路上連載時，卻鮮有網友在網路評論中涉及此點。偶爾有少數讀者對此提出質疑，也會有其他大量讀者以「這只是一部網路小說而已，故事精彩就好，沒有必要較真」的理由為小說辯解。以此可見，由於網路小

說創作和傳播所處的特定環境,會使文本內涵意義中的嚴肅性被消解,最終剩下娛樂性。這是互聯網這一新媒體的淺層次、碎片化傳播所帶來的必然結果。

面對網路文學的娛樂化傾向,我們也不能脫離文化傳播大環境來做簡單的好或不好的判斷,而是要看到其存在的合理性。事實上,網路文學無論是娛樂化,還是解構經典,在其深層內涵中體現的是一種反權威的傾向,這也是與互聯網時代的高度的開放性與自由性密切相關的。文學歸根究柢其實是人類自由意志的產物,它最初源於人類對自由與理想,以及對未知世界的幻想;文學在其果實逐漸豐碩之後,又反過來哺育人類的精神生活。如果說傳統文學因為受眾的逐漸精英化以及內涵的逐漸嚴肅化使文學的發展軌跡逐漸背離了最初的道路,那麼網路文學的娛樂化則代表著一種對文學本源自由的迴歸。

首先,回顧網路文學的發展歷程,我們不難發現,它的誕生正是來自於人們對於交流、傾訴的渴望,這使得網路文學的創作體現出自由的特性。再加上互聯網這一新媒體的技術特點,為創作提供了匿名性與自由性,消解了作者在創作過程的責任壓力。他們不需要傳統出版機構的認可或者文學話語權階層的認同,便能自由地將自己心中所想以文學形式直接呈現在網路上供人欣賞、評價。正是在個人的主觀交流願望與傳播環境的客觀合力的共同作用下,網路文學由社會化尺度向個人化標準轉變,「寓教於樂」變成了偽命題,「自娛娛人」才是正道。而這種傾向我們從各位知名網路文學作家對網路小說的觀點中也可見一斑。寧財神在談到自己的創作動機時如此總結,「為了滿足自己的表現欲;為了練習打字而寫;為了……」。而同樣,《盜墓筆記》作者南派三叔在談到網路文學時,也曾做出一個經典的論斷:「網路文學追求的最高成就不應是諾貝爾文學獎,而應該是奧斯卡金像獎。」一句話道出了網路文學娛樂化的本質。

其次,網路文學作者娛樂化的創作心態,除了是對自我意志的自由表達之外,同樣也是為了迎合網友們娛樂化的審美觀。網友在互聯網上「衝浪」,絕大多數的目的不是為了追尋理性層面上的深層次意義,而完全是一種感性的尋求愉悅感的過程。網路文學要滿足讀者的愉悅感,自然也只能體現出娛樂化傾向。

第三節　網路文學的分類

　　網路文學的題材分類並沒有固定的標準，各大文學網站基本是按照各自對於寫作題材的理解進行類別劃分，因而我們進入文學網站瀏覽時，會看到各種各樣的分類方式。紅袖添香網站把網路文學題材分成「言情、都市、武俠、玄幻、驚悚、懸疑、科幻、歷史、軍事、遊戲」10個大類；書路文學網的題材分類包括「遊戲世界、玄幻修真、奇幻魔法、超級能力、架空歷史、武俠異俠、現代都市、邊緣小說、虛擬軍事、競技體育、推理小說、恐怖靈異、科幻小說、同人小說、浪漫言情、耽美小說、美文隨筆」17類；91文學網的分類包括「奇幻魔法、現代都市、玄幻修真、邊緣小說、古典浪漫、都市風情、耽美專區、菁菁校園、愛情都市、心靈漫筆、百味人生、暗地文學」12類。書路文學網和91文學網的有些分類太過於個性化，比如「架空歷史」「暗地小說」，但也比較照顧網路文學的自身特點。起點書庫的專業分類體系就複雜得多，它把網路文學分成12類共56種，可謂大全式分類。

　　通過對網路上各種榜單的分析，可以說，「言情、都市、幻想、軍事、推理、遊戲、歷史、同人耽美、競技」9個類別是大家公認的網路流行題材。

一、題材分類

（一）言情類（包括浪漫、校園等）

　　言情題材是網路文學最集中的寫作領域之一，也是網路文學崛起時的代表性題材。《第一次親密接觸》所掀起的言情風暴幾乎把網路變成了一個「情網」。網路言情比較喜歡寫浪漫之情，無論這份情是喜是悲，是苦是甜，一律都被充分地渲染。言情題材的發達與網路消費群體特徵有關。中國互聯網路信息中心（CNNIC）從1997年開始的歷次調查中發現，作為言情題材的網路消費群體，18～24歲的年輕人所占比例在各年齡段中都是最高的，與其他年齡段相比占據絕對優勢。

　　從用戶的文化程度看，第十次中國互聯網路信息中心調查結果顯示，大學及以上受教育程度的網民為31.7%，本科以下受教育程度的網民達到了68.3%。大學本科以下受教育程度的網民增長速度遠遠高於本科及以上的網民，形成後來者居上之勢，在網民中占據主體。

　　中國互聯網路信息中心第十次中國互聯網路發展調查中年齡和受教育程度

兩項指標表明，網路是一個以接受了中等教育的青年為主的世界。在這裡，青春文化占據支配性的地位，網路是一個青年執掌的世界，情感題材自然也就成為主要的寫作對象之一。

(二) 都市類

都市類題材比較混雜，它可能涉及言情的內容，也可以屬於現實都市生活的寫實、商海沉浮的浪漫寫作，還可以是白領文學的主力構成。總體而言，都市題材屬於現實性比較強的寫作領域，抒發現代青年對於生活的體會、感受是比較突出的，如醉魚的《我的北京》、玫瑰水手的《重慶孤男寡女》曾是一度流行的文本。城市的燈紅酒綠、個人奮鬥的辛酸苦淚在都市題材中得到有力的表現。值得注意的是，都市文學中女性寫手比較集中，各文學網站比如起點專門設有「女性頻道」，幻劍書盟更有「女性」題材類別的劃分。都市和女性的連接點主要是情感問題的表達，女性細膩的天性和良好的文字功夫都在這裡得到充分的表現。

(三) 幻想類（包括玄幻、奇幻、科幻、武俠等）

幻想類是21世紀後網路文學的新景觀，某網站的閱讀調查表明，排名前20的人氣網路小說中有6部幻想小說。大多數幻想文學作品雖然并不具有較高的藝術價值與思想水準，但作者天馬行空的構思、自由自在的敘說方式，以及作品在故事情節上所具有的緊張、刺激的特點，往往使得這些作品如一道道「文字快餐」，能夠在較短的閱讀時間內給予讀者以極大的滿足感。這種以純娛樂為目的的原創文學類型徵服了許多讀者的心，在文化消費市場上開啓了一塊全新的天地，而這又促使文學網站或是傳統出版界對其進行關注與扶植，從而促進了這一網路文學類型的進一步成長。

(四) 軍事類

不管在和平年代還是動亂年代，人們對於軍事的興趣都是十分濃厚的。從當代文學紅色經典寫作中大量的軍事題材到新時期文學軍事文學的繁榮鼎盛都表明，軍事題材的熱度並不會因為時代氣候的變遷而有所下降。《亮劍》在網路中的出現表明，網路文學所有題材中最有可能產生文學史影響的作品很可能會比較早地在網路軍事文學中出現，因為網路的文化特點能夠比較好地把軍事題材特有的血性、對民族國家的憂患意識、殘酷性、底層性和人格張揚等特點都凸現出來。網路軍事類題材寫作中的缺陷是比較注重空戰、海戰等場面的描寫，而對於人物的塑造力度不夠，使閱讀變成一種看熱鬧，這恐怕也是網路軍事小說海量但優秀製作較少的一個重要原因。

(五) 推理類（包括偵探、靈異、神怪、恐怖、驚悚、懸疑）

20世紀初，推理小說是作為普及科學的重要工具被引進和介紹的，因為

它非常能夠體現邏輯、理性、科學等現代化思想追求，但在推理小說被加入靈異、神怪、恐怖、驚悚、懸疑等因素後，它也就日漸成為一種通俗的益智、消閒故事，而離邏輯、理性、科學越來越遠。網路文學不僅寫作者眾多，而且消費群也比較龐大。從文學的角度而言，網路文學尚未出現精品類的推理類型小說，大多數文本僅滿足於構想出一個奇特的故事，而很少注意故事背後的文化內涵。

（六）遊戲類

21世紀的今天，電子遊戲這一娛樂方式已經成為一種娛樂的時尚，網路遊戲出現後，更是如此。由於玩遊戲作為一種新的生活方式已經在網路人群中普遍存在，因此電子遊戲進入文學視野相當自然。電子遊戲題材是網路文學給文學提供的新類型。伴隨網路遊戲的日益普及，人們對於網路遊戲的心態已經沒有從前那麼好奇，因此近兩年來遊戲類題材呈現比較平淡的態勢。

（七）歷史類

網路文學在表現歷史的題材方面是比較多樣的，有周星馳那樣的大話型歷史，有《尋秦記》那樣的幻想型歷史，也有《亮劍》那樣注重歷史真實的寫實型歷史，不過最有網路特點的還是要數虛構型。所謂「架空歷史」的題材指的就是對於歷史事件的虛構，這類小說突出的是作者對於歷史的想像和發揮，而不是歷史的史實本身。可以說歷史在這裡只是一個容納創作主體的空框，要在裡面裝什麼完全取決於作者的才情氣質。用後現代的詞語表達來說就是「消費歷史」，把歷史作為一個極為豐富的文學資源進行消費性寫作。具有很強的主體性、遊戲性的網路文學同樣是按照文學存在的一般規律進行創作，文學不為物役的精神特質在網路文學中依然是薪火傳承著的。不過網路文學的歷史寫作由於不注重古代生活事務、環境和文化特徵的表達，而是過多地呈現現代化、當代化，從而也的確使該類文字呈現出一種非歷史的面貌，并受到人們的詬病。

（八）同人、耽美類

同人小說是對原作（多見於動漫作品）的一種再創作，並在原作基礎上深入挖掘人物的性格、豐滿人物的形象。在不違背原作精神的基礎上，發揮自己無限的想像力，寫出自己研讀原作時的感受及對人物的理解。同人小說有多種形式，其根本是依附於原著的，這對於它的內容的表達形式、讀者及作者對它的態度都有著根本的決定作用。耽美，即沉溺於美。耽美文或耽美動漫是由同人文衍生來的。耽美還包括武俠、玄幻、懸疑推理、歷史……實際上一切可以給讀者一種純粹美的享受的東西都是耽美的題材。港臺地區的作者以情字為

主題，而內地作者則以更廣闊的視野帶來了更多的嘗試。與此同時，由於網路原創作者群的壯大，耽美網站也如雨後春筍般出現在互聯網上。網路耽美文學的主要源頭是日本耽美漫畫，並最終成就了網路文學中的一股特別的寫作時尚。

(九) 競技類

此類文字就是涉及各種體育運動項目的文學，是體育消費熱潮在文學領域中的反應，如足球小說、籃球小說等。伴隨足球、籃球等體育競技項目在社會中的風靡，人們對於體育競技的消費已經成為文化產業中一道最亮麗的風景。體育競技事實上已經演變為現代都市社會中重要的文化事件，是現代人生活中不可缺少的精神內容。網路競技文學屬於勵志型文學，大多寫球員或者球隊在遭遇一系列困境後表現出的精神和意志。從技術上來講，他們也許從來不是最好的，但他們在實踐自己目標的過程中所體現的頑強精神卻是最讓人動容的。網路競技文學領域雖然尚未出現特別著名的作品，但其作為一個值得重視、開掘和表現的題材，是對文學整體發展的一個貢獻。

二、網路文學分類的發展

對文學作品而言，題材既不是無差別的也不是模式化的，題材的選取和生成一方面取決於文學本體和本體之外的很多因素，另一方面取決於主體對於客觀生活的認識和選擇。如果僅僅孤立地從文學本體、創作主體、生活客體和意識形態方面談論題材，只能得到一些彼此孤立的結論，而把這些方面綜合起來看，會發現每個時代圍繞題材都形成了自己一整套內部元素彼此緊密相關的文化體系。在現代，人們對於題材選擇的文化禁忌也許不再像古代那般嚴苛，但依然存在。主流題材即使作品本身的藝術性較弱也會受到熱烈的追捧，而非主流的題材總是會遭遇輕視。非主流題材的作家常常會被有意無意地輕視和忽視，其作品的審美價值得不到應有的評價。強調文學題材的文化制約性，目的在於，當我們審視網路文學的題材類型時，我們不僅要看到這些題材本身的書寫價值，更重要的是要看到這些題材變化所體現的時代文化特徵。只有如此，我們才能透過不同的題材選擇清楚瞭解題材變遷背後所包含的豐富的文化信息，加深對於文學寫作自身的理解和判斷。把網路文學題材和傳統題材加以對比，我們可以得出一些有關時代文化的新信息。

(一) 題材從寫實性到幻想性

20世紀文學題材的突出特徵是現實性占絕對優勢。但人們似乎越來越認為，現實的問題自應有現實的各種實踐手段加以解決，而文學如果過於拘泥現

實的問題，它就不僅束縛了自己的手腳，而且忽視了另一個更為深刻的文學對象——心靈自身的存在和文化位置。於是滿足人們心靈幻想的各種題材便開始大行其道。對於傳統文學而言，其幻想性書寫主要沿著慾望的多重邏輯展開敘事，建立一種「慾望詩學」的文學體系。這種詩學以前從未獲得過正式的承認，其書寫的并不是現實的邏輯而是心靈的邏輯。對網路空間中的幻想性文學而言，它依據的是一種「遊戲詩學」而不是現實的理論進行文學書寫，往往以超現實的題材表達現實中人們的心靈困惑，比如《縹緲之旅》《小兵傳奇》這樣的幻想小說，敘說的往往是超時空的主題，但內心的人性決定它回應的依然是人們心中的喜悅、向往、不滿或憤懣。也就是說，一種注重文化幻覺而不是文化寫實的趨勢正在文學界蔓延，這就是網路題材特別發達的基本原因。

（二）題材從思想性到消費性

儘管文學需要的是感性世界的呈現，但常常會受到各種思想的影響而體現出濃厚的思想性表達方式。重思想、重理論的現代文學基本摒棄了古代文學重感性、情感、直覺和靈性的思維方式，這種新書寫方式被新時期文學完全繼承，甚至到了唯思想是尊的程度，更有人在市場經濟時代把文學的深度思想化當作抵抗世俗文化侵蝕的重要手段加以強調和突出。[1] 於是思想和消費之間的差異竟在這樣一個時期奇怪地截然對立起來，並成為文學和非文學之間重要的判斷依據。其實消費可以包含豐富思想的消費（哲學家最抽象的言論也被人們用來論證各種世俗生活的合法性），思想也可以針對消費進行（波德里亞對於消費社會的思考就十分獨到、深刻）。探究思想和消費的對立原因，主要之處也許在於我們缺乏對於消費的人文性思考，消費僅僅被看成是一種簡單的物質買賣關係而與內在思想活動無關，這與中國市場經濟建設處於初級階段有關，也與人們對於消費的內在文化動機缺乏理解有關。前者無須多論，後者則值得進一步思考。消費的基本動因就是滿足人們生存和發展的需求，看到人在消費中的主體作用。這樣我們就不會把消費和人文之間的內在紐帶斬斷，而應在人的意義和價值層面上思考消費中包含的人文主義思想和觀念。可以說，當人文主義的消費觀念確立，文學題材的消費性才能得到很認真的審視，才能進一步挖掘消費性題材中深度的人文價值，並把消費性的文學書寫納入思想的範疇之中。消費題材文學也可以在網路空間中傳播各種得到人們公認的思想價值觀念。在很大程度上，我們這個時代的文學缺乏的不是各種人文主義的宏大話語，而是缺少對基本的人文主義思想原則的遵守和實踐。消費題材文學只要是

---

[1] 王曉明. 人文精神尋思錄 [M]. 北京：文匯出版社，1996.

在人文的基本意義上運行自己的話語邏輯，我們便沒有理由因為它沒有提供深度的人文思想而貶抑它、輕視它和取消它。

(三) 題材從外在性到內在性

現代主義顯然確立了內在世界作為文學本體書寫的基本原則和立場，那就是關注人內心比關注外部世界更有價值，心靈才是人類的史詩本質。因此，網路文學從題材上表現出濃厚的內在性也就不足為怪。那些厭惡太多情感故事演繹並以之為泛濫的人們顯然忽視了網路文學情感所代表的主體建構價值和文化轉型意義。從主體建構的角度上講，當代人們已經普遍不再使用外在社會價值衡量自身的人生價值。這種內向化的價值標準確立使得人們更為注重內心的生活質量而不是社會的成功指標，主體真實地回到其始終掌控的部分建立自身的世界觀。從文化轉型意義上講，文化從客觀秩序的建立轉向內心邏輯的延伸，從知識指標體系變成主觀認同對象，從意識形態框架指向日常生活理念，當下文化已經混融在生活的變遷過程中，成為人自身的內容。這可以揭示為何網路文化的鮮明特徵就是生活的文化，網民不僅把自己的生活全盤放到網上，也把日常的吵吵鬧鬧變成網路的文化喧囂。從文化精英的角度看，這當然是衰落並且在墮落，因為人不必然就擁有文化所能闡釋的內容。而在網民看來，這不僅是文化，而且是民主的文化，是文化的本質所在。

三、題材從原創性到衍生性

網路文學題材中引人注目的一個現象是它的很多題材比如同人、耽美等類型都是源自另一種媒介文本的啟示或者乾脆就是它的延伸，這種題材現象我們稱之為衍生性題材。網路文學衍生性題材一般衍生自動漫、電影、遊戲，也有衍生自其他著名文學文本的（如《西遊記》《水滸傳》等）。這種衍生性題材既是網路超文本、超媒體特徵的顯現，也是文化種類十分發達情形中的特有文化現象。原創是文學持續發展的基本動力，網路文學卻「投機取巧」式地把他人的原創拿來當作自己文本衍生的基本前提。伴隨文化書寫、文化思考、文化開發的日益全面、豐富和深入，人類社會的文化現象和事實幾乎沒有什麼可以稱得上是完全原創的了，於是人們的原創觀念從「從無到有」的意義層面轉向「綜合創新」等強調文化內容之間的相互影響。在這種意義上，我們對於網路文學的衍生性的看法就會比較積極——網路文學通過既有題材提供的思想基礎、文化線索來進一步開拓其題材的「剩餘價值」，不僅可以豐富原有題材的內容，而且可以托物言志，讓原有題材產生新的意義和價值。從類型的角度來講，衍生性題材實際上是類型化題材的另一種表現方式，大量的衍生文本

不斷把原有題材固定為某種公共類型，最終可能使文學獲得新的類型書寫模式，就像大量的武俠小說寫作最終使武俠類型固化一樣。

布爾迪厄在談論大眾的「審美」時這樣說道：它針鋒相對資產階級的審美性情，這種審美性情藝術對象完全根據外部的、普遍的標準來判斷，閉口不談主體的情感和快感。大眾的「審美」卻是相反，就文化製品的質量來說，沒有「所羅門的審判」可言。這一美學本質上是多元主義和隨機而定的，因為它立足於一個前提：一個文化對象的意義可以因人而異、因地而異。它的基礎在於肯定文化形式和日常生活的延續性，在於期望參與和情感投入。換言之，大眾審美關心的是認同的快感，而快感是個人的事情。[①] 總之，在布爾迪厄看來，大眾審美深深植根在共通感之中，根植在日常生活中普通民眾接近大眾形式的方式之中。

在我們看來，布爾迪厄的論述闡明了一個民間大眾欣賞文藝時從古到今都沒有改變的傳統習俗，那就是對於類型化文藝形式的追求和愛好。民間大眾總是企圖通過熟悉的類型的不斷重現走近他們認為表達了類型的文藝，收穫欣賞的快感。在嚴肅文學看來，類型化正是大眾文藝的明顯缺陷：人物性格因此扁平化、情節結構因此類同化、文藝發展因此板滯化，總之都是類型惹的禍。而大眾卻從來不對類型文化有任何抱怨，他們總是一波未平一波又起地追逐類型風潮，以致一種類型受青睞，只要跟得快，保證大批同類型的產品同樣有人閱讀。在電視劇、好萊塢電影的消費中，類型消費是引人注目的時尚，像動作片、動畫片、驚悚片之類的類型甚至成為長盛不衰的市場保證。由此看來，大眾文藝和高雅文藝之間不僅存在美學趣味上的差異，而且存在著生產製作上的不同。當我們從大眾的角度進入網路文學時，我們發現，網路文學和大眾文藝有著很多共同性，即在分享類型化製作手段上的共同。對於網路文學的類型化認知，我們可以採用民間文學的研究方法，對網路文學進行體裁、主體、敘事的類型研究，從而對網路文學的母題獲得較為清楚的認識，但這個工程對本書來說太浩大，因此只能從較為簡單的層面進入。作為網路時代的文學書寫，網路文學的類型化表現恰恰是其他民間文學特徵的不自覺體現。在民間文學中，就有「長工地主型」「巧女型」「蛇郎型」「兩兄弟型」等許多類型，有的故事在不同民族甚至不同國度都有同一類型。民間文學解釋這種現象的理論一是「同境說」，認為因各地社會生活的形似而形成類似的故事；一是「同源說」，

---

① 洪美恩.《豪門恩怨》與大眾文化意識形態 [M] //陸揚，王易. 大眾文化研究. 上海：上海三聯書店，2001.

認為同一類型的各個故事有一個共同來源，因民族分化和人民交往而將一個故事傳到各地。因為網路文學是在文學創作個體化身分得到完全確立的時代出現的，因此并不能套用民間文學的理論解釋之。不過我們關心的不是如何解釋類型誕生的原因，而是另一個方面的問題——我們如何對待民間大眾對於類型的期待？用這種類型創作出的文學作品在何種意義上對於文學的發展不是起到壞的影響而是具有良好的建設作用？

第一，我們必須看到，小說作者的誕生是建立在個人主體地位確立的哲學基礎上的。也就是說，群體創作為個體創作取代的歷史前提是一種為個人生命負責的文化哲學的出現。大眾作為一個群體存在，並不要求從作品世界中看到充分的作者主體表演，他們希望進入的不是作者的個性天地而是直接進入他們生活時空的文學，是喚起他們生活激情的文學。在這種意義上，文學類型非但不是障礙，反倒是大眾和文學之間交流的通道。

第二，我們必須看到，小說作者的個體身分決定了小說作者必須把文本當作一個創新的舞臺，通過這個舞臺，表達他的個性風采，從而確立他在文化系統中的地位，取得話語權。但從文學生存的環境角度而言，我們決不能高估每一個時代中的每一個作者的創造能力，不能希望每一個作者都能在創新中為文藝提供新鮮有效的創新。因此在一定時期我們仍然要容忍乃至鼓勵「類型化」創作，在「類型」模仿中不斷發展某種類型，不斷為類型本身的豐富提供新意，從而使類型豐富成為一個類似文學的「原型」物。換句話說，類型包容的是一般作者及其文學，為精品文學的成功奠定基礎性文化氛圍。如果忽視歷代武俠小說家對於武俠小說的豐富和補充，把他們當成文化垃圾看待，我們是絕沒有可能看到金庸出現的。新時期以來的作家文學就是對於創新的過分追逐，一天一個新花樣，三五年就把西方幾十年甚至上百年的文學思潮及寫作模式玩遍了，結果使創新成了一種招牌，人人頂著它跑，弄到最後都不知什麼叫創新。回過頭去看，我們既沒有真正的象徵主義、荒誕派，也沒有真正的魔幻現實主義、黑色幽默，留下的只是一種創新碎片，一堆剛剛吃進去又吐出來的半成品。這樣的創新傷害的是誰？就是作家文學自身。作家文學在創新中不斷搶占創新制高點，又不斷丟棄制高點，最後，所有的制高點都被別人搶走，自己剩下一片白茫茫的大地。因此，作家文學應該向大眾文藝學習，在類型的錘煉中不斷豐富自己的類型，在類型的有限天地中不斷精益求精，最終能夠為人類提供精品。中國文學當下面對的是千年一遇的變局，對於這種時代的認識不僅需要創新意識，更需要各種類型化主題、題材、人物、手法的守成，是守成中的新變。而一味以為時代在變文學就必須從根本上變化的創新思維，根本就

應該被拋棄。《平凡的世界》《白鹿原》《滄浪之水》這樣傳統寫法意味甚濃的小說大受歡迎表明，新時期文學創新追求被遺棄的「垃圾」敘事方式，仍有其不可取代的優勢。因此，作家文學必須從民間類型文學的不斷成功中學習到應該學習的東西。總之，網路文學體現在題材上的新特徵實際上是網路時代文化新變化的反應，幻想性、內在性特徵表明網路文學更為注重思想的自由性，注重文學書寫的心靈表達。網路文學是一種突出主體意志的文學。網路文學的消費性、衍生性特徵表明，網路文學具有潛在的商業性、市場性。儘管網路文化本身所形成的網路觀念并不支持這種傾向，但作為不可迴避的事實，網路文學的確和傳統文學之間存在著顯著的不同。它突出文學的消費性，突出文學的可讀性，突出文學的市場導向。從這個意義上說，網路文學正在成為一個大眾文化的大本營，一個具有趣味性、通俗性的文學領地。

第四節　網路小說和網路詩歌

一、網路小說

「小說」一詞，最早出現於《莊子・外物》篇：「……飾小說以干縣令，其於大達亦遠矣。」這裡的「小說」和玄妙的「大道」相對，指瑣碎淺薄的言論。《班固・藝文志》雖列「小說」於十家之末，然「其可觀者九家而已」。自魏晉南北朝時期到明清時期，小說雖然有了長足的發展並產生了一批經典之作，但仍未像詩詞那樣受到重視，始終處於從屬地位，不能登大雅之堂。直到近代梁啓超提出了「小說有不可思議之力支配人道」，力倡小說界革命，才使小說逐步擺脫了史的束縛，不僅可以與傳統詩詞相比，而且大有後來者居上的趨勢。五四新文化運動之後，白話小說更是成為最重要的文學體裁。之後數十年，小說一直當仁不讓地成為文壇上的「大哥大」。20世紀80年代的改革開放之初，被壓抑了許久的創作熱情，更是讓許多作者借助小說形式——尋根、實驗、探索，創作出一大批優秀作品。原本被大火灼燒成荒漠的文學土地，又重新在春風中變成了綠色的原野。20世紀90年代後，伴隨著文學的日益商業化和互聯網的普及，網路小說開始呼風喚雨。它不僅在信息爆炸的時代繼承和發展了傳統小說的一切優勢特徵，而且不斷打破文以載道、宏大敘事的創作思維，致使新的小說樣式不斷湧現，敘事模式不斷更新。如今的互聯網上，各類網路小說爭奇鬥豔，真正實現了百花齊放、百家爭鳴。網路小說的出現和繁榮，讓無數網民可以自由地在虛擬的網路空間進行個人化、私人化寫作，那

「啪嗒啪嗒」的鍵盤敲擊聲就是心靈的孤獨狂歡,就是一聲聲的吶喊,等待著知音和同好的聆聽和對話。

E. M. 福斯特曾在《小說面面觀》裡說過,對小說的未來進行預測是很誘人的做法,若拒絕接受過去的羈絆,那麼對小說會變得更加寫實還是更加脫離現實、是否受電影等影響而滅絕等問題的思考和推測則是無源之水,毫無樂趣可言。① 如果福斯特的說法有道理,則對網路小說的未來進行預測就更無從把握。退一步說,即便是要預測,也要先對網路小說的歷史有一定的瞭解才行。因為網路文學的產生和發展,最初便是從網路小說開始。中國內地第一個BBS(論壇)——清華大學的「水木清華」上很早便有「聊齋鬼話」這一板塊,學生們在此交流一個個鬼故事,這可能是中國內地最早的網路小說創作。而自從1998年痞子蔡的《第一次親密接觸》熱鬧地出現在各人書店的排行榜上,「網路小說」便頻繁出現在各個場所。那麼,網路小說的創作群體有哪些?它是怎樣的一種文學現象?有哪些不同於傳統小說的特點?它又會給傳統文學帶來什麼新內容?

遺憾的是,儘管網路文學經過十多年的發展,「網路小說」早已成為耳熟能詳的詞彙,但學界對於它的研究確實不多,至多可以說是剛剛起步。

(一)熱鬧的網路小說創作,冷清的網路小說理論

互聯網雖然是一個虛擬空間,然而它就像多啦A夢的口袋,能給人帶來無盡的驚奇和歡樂。它能給予很多,也能容納很多,它為無數有夢想的人開闢了一個夢想空間。於是,一個個中國現代人的「白日夢」變成一個個故事,變成一篇篇小說發表在互聯網上。這一篇又一篇的小說儼然一塊又一塊的磚石,在作者筆下自發地壘成一座座古樸的屋宇,讓人在虛擬空間中重新尋找生活的真實,尋找被遺忘在心之一隅的美夢。相比之下,對網路小說的理論研究則被快速發展的網路小說遠遠甩在了後頭。在網路小說已然變成廣廈之時,對網路小說的研究則還處於基礎研究的境地。一個是熱火朝天,另一個則是冷清寂寥,這種鮮明的對比,讓不少極具眼光的學者逐漸投入更多的精力,對這一文壇的新興事物進行研究。

1. 網路小說之敘事特徵

據統計,僅僅2008—2009年間,中國40歲以下的網民已經占了82.9%,其中10~29歲的年輕群體占了60.4%;而在學歷結構上,也是中學學歷占多

---

① [英] E. M. 福斯特. 小說面面觀 [M]. 馮濤,譯. 北京:人民文學出版社,2009.

數，達到了 67%。① 正是這些年輕群體在網路上的存在優勢以及他們對閱讀小說的強烈需求，使得這些年來的網路小說創作呈現出極度繁榮的景象，並表現出以下特點：

第一，重商主義或者說對文學功利性的極度重視。1998 年痞子蔡的網路小說——《第一次親密接觸》席捲整個中國，作者也隨之名利雙收。之後，網路小說的出版開始被許多商家視為香餑餑，人人都想從中分一杯羹。而依靠互聯網興起的「80 後」「90 後」創作群體自然受到媒體的交口稱讚和年輕讀者的瘋狂膜拜。日益產業化的網路文學使這批年輕作者們從中獲得了豐厚的物質回報，原先非功利的創作心態逐漸改變，商業化使非專業的網路寫手們逐漸向職業化靠攏。正如孔慶東教授所說，這些從小便生活優越的獨生子女作者們，早已經歷了金錢所帶來的消費快感。他們自信、特立獨行，他們不屑於掩飾自己對金錢的渴望。網路寫手孔二狗明白無誤地對記者說：「上一代作者絕對不是想賺多少錢，就是很性情地寫。我現在不同了，現在是一個商業社會，沒有市場肯定不行，我肯定要考慮。」「兩袖清風」已非年輕作者的追求，他們的作品的出版和銷售，比起嚴肅的、深沉的精英作家，很有一種「這邊風景獨好」的優越感。這種對於作品商品性的追求自然無可非議，但問題在於，這種過於計較作品商業價值的創作，肯定會影響作品的藝術水準，而如何在這兩者之間謀求平衡，是很多網路小說作者都沒有解決好的問題。更值得深思的是，面對金錢的誘惑，很多網路小說作者似乎就不再關注小說的藝術性，而只關注如何提高自己小說的點擊率，從而獲得更高的商業回報。如果僅僅把小說創作當作普通的商品，把自己的創作當作技術工作，那麼，這樣創作出來的小說也許不能獲得長久的生命力，最終也會失掉其商業價值。

第二，時代之慾望表達。「……看 20 世紀 80 年代後出生的人群，他們特別需要愛，我們是獨生子女，這是以前沒有的人，所以他們孤獨，我們這一代人特別願意呼籲，呼籲最多的就是愛，因為人缺的就是愛，愛好像是一種永遠都不會多的東西。我有的時候都覺得溺愛是特別幸福和甜美的狀態，我覺得 20 世紀 80 年代出生的人或是特別需要關懷的人，他們對愛比較認真，他們敢站出來表達自己的愛。」網路寫手張悅然這樣評價「80 後」心靈的孤寂和渴望。這種心態是中國整個社會由於從精神到生活急遽變化帶來的「情感缺失」和「價值失範」，正如創作《黑道風雲 20 年》的網路寫手孔二狗接受採訪時表示：「我必須要問的是，為什麼賣得最好的全是網路小說？因為我們踩著地

---

① 中國互聯網路信息中心（CNNIC）.第 25 次中國互聯網路發展狀況統計報告 [R]．2010．

的，接著地氣，比如我、當年明月，每天浸淫在網上，知道大家的關注點是什麼，傳統的高高在上的作家，早就不願意瞭解人民想要什麼。」① 這些年輕群體因迅速變化的社會而產生情感缺失、身分焦慮感，試圖在互聯網這個自由空間尋找知音，尋找與自己相似的迷失者。他們不斷和世俗的、平庸的、社會各層面的人對話和溝通，并在自己的敘述中被無序的慾望之流引導，使個體慾望真正成為敘述的主體。他們放棄啓蒙導師的姿態，不想承擔引導、教育大眾的責任，他們敘述的是私人化的「我」的故事。然而這一個個相互獨立、與現實疏離的故事卻在互聯網天然擁有的三點輻射、觸角延伸的方式中共同消解了主流傳媒的話語權力。如《大話西遊》《明朝那些事兒》等作品，它們以「大話」「重新演繹」等一種「非主流」無「中心」桎梏的方式，敘述著商品經濟時代現代人各種各樣的慾望訴求。

2. 熱鬧而又冷清的網路小說界

網路小說是網路文學的主體部分，它在某種程度上可以代表網路文學的發展狀況。自發表於《華夏文摘》第四期上的《奮鬥與平等》起，網路小說以無可比擬的速度發展壯大，打破了「以意識形態為主流，專業作家為主體，文學期刊為主導」的傳統文壇格局，在商品經濟時代形成了傳統文學空間、「以商業出版為依託」的大眾文學空間和「以網路媒介為平臺」的網路創作空間三足鼎立卻又相互交流、互動的局面。② 商業因素使備受讀者追捧的網路小說迅速轉換為紙質出版物。這種線下傳播的模式既擴大了網路小說的傳播渠道，也讓出版商借出版網路小說的機會把年輕讀者培養為紙質出版物的長期消費者。相比之下，傳統文學與網路小說的交流則要複雜很多，雙方在創作者、創作方式、創作機制等方面均有不少差異，但隨著觀念的變更和更為寬容的文學環境的締造，傳統文學和網路小說開始互相借鑑，並相互靠攏。

以網路小說為主的網路創作空間與另外兩個空間並立之前，網路小說經歷了從海外學子無功利目的、創作意願自然產生的作者自發階段，到《第一次親密接觸》出現、網路原創文學網站建立吸引大批網路寫手創作的自覺時期。如今，則早已進入繁榮時期，前景不可估量。

網路小說世界更吸人眼球的便是各種網路文學評獎活動的啓動。自 1999 年「榕樹下」舉辦了第一屆網路文學大賽之後，許多網站紛紛效仿。一場又一場的網路文學原創大賽，既打響了舉辦該比賽的網站的名氣，又提高了寫手

---

① 陳彥煒，馬李靈珊，劉曉璇. 網路文學的黃金時代：寫小說掙大錢 [J]. 南方人物周刊，2009 (33).

② 白燁. 新世紀文學的新格局與新課題 [J]. 文藝爭鳴，2006 (4).

的創作熱情、網民閱讀和參與評比的積極性。網路寫手阿耐的小說《大江東去》就成為中國第一部榮獲「五個一工程獎」的網路長篇小說，被認為是「中國改革開放三十年記憶之書」。而中國作協最新頒布的修訂版《魯迅文學獎評獎條例》裡，網路文學也首次獲得魯迅文學獎官方評獎資格。雖然有些評論認為其形式大於內容，但網路寫手納蘭元初這樣表示：「對於大部分網路作家而言，魯迅文學獎是中國文學的主流獎項，在我們心中仍然有著重要的地位，我們也期待能被主流認可。對於魯迅文學獎的改變，我們是歡迎的。」①

然而，相較於網路小說創作、出版、評獎等方面的人氣和熱鬧，網路小說的理論研究領域便顯得有些冷清。雖然對網路小說進行理論研究的學術成果可能不只有這寥寥數篇，但從這一側面便可以看出在網路文學的研究隊伍日益擴大的情況下，對網路小說的研究還是應該給予更多的關注。

（二）網路小說的界定

在網路文學誕生初期，尤其是《第一次親密接觸》的巨大反響，一度使得人們把網路小說誤認為敘述網戀或與網路相關的小說。之後隨著網路小說的發展，各種千奇百怪的內容都已進入網路小說敘述的範圍，如魑魅魍魎、異形怪事、遊俠神仙等。如今網路小說成了一個文字版的 KTV，很有一種「眾人唱罷我登場」的勢頭，至於是鬼哭狼嚎還是珠落玉盤皆各憑本事。

目前，很多人簡單地把網路小說理解為在網路上看的小說。而署名為「玉米小怪」的網友則這樣表達自己對網路小說的看法，他（她）說：「一個人的命運在你的腦中，在你的筆下，該是多麼恣意的事情啊。每個人在自己的主機上寫，所有人組合起來就是一張網，這就是網路小說。盤根錯節的在虛無世界中。」在他看來，網路小說便是以計算機網路為載體，作者把各色人物依照自我意願進行塑造和組合，風格自由而隨意的小說。而在中南大學的學者蘇曉芳看來：「網路小說是指首發於互聯網互動性社區，如 BBS、BLOG 等中，在互聯網上流傳，在創作過程中不斷得到讀者的反饋并能隨時修正其內容的小說作品。」②

前文已對網路文學的概念進行了界定，結合網路文學的定義，我們對網路小說的定義如下：網路小說是指網路寫手在互聯網原創或在原作、原型基礎上進行再創造，首發於網路且可以在創作過程中與讀者進行雙向交流的敘事性文本。這意味著網路小說的文本具有包容性和延續性，讀者的留言和評價亦成為

---

① 網路文學「魯迅」這廂有禮了［EB/OL］. 華商報，http://hsb.cn/2010-03/03/content_7648795.htm.

② 蘇曉芳. 網路小說論［M］. 北京：中國文史出版社，2008.

文本的附屬部分且具有延續原文本而不斷產生新文本的功能。根據上述定義，目前在中國內地網路上占據最多數量的小說，一般而言都具有以下幾個特點，或者說可以從以下幾點進行概括：

首先，網路小說的敘事文本分為主要文本和外圍文本。主要文本由作者創作的故事為主體，外圍文本是讀者在主要文本存在的虛擬空間與作者和其他讀者交流而附加上的文本。外圍文本具有塗鴉性質，既可催促作者更新作品，亦可對故事裡面的人物情節等進行揣摩，甚至是展示與作品毫不相關的內容。這種隨心所欲地表述各種聲音的文本形式，是網路文學民間視野的文本顯示。但是外圍文本一般只能依靠在線傳播，線下的傳播模式很難見到外圍敘事文本而只見主要敘事文本。

其次，網路小說的在線評價機制是點擊率。點擊率高的作品某種程度上可以說明其比較受讀者歡迎，但小說發表時間早或遲、長篇或者短篇、更新速度快或者慢以及故事情節的吸引度等均會對點擊率產生影響。所以點擊率高并不意味著這部作品就是好作品，對此我們在後面還會有比較深入的討論。

最後，與西方小說長久以來對「模仿」的追求不同，中國古典小說由於受到詩歌和繪畫中寫意傳統的影響，現實主義因素一直沒有被置於首要地位。而曾經的神話小說、志怪小說、明清傳奇等均不是對現實的再現，即使是《聊齋志異》這類小說不過以一種曲折的隱喻方式表現了現實的某些徵象，而不是再現現實，更不是對現實力求精確的複製。[①] 而梁啓超力倡「小說界革命」後，小說被抬舉為救亡圖存的利器，中國小說的現實主義傾向日趨明顯，且在 20 世紀相當長的時間內占據文壇統治地位。但其實際成就並不很高，其理論資源和創作資源也遠未及西方那樣深厚，這實際上為網路小說這種新型文學樣式的興起和繁榮提供了相對寬容的環境。加之改革開放以來西方各種文藝思潮的影響以及意識流小說和拉美的魔幻現實主義小說的大行其道，也使得更注重想像力的網路小說創作有了更為廣闊的發展空間。

二、網路小說的原創屬性分類

互聯網最基本的內容是大量的信息和資源，而開放、平等、自由的網路使網民能夠資源共享，由此造成文學作品的「原創」這個本來一直是最重要的屬性，在資源共享和網路傳播條件下界限日益模糊。不過，還是可以根據小說的「原創性」程度進行劃分，即分為真正的原創小說和依託於原作品而再次

---

① 格非. 小說敘事研究 [M]. 北京：清華大學出版社，2002.

創作而成的同人小說。這兩者在網路小說中均有廣大的作者市場和讀者市場。

這兩類網路小說中，占多數的是網路原創小說，這類作品完全出於寫手自身的創意。小說人物形象、故事構架、場景設定并非源於其他作品或現實人物，網路寫手能最大限度地在文本中掌控自己的話語權力。痞子蔡的《第一次親密接觸》、蕭鼎的《誅仙》這些獨創作品便屬該類別。在注重作品的原創性上，其實這類網路小說與在傳統媒介上發表的原創小說沒有什麼區別。

與網路原創相對的便是網路非原創小說，亦即網路同人小說。這類作品是同好者在原作或原型基礎上進行再創作的敘述性文本，其產生的深層原因在於網路寫手和讀者對原作、原型均有鮮明的文化認同感和群體歸屬感。如今何在的《悟空傳》，便是在《西遊記》和《大話西遊：月光寶盒》的基礎上再一次的戲仿，而江南的《此間的少年》也是金庸武俠小說的同人作品，郭靖、黃蓉、喬峰等在校園裡展開了新的故事。

網路原創小說和網路同人小說的首要區別，是創作上的自由化程度。原創小說是天馬行空的自由發揮，而同人小說則是帶著鐐銬跳舞，小說中的人物必須大致沿襲原作中的人物性格，並經受得起與原作的比較。「一篇最為精彩的同人，不在於你把它的原背景重繪了多少，也不在於你把它的事件重現了多少，而在於人物性格你把握了多少。」①

其次是傳播局限和接受群體不同。據中國互聯網路中心調查，截至2016年6月，中國網民規模達7.10億，互聯網普及率達到51.7%，超過全球平均水平3.1個百分點。如此大規模的網民群體，不乏白叟稚童，亦不缺社會精英，他們都可以憑著各自的奇思妙想創作網路小說。網路原創小說既可在線閱讀，也可以下載「TXT」「UDM」「BRM」等格式的文本進行閱讀，還可以購買網路原創小說出版物和定制印刷品。閱讀這類原創小說作品時，即便讀者缺乏對小說人物的先驗性認識和有關背景的理解，通常也不會造成閱讀障礙。

以上便是網路原創小說和同人小說的主要差異。不過，網路原創小說和同人小說也有不少相同點。如文本的開放性，小說文本既有自身表達手段的開放，也有向其他作者的開放。在上文對網路小說的定義中，便已提及網路小說是作者和讀者之間的互動型的文學樣式，這種特性就決定了它不能拒絕被改造、被續寫的命運。同樣，無論是網路原創小說還是同人小說，都是網路寫手的慾望表達，展現個人的世界觀、人生觀和價值觀。

---

① 蝙蝠. 蝙蝠的胡言亂語之二十：同人性格論［EB/OL］. http://tieba.baidu.com/fkz = 80371646.

三、網路小說的「虛擬真實」

艾恩·瓦特在《小說的興起》裡說小說是最能滿足人們將生活和藝術緊密結合的願望的一種文學形式。同為小說形式，傳統小說和網路小說都是「模仿」的產物，是智慧的產物。但是相對於傳統文學在堅持真實前提下的虛構，網路小說則天然具備虛擬屬性，且與傳統小說有很大區別。

（一）網路小說對真實生活的疏離

「欲新一國之民，不可不先新一國之小說。故欲新道德，必新小說；欲新宗教，必新小說；欲新政治，必新小說；欲新風俗，必新小說；欲新學藝，必新小說；乃至欲新人心，欲新人格，必新小說。何以故？小說有不可思議之力支配人道故。」① 五四運動以來，小說家重新賦予小說其本原藝術屬性，也就恢復了小說的敘事虛擬性特點。但整體而言，當代中國小說在網路小說出現之前，依然更注重現實主義傾向明顯的小說，其對小說的想像即虛擬性的關注和有關研究還是遠遠不夠的。這既與中國小說發展的歷史有關，更與中國文化精神中的實用主義傾向有關。

與傳統小說（這裡的「傳統」指的是網路小說產生之前的那些小說，不是一般文學史意義上的「傳統」）相比，誕生於20世紀末的網路小說則逐漸從文學的教化啟蒙、批判社會現實的功能中超脫而出，從日漸衰落的精英文學中叛逃到網路這一虛擬空間，力圖構建出新的文學世界。元人虞集提出「一代之興，必有一代之絕藝足稱於後世者」，王國維也認為「一代有一代之文學」。而互聯網時代產生的新興文學形式——網路小說，既然在繼承傳統文學的基礎上產生了新的變化，也必然成為未來文學史上的新的文體代表。

縱觀各類網路小說，儘管具體創作方式和情節結構、語言風格等各異，但在極力表現作者的想像力和注重虛擬性這一點上是一致的，這種對虛擬性的強調較之傳統小說中的虛擬性，有以下幾個特點：

第一，是個人經驗被幻想替代。美國作家托馬斯·沃爾夫認為，小說家必須具備足夠多的經驗并且要善加利用。「一個小說家只有在依賴於他個人經驗的前提下，才能在寫作過程中找到一種確切的感覺。當他沉浸於個人的經驗之中時，一切都會變得真實起來，並且使他感到實在，毫不心虛。」② 以往的文學理論總是告訴人們，如果要創作優秀的小說，就要注意對生活的體驗和對素

---

① 梁啟超. 論小說與群治之關係 [EB/OL]. http://www.douban.com/group/topic/7226278/.
② 曹文軒. 小說門 [M]. 北京：作家出版社，2002.

材的收集、整理、加工等，這是保證創作成功的基礎。生活中的素材和經歷在傳統作家手中，在追求崇高的理念下不斷地「深入生活」，創造出反應現實的世界，創造著激動、困惑和毀滅性的人物，也不斷地把小說世界推到一個非物質的、不穩定的「彼岸世界」——遙遠而模糊。

魯迅正是基於其豐富的個人經驗和生活閱歷，才於《藥》中譏諷性地把當時中國人的「人+家畜性」的可憎面目刻畫出來，讓人讀之心驚。

數十年之後，作為新時期文學之始的「傷痕文學」「反思文學」「尋根文學」等，為了精神解放後的呐喊和歡呼，字裡行間流著苦難經驗的血，讀之可悲可嘆。

「夢」「假設」是大部分的「80後」「90後」小說敘事文本的普遍選擇。對於很多網路小說作家來說，他們不再需要什麼豐富的人生閱歷和個人經驗，也不用面對戰爭和死亡，一切只需運用想像。阿瑟·米勒認為作家的使命是勘探和發現社會現實的外衣掩藏下並未進入大眾意識的另一現實，這本來需要以作家的生命體驗為基礎，然而生活的安逸和人生閱歷的簡單，讓「80後」「90後」等網路作家在起步時必然面臨體驗匱乏、經驗太少的尷尬。而「生命體驗」在年輕的他們的眼裡成為一個遙遠的名詞，他們對挖掘思想深度，深入人類激情深淵而觸摸到社會抑或人類的秘密既無能為力也不感興趣。從傳統中國人轉向現代人的他們，經歷著榮格在《尋找現代人的靈魂》中所說的孤獨；不再對過去世界的價值和奮鬥感興趣的他們，變得「非歷史」；站在空虛感面前的他們把關注的視線轉向自身，憂鬱、沮喪、頹廢、歡樂、激動、苦夢……個人的情緒體驗虛擬出能撫慰精神的故事：穿越異世界、與能變成人的兵器結契、吸血鬼獵人、升級打怪、涅槃重生……充滿奇思妙想的「童話」小說，修真、網遊、愛情、暗黑等互相滲延，成為一個虛擬的真實世界。

這個基於個人歷史虛擬而出的具有現實感的世界很大程度上表達著「進入」這個虛擬世界的作者的真情實感。「這個世上任何人都是獨立的個體，本就沒有任何一個人能完全瞭解對方」的認識再碰上種族的不同、地位的不同，那麼生存、理解、愛情又將前往何方？《寵物之懷夢》虛擬了一個不知名的外星世界，失去人性的人類徹底淪為這個外星人——德亞星人的寵物。在眾多人形寵物裡，穿越時空的主人公成為這個星球唯一一個擁有智慧的人類寵物。這種另類空間的虛擬，某種程度上表現著年輕寫手們對個體生命的思考，對人與人之間的遙遠距離的思考。

寫手創造著小說中的幻想世界，借著虛擬而成的奇異遭遇而進行自我歷史和經驗本能的對話，把虛擬的世界中生存、愛情、仇恨等各種情緒交織的

「鏡像世界」連結上寫手虛空的精神世界，上傳自己的「鏡像世界」，下載荒唐的「現實世界」，在自己的「主神空間」裡隨意虛擬出屬於自己的世界——「要有光，於是便有了光；要有空氣，於是空氣以下的水、空氣以上的水便分開……」由是，各種活物的誕生和據以活動的社會價值體系均是其理念和情緒的產物。

而互聯網這種技術媒介恰好為中國現代的年輕人在現實的物質世界和精神世界外另外開闢了一個虛擬空間——虛擬的身分、虛擬的性別、虛擬的社區，個人主體意志借助文字創造的「主神空間」。在「80後」「90後」敏銳意識到幼年啓蒙童話和現實世界的錯位後，便創設出逃避現實、自我對話以及招待讀者客人的主人空間。

無論是傳統小說基於作者個人經驗、立足現實世界的虛構還是網路寫手自我歷史和個人意志虛擬而出的「鏡像世界」，均承認小說是「謊言」，只不過網路小說遠未出現像現實主義、浪漫主義到表現主義、意識流、新小說、魔幻現實主義等文學流派的傑出作家，未像它們有成熟的哲學基礎和理論支撐，只是還沉浸於網路文學童年生活的「白日夢」中，在自己的「主神空間」創造著屬於自己的「鏡像世界」。

網路小說創作這種普遍存在的輕視生活經驗的累積——即忽視直接經驗，也不關注間接經驗（如對文學經典的閱讀表現為程度不同的輕視和不屑）的累積，認為單憑作者個人的才氣和虛擬能力就可以創作出為廣大讀者喜愛小說的狀況，一方面令人擔憂——因為僅憑個人想像力的創作不會持續太久，以至於江郎才盡的現象在網路文學創作中屢見不鮮；另一方面，這多少也對傳統的文學理論提出挑戰——沒有生活經驗是否就一定不能創作出優秀作品？特別是對於相對需要較多人生閱歷的長篇小說，這樣的論斷是否還成立？因為我們已經看到很多長篇網路小說，作者的年紀很輕，卻僅僅憑藉其出色的藝術想像力和文字表達能力，就可以在很短的時間內創作出上百萬字的小說，而藝術性也很高，至少是差強人意。遺憾的是，傳統的文學理論似乎對這些現象視而不見，缺少有針對性的研究。

第二，是套用、拼貼電視、電影、動漫的文本碎片。一般認為，傳統小說家通過回憶和對個人經驗的整合，可以有意識地對小說的故事框架進行構建拼接，對人物著意塑造和有意識地對情節進行安排。與此相應的是，似乎傳統作家很少借鑑和使用已有文學作品的成果和表現形式等，不然就會被視為沒有獨創性甚至被視為有模仿抄襲之嫌。但他們在創作小說時，難道只撥開自己鮮血淋灕的心把沾滿苦難的碎片進行重新拼貼？他們就不會模仿其他作家，就不會

擷取其他作家作品裡的內容？

無論是傳統的精英作家還是網路寫手，都不能肯定地說：「沒有！」

同樣的題目、同樣的題材和形式，魯迅借用了俄國作家果戈理筆下的《狂人日記》並糅合自己經驗的碎片，發出反封建的呼喊。這種借用和套用被賦予了新的內容和深度，可以認為是「形同異質」的飛躍。不過，一般意義上的文學研究，通常還是強調魯迅在白話小說創作上的開創性和獨創性，認為《狂人日記》的成功更多是由於魯迅個人對人生的深刻思考和對改造國民性的迫切願望，不願意承認其小說中的借鑑和模仿因素，儘管魯迅自己從來也不否認這一點。

相比傳統精英作家在個人經驗基礎上「深入生活」，追求「深度」的拼接、套用其他文學作品的碎片或形式，網路寫手卻從不拒絕借鑑和模仿甚至公開倡導這一點。他們不僅善於模仿文學經典，更把目光轉向影視作品、動漫和遊戲，從中尋求新的靈感、新的表現方式和敘事技巧。從小喜歡武俠小說和漫畫的網路寫手滄月並不否認自己作品中有漫畫的影子，她說：「我覺得我的武俠與傳統武俠相比節奏感更強，篇幅更加短小，融入了很多時尚元素，更適合現在的年輕人閱讀，這裡有很多特點都和漫畫相似。」[1]

如果說傳統作家是「鉛字世代」，那麼「80後」「90後」便是「視聽世代」「漫畫世代」和「遊戲世代」。他們從小便接受電視影像的影響，沉浸在動漫的氛圍中，在網路虛擬遊戲中體驗，從電影、電視中的動態畫面以及日本動漫豐富的想像力中獲取自己經驗中缺乏的信息和材料。

法國新小說派先驅娜塔莉·薩洛特認為小說之所以被貶為次要的藝術，只因它固守過時的技巧。而如今正是網路遊戲和動漫磨練了年輕寫手的敘事技巧，讓他們習慣於採用敘事視點的變動和轉移，自覺運用現代敘事技巧。

（二）網路小說想像題材中的情感流露和價值傾向

網路小說是寫手們虛擬而出的世界，這個世界是他們在現實世界中追尋不到的「烏托邦」。他們以個人慾望為向導，以個人歷史為材料，糅合各種碎片創造而出。「欲之為性無厭，而其原生於不足。不足之狀態，苦痛是也。」他們是這個空間的「主神」，這個虛擬世界裡各個人物便是他們的子民。這個世界的創造，是對他們現實世界話語權「不足狀態」的精神撫慰。

以往，中國傳統的文學敘事很大程度上是馬克·柯里所謂的「宏大敘

---

[1] 董沛文．不要稿費要漫畫 [EB/OL]．http://news.sina.com/cn/o/2006-05-03/07058842670s.shtml．

事」。在這類敘事中，知識精英總是朝著理想的倫理——政治終端——宇宙的和諧邁進。這些精英文學的作者們以一種導師的姿態，在作品中極力挖掘一種深刻用以「啓蒙」，盡可能劃分善和惡、進步和落後等。但是在多媒體時代，這種宣傳傳統作家價值觀並教化被其排除在外的人（the excluded）的宏大敘事受到了多元化的小敘事的衝擊和消解。

另外，網路小說也確實存在所謂的思想深度不足、觀點過於偏激、對社會關注不夠、禁忌題材的泛濫等問題。但正如邢育森說的那樣：「我不會永遠二十出頭的，我會成熟的，衰老的，會一年一年的改變的，我一定能進入別的劇本的。」① 網路小說也會像年輕人一樣逐漸成熟，對世界的看法也會更為周全和成熟。

四、網路小說的敘事特點與審美轉向

「文學者，遊戲的事業也。人之勢力，用於生存競爭而有餘，於是發而為遊戲。」王國維認為文學是在「有餘」的狀態下發泄儲蓄之勢力的「遊戲」。現代中國是一個消費和娛樂的中國，尤其是互聯網虛擬空間的存在，為商品經濟時代的「有餘」的網路寫手們提供了一個慾望表達、發泄儲蓄之勢力的場所。依附其上的網路小說正是網路寫手發泄儲蓄之勢力時而創造的「鏡像世界」。這個虛擬真實的世界是他們個人的「主神空間」，但卻不像紙質文學的精英作家那樣虛無縹緲、高高在上，而是自覺而主動地參與這個空間的遊戲。在遊戲中他們不僅與小說中的人物交流，更可以與讀者自由地互動、交互。簡而言之，網路小說的敘事具有遊戲、交互的特點。

（一）小說故事話語層面上的人物和讀者的交流

在小說裡面，敘述者的地位極為重要。在某種程度上，其他人物的存在都要取決於他，但是敘述者一般並非就是作者本人。作者是現實生活中有血有肉的活人，他獨立存在於小說世界之外，他先於小說而存在并在小說結束後仍然存在。而敘述者則是作者虛構出來的人物，並在故事的話語層面講述故事。韋恩·布斯認為敘事者遠近距離的變換決定了讀者觀察小說中的事件的立場，并通過使這一立場成為關係親密和心靈相通的方法，創造了讀者與特定人物之間的同情紐帶，但是不管讀者對小說人物是多麼友好，讀者自身的身分沒有改變。②

---

① 邢育森. 榕樹下 [EB/OL]. http://www.rongshuxia.com/book/short/bookid-5000632-page.
② [英] 馬克·柯里. 後現代敘事理論 [M]. 寧一中，譯. 北京：北京大學出版社，2003.

但是網路同人小說的出現打破了這一規定。所謂同人小說（fan fiction），指的是利用原有的漫畫、動畫、小說、影視作品中的人物角色、故事情節或背景設定等元素進行的二次創作。在同人小說中，其敘述就打破了讀者只能通過認同小說人物而產生自居作用，但是自己不能與認可的人物進行對話，讀者身分亦不發生改變的尷尬狀態。

如今，同人小說這種新型的敘述行為和敘述角度已經為傳統小說界打開了一扇新的大門。這種敘事方式既是讀者以自己的文學行為詮釋自己心目中的人物形象，同時也實現了自己與原著裡的人物「交往」的目的，并在敘述行為過程中明晰了原作中的模糊點。

（二）外圍文本對主文本敘事的唯一性的消解

網路小說是寫手依賴互聯網創作而出的「主神空間」，這個空間存在的主要文本由這個「主神」所創，但讀者進入這一虛擬真實的世界後留下的敘事文本以外圍文本的形式在這個虛擬空間行使話語權力。外圍文本的敘述者的存在及其與作者在外圍文本裡就主要文本裡的情節、人物等進行交流，更是消解了傳統小說作者竭力營造的真實感，毫不在乎地道出故事內容本就是虛擬而成的這一事實。眾多的外圍文本中還包括從百度搜索而來的對「吸血鬼」的解釋，更是在無意中消解了敘事的神聖性、深刻性。而讀者與作者的交流，更是使「作家」的神聖地位進一步弱化。

這種存在一個「主神」的虛擬空間裡的多文本互動是對傳統小說文本的顛覆。這種主文本和外圍文本先後產生並共存的新型敘事可形成多種聲音的交叉、滲透和對話，共建一個「多聲部」的「小說狂歡」世界。

（三）信息時代的網路小說變革問題

電影、電視技術不斷地挑戰和重塑人們的視聽經驗。曾經電影中呼嘯而過的鏡頭嚇得觀眾逃離座位，如今眾多大片的 3D 立體特效更是讓觀眾身臨其境，視聽感官得到了無與倫比的滿足……新的視覺經驗、新的視覺誘惑等改變了大眾的審美期待，也改變了文學的創作方式。網路小說便是在這樣的文學困境中產生的新生兒，它的情節構建、敘事方式、互動方式等都是寫手自發地滿足現代人感官慾望的創作，也引導更多的大眾參與到這項新的小說狂歡中。人們自覺地接受不斷進步的技術，不斷轉變審美趣味，加之寫手們不斷探索新的敘事技巧，使網路小說逐漸得到民間的喜愛和官方的認可。

但是，作為新生事物的網路小說還存在不少問題。由於過於強調個人情緒表達和感官刺激的營造，網路小說創造面臨著創造性不夠和資源匱乏的困境。許多網路寫手都是擷取動漫、遊戲、電影電視中的各種元素並將其重新整合成

小說裡面的新奇元素，並在自己的「鏡像空間」插入配合情節的音樂以調動讀者的情緒，插入人物、背景的畫像以代替讀者的想像等，這些手段的運用雖然在很大程度上可以滿足讀者感性直覺方向的閱讀期待，彌補網路寫手缺乏理性思維、作品與現實生活脫節的缺憾，但是閉門造車總有一天會造成想像力的乾涸。當新奇不再新奇、有趣不再有趣之時，網路小說將以什麼打動讀者呢？而且曾被邢育森讚為「更少功利氣息、更少等級觀念、更少陳詞濫調、新鮮、活躍、年輕、民間」的網路小說在出版商介入、網站VIP等日益產業化、市場化的趨勢下，許多年輕的網路寫手抵禦不住金錢的誘惑而改變了曾經的遊戲心態和無功利原則，盲目追求寫文速度、盲目附和讀者的要求而導致小說「蟲」出不窮，即打字錯誤、語句不暢等問題，甚至讓讀者幫忙捉「蟲」。原先自由、新鮮的網路小說有被商業侵蝕，甚至向低俗化靠攏的危險。

綜上所述，網路小說在發展過程中還存在不少問題，但正如「道路是曲折的，前途是光明的」這句話所描繪的情景，逐漸成熟起來的作者和讀者也會使新生的網路小說逐漸成熟、逐漸深刻。假以時日，真正的網路小說經典必將出現，對此我們抱有樂觀態度。

五、網路詩歌

網路詩歌的誕生，與快速騰飛的經濟發展有關，與價值多元的後現代文化語境有關，與日益先進的信息網路技術有關。因此，有人稱之為一次徹底的詩壇革命。詩歌評論家李霞指出：「20世紀初，新文化運動催生了新詩，人們把漢詩的復興寄望於新詩，即不同於舊詩格律詩的自由詩。從郭沫若到北島，漢詩幾經磨難雖也有數次春色，卻無法挽救其越來越邊緣化、『多餘人』的厄運。漢詩不幸的原因一言難盡，但最直接、最直觀的原因是發表難、與讀者交流難。」因此，她認為在某種程度上可以說是網路拯救了詩歌，網路使世界進入了一個新時代，也使詩歌進入了一個新時代，或者說網路幾乎就是救了詩歌一命。網路仿佛就是為詩人而存在的，詩人在網上才發現了自己的位置和價值。本來，世紀之交的中國詩壇，有關「詩歌危機」「詩歌消亡」的挽歌不絕於耳，詩歌在人們的質疑和不屑之中苦苦掙扎。然而網路詩歌的出現和發展，恰如對一個失血之人進行輸血，從一定程度上挽救了衰落的詩歌，甚至可以說改變了中國新詩的未來走向。

著名學者吳思敬指出：「詩歌傳播新媒體的出現，是詩歌傳播史上的一次深刻變革，它在改變了詩歌傳播方向的同時，也改變了詩人書寫與思維的方式，并直接與間接地改變了當代詩歌的形態。」

(一) 何謂網路詩歌

網路詩歌的發展僅十餘年，卻已出現許多不同的網路詩歌定義。此處根據一些資料，僅列出一些有代表性的定義。

吳思敬指出：「廣義的網路詩歌是從傳播媒介角度上來說的，一切通過網路傳播的詩作都叫網路詩歌，它既包括文本詩歌的網路化，即把已寫好的詩作張貼在電子布告欄上，也包括直接臨屏進行的詩歌寫作。狹義的網路詩歌則著眼於製作方式，指的是利用電腦的多媒體技術所創作的數字式文本。這種文本使用了網路語言，可以整合文字、圖像、聲音，兼具聲、光、色之美，也被稱為超文本詩歌。」①

王本朝的定義則較為簡潔：「網路詩歌，準確地說就是以網路為載體寫作、發表和傳播的詩歌。網路既是詩歌的載體形式，也是詩人的生存方式、詩歌的傳播方式和讀者的閱讀方式。」②

最後看胡昌龍等的定義：「以網路為媒介和載體，用口語完成的，具有平民主義詩歌精神，符合平民主義美學主張的詩叫網路詩歌。」③

根據各方面的總結可知，網路詩歌就是通過網路這個技術平臺進行創作、發表、傳播和反饋並進而形成自身特有模式的詩歌，突出的是自由、原創和民間性，更加注重詩歌語言形式的革命性和技術性。因此將傳統詩歌移至網路這一模式顯然不屬於這個範疇。

(二) 網路詩歌網站與論壇發展狀況

由於網路文學網站特有的開放性，那些純詩歌網站較之於紙質傳媒更關注民間詩人，更願意以一種寬容的態度和公開的立場接納來自各方的聲音，包括創作者、閱讀者、評論者等，傳播和反饋信息也更便捷、更迅速。

隨著網路詩歌的網站和論壇的出現，關於網路詩歌理論的論爭也接連不斷，十餘年來，頗有「百家爭鳴」的氣象。

經過短短十餘年的時間，網路詩歌的總量已經不計其數。據統計，現在每年的網路詩歌原創作品數量均超過整個唐朝的詩歌總量。雖然這只是數量上的優勢，但是質變的實現總是依靠量變的累積。另外，值得一提的是，一年一度的年度網路詩歌作品選已相繼面世。有的網站出版網上詩歌刊物和優秀網路詩歌作品集，有些召開網路詩歌研討會，有些舉辦朗誦會，還有些網站與傳統媒體如廣播電臺、電視臺等合作，推出富有特色的網路詩歌系列節目。

---

① 吳思敬. 新媒體與當代詩歌創作 [J]. 河南社會科學, 2004 (1).
② 王本朝. 網路詩歌的文學史意義 [J]. 江漢論壇, 2004 (5).
③ 胡昌龍, 王澤龍. 試論網路詩歌的語言特徵 [J]. 湖北社會科學, 2008 (8).

顯而易見，上述這些景象都是網路詩歌從萌生走向繁榮的標誌。

(三) 網路詩歌流派概述

網路詩歌的出現，給當代中國詩壇注入了新的活力。當我們在評論網路詩歌作品的時候，必將提到它空前的獨創性和先鋒性。而所謂獨創的風格，絕對不是先天得來的，而是後天形成。這既與作者自身的生活環境、個人修養、情感體驗等有關，更與對外來文化和傳統文化的學習有關。而最重要的因素，則是網路的普及給網路詩歌的生存與發展提供了廣闊的空間。無論是中國傳統文化、外來西洋文化還是民間藝術，只要有鑑別地取其精華、棄其糟粕，用虔誠的姿態汲取其中有益的部分來豐富自己的表現力，就會鍛造成自己的獨特風格。這也是網路詩歌不同流派形成的主要原因之一。

當然，今天的網路詩歌呈現的是魚龍混雜、泥沙俱下的局面。除了目前詩壇反響較大的幾大詩群和個人，還有一批缺乏文學修養和語言駕馭能力的業餘寫手，他們利用網路論壇的快捷性，製造出大量的「口水詩歌」「隨機詩歌」「快餐詩歌」「泡沫詩歌」。也有一些詩歌純粹是分行的口語，批評者稱之為「撒潑寫作」「閃電寫作」以及「集裝箱寫作」。

六、網路詩歌的自由性和抒情性

(一) 網路詩歌的自由精神

網路詩歌最大的特點就是自由，包括寫作的自由、發表的自由以及交流的自由，這就將網路詩歌與紙質詩歌區別開來。吳思敬認為：「網路詩歌寫作給了詩人充分的自由。與公開出版的詩歌刊物相比，網路詩歌有明顯的非功利色彩，意識形態色彩較為淡薄，作者寫作主要是出於表現的慾望，甚至是一種純粹的宣洩與自娛。這裡充溢著一種自由的精神，從而給詩歌帶來了更為獨立的品格。」網路詩評家李霞認為，網路詩歌的出現，使人們想起了新詩的乳名——「自由詩」，「自由性是中國網路詩歌最有誘惑力的特徵。」[①]

關於詩歌自由，中國詩壇早已有許多爭論。比如郭沫若在《三葉集》中曾說：「詩不是『做』出來的，只是『寫』出來的。」他在形式上主張絕對的自由，絕對的自主。《女神》就是這個主張的最佳實踐，完全突破了傳統格律詩的框架，無論在詩歌編排形式還是語言運用上都體現了完美的「自由」。而同時期的聞一多先生在《詩的格律》中就主張講究詩的形式、詩的格律，不能有絕對的自由，主張寫詩應像「戴著腳鐐跳舞」。《死水》一詩就是典型的

---

① 張德明. 網路詩歌研究述評 [J]. 詩探索, 2006 (1).

代表，它繼承了中國古典詩歌的精煉的傳統，煉字煉句，讀來鏗鏘有力，感情濃厚。聞一多是一個認真試驗把格律詩運用到新詩裡的詩人，而且頗為成功，他的作品向我們證明了自由詩也可寫得精練、完美。

從這兩位成功的詩人來看，無論講究格律與否、形式規則與否，似乎都可以產生經典。因此，「自由」似乎不是限制和評論優秀詩歌的最重要規則。只要是散發藝術感染力的、能帶給人美的境界的詩歌作品就是上乘之作。這就給了我們在鑒賞網路詩歌時的一種參考，新時代的詩歌可以追求自由，如形式、意境自由，但是最終判定詩歌是否為佳作還是要看能否帶給讀者真正的美感和享受。而當代許多網路詩歌傳達給我們的更多是「自由過度」，不免讓人們覺得這是創作者們太想追求自由和獨創後的一種「過猶不及」的現象，從而就驗證了「文學藝術沒有絕對自由的形式，只有比較自由的形式和由於作者運用得很熟練而成為比較自由的形式」① 的經驗之談。

自由固然令人向往，但是它從來不是沒有規範和底線的，任何事物都是在尋找自己恰當的位置，實現相對的自由。網路詩歌在內容和形式上都要百花齊放，但是並不意味著可以隨興所至，還是要遵守詩歌應有的規範和審美標準。當網路詩歌作為自由詩歌的一部分而被抨擊為無韻、散文化的時候，我們既應該看到其中的不足，也不能全盤否定自由詩本身。成功的自由詩從表面上看不到韻腳，但節奏鮮明、感情起伏，從情緒到語言都能構成詩的內在旋律。網路詩歌應該反對散文化，不應把自由詩放大到放蕩不羈的程度。就如艾青所說：「藝術的規律是在變化中取得統一，是在參差裡取得和諧，是在運動裡取得均衡，在繁雜裡取得單純。」這恰好和歌德的「在限制裡才能顯出身手」不謀而合。新時期的現代詩人經過親身的藝術實踐告訴我們，不是排列整齊和具有韻腳才是詩，你無論採取何種詩體寫詩，重要的是表現詩意的生活，抒寫生活的詩意。

顯而易見，在網路詩歌的創作中，對「自由」的強調在很大程度上促進了網路詩歌的繁榮。網路表現了最具生命底色的自我，實現了詩歌創作精神上的自由，還原了詩歌純真的內在靈魂。② 自由詩發展到網路詩歌，借助網路這個媒介，使得網路詩歌的形式比傳統詩歌更加自由，並形成眾多個性不一的流派。

第一，網路取消了傳統文學的入門製度，作品可以不受限制地發表，沒有

---

① 何其芳. 詩歌欣賞 [M]. 上海：復旦大學出版社，2004.
② 肖曉英. 詩歌精神的自由飛翔——網路詩歌窺探 [J]. 茂名學院學報，2006（2）.

內容限制、沒有文體拘束，個人的性情能得到最大限度的釋放，擁有一種更真實的狀態。中國最大的原創文學網站「榕樹下」的主編曾經說過：「我覺得網路文化就是新時期的大眾文學，Internet 的無限延伸創造了肥沃的土壤，大眾化的自由創作空間使天地更為廣闊。沒有了印刷、紙張的繁瑣，跳過了出版社、書商的層層限制，無數人執起了筆，一篇源自於平凡人手下的文章可以瞬間走進千家萬戶。」

　　第二，網路論壇為讀者的及時評點與論析提供了充足空間，讀者在閱讀過程中如果有所感悟、體驗、共鳴或不滿，可以馬上在作品之後跟帖發言，與詩作者交流、討論與商榷。①

　　詩歌的本身是開闊和自由，詩人的幸福是對宇宙空間和心靈空間的高度體驗和自由發展。優秀的新詩作者（例如艾青、郭沫若）用現代語言和修辭手法進行詩歌創作，但又不摒棄傳統的詩歌技巧，他們巧妙而突出地運用各種修辭手法，在景物與情意之間找到自然契合，讓藝術形象因可感可觸而靠近現實。在他們的作品裡，即使是簡單的口語也不會損害詩情畫意。因為他們不是把大白話絲毫不加提煉地拿到詩裡面來，而是注意從生活和大自然中提取豐富、鮮活、變化的語言，來表現詩中的形象。這就是張學夢所說的凝練。凝練首先是對生活的概括能力，在廣闊的生活中提煉最具典型意義的生活素材；其次是表達方面，即語言的凝練。

　　詩歌傳播方式的變化，并沒改變網路詩歌內在的本質，只是由於寫作方式與傳播方式的變化引起作者創作心態的變化，這在很大程度上影響了詩歌形成的質量。正是這種變化，鍛造了網路詩歌的自由品格，對於真正追求自由抒發內心情感的詩人來說，這是一個前所未有的機會。但是對於那些只求熱鬧、不求進步的人來說，自由會演變成「自由過度」，給整個詩壇會帶來消極影響。與中國幾千年的傳統詩歌文化相比，網路詩歌僅僅是個孩子。自由的網路文化在給詩人們帶來優勢的同時，也帶來了不容忽視的弊端。在詩歌的領域裡，我們應該將真正的自由精神發揮得恰到好處。

　　（二）網路詩歌的抒情性

　　關於網路詩歌的抒情問題，曾有過一系列論爭。幾年前，詩人長徵貼出《「新抒情」：一個值得推薦的命名》，對此有很多詩人發表了自己的意見。長徵、格式、邵風華等人都認為抒情是詩歌一個重要的特徵，安琪說自己一度是

---

① 田莎. 飛入尋常百姓家——淺談網路詩歌中詩人身分的變化 [J]. 涪陵師範學院學報，2005（4）.

一個反抒情的詩人，但近年來的創作，抒情因素還是一步步在她的詩中呈現出來。認同抒情的詩人中，邵風華的觀點比較有代表性，其在《被誤解與被掩蓋的——作為抒情的詩歌》一文中認為：「抒情的詩歌是永遠不會過時的，我相信和堅持詩歌的抒情本質。它與高貴純淨的心靈有關。它有自己獨特的美學和原則。古往今來一切優秀的和偉大的詩人都寫下了大量優秀的抒情詩歌，這些永遠是詩歌藝術寶庫中最為瑰麗和明亮、最具魅力和打動人心的部分。」（轉引自邵風華《2004年秋「極光論戰」綜述》）

　　常識告訴我們，詩歌的起源就是為了表達情感，「詩者，志之所之也，在心為志，發言為詩。情動於中而行於言，言之不足，故嗟嘆之，嗟嘆之不足故詠歌之，詠歌之不足，不知手之舞之，足之蹈之也」（《詩大序》）。朱熹對此解釋說：人生來就有情感，情感天然需要表現，而表現情感最適當的方式就是詩歌，因為語言節奏與內在節奏相契合，是自然的。哪怕是抒情的散文，在詩歌面前也是稍顯遜色。因為與詩歌相比，散文偏重敘事或說理，風格直截了當、明白曉暢、親切自然。詩歌偏重於抒情，風格無論是華麗還是平淡，都必須維持詩歌應有的尊嚴。作為一種特殊語言，詩歌語言必然較之散文所用的高貴，這足以見得抒情對於詩歌的重要性。①

　　在中國古典詩歌裡，李白的很多五言律詩，看似語句平淡，似乎抒情味不濃，其實卻是深文隱蔚、餘味曲包的佳作。李白作詩不大遵守詩律，他的創作摒棄了律詩的對偶、押韻等特徵，語句隨性、自然，如行雲流水一般進入我們心裡。那是因為李白的詩歌用樸實無華的語言抒發了濃厚的感情。

　　一般認為，抒情詩是最純正的詩，是本來意義的詩，因其可以不依賴敘事、戲劇而存在，故最能體現詩歌的本質特徵。臧克家說：「詩歌在文藝領域上獨樹一幟，旗幟上高標兩個大字：抒情。」② 網路詩歌在短短幾年的發展中產量豐富，表達的形式雖然十分自由、十分多元，但其中也不乏充滿濃鬱抒情色彩的詩篇。

　　詩壇中曾有人反對在詩歌裡發表議論，這太過絕對。中國詩歌歷史中成功的例子比比皆是，如偉大詩人屈原的代表作《離騷》。只要詩歌以詩的藝術呈現，具有真情實感，也能極度抒情。而令人欣喜的是網路詩歌中也有優秀的作品，如繭衣的《男旦》：

---

① 朱光潛. 詩論 [M]. 北京：北京出版社，2005.
② 吳思敬. 詩歌基本原理 [M]. 北京：工人出版社，1987.

水袖中
透出一雙綿軟的紅酥手
隨著二黃調
舞著蘭花指
對胭脂有些過敏的皮膚
要用更厚的胭脂掩蓋
你以一個男人的身軀舞著
在胡琴的婉轉低回中
表現一個女人的嫵媚
你懷疑
有哪個女人
比得上你
寬大的水袖
抖落了一些尊嚴
是關於戲子的那一部分

　　「戲如人生，人生如戲」已是人人皆知的人生信條了。但是能像繭衣這般從男旦的一顰一笑中唱出人生辛酸的不多見。在國粹京劇藝術的表演中，男兒的特徵需要被掩藏，由男人演繹出女人骨子裡的嫵媚和動人顯得更有韻味。在京劇裡，女人只能演出「形」，而男人才能真正演繹出女人的「神」。但是看客們眼裡的「過癮」是否和演員內心的想法一致呢？其實不然，詩人敘述中夾入議論，通過水袖中的紅酥手、濃妝豔抹下的過敏皮膚、婉轉低回的胡琴曲調等意象來烘托男旦們那看不見的辛酸，而這一切都因掩藏在道具之後而更添了幾分韻味。作者的夾敘夾議的方式將人生中一部分隱密的辛酸闡釋得淋漓盡致。仿佛是作者在干預和質問：「哪個女人比得上你？」末尾的「尊嚴」運用通感，把《男旦》一詩提高到了另一個層次。

　　不過，網路詩歌中還存在一部分作品，只是單純表現一些并無詩意的哲理，讀者在閱讀時很難被其中的所謂哲理感動，其原因就在於缺少情感的抒發。有些在體裁上雖然有一定的獨創性，但是缺乏詩意和美感。有些只停留在瑣碎的生活現場表面，沒有進行深層的挖掘和發現，昇華不到一定的境界。也許，在抒情方面，網路詩歌的作者們，在從對古典詩歌的學習中，可以獲得更多的、有益的借鑑。

　　總體來說，中國傳統詩歌以抒情詩為主要形式，成功的敘事詩比較少。然而在網路詩歌十餘年的發展進程中，敘事詩大量地湧現在我們面前，這是令人

驚喜的一個進步。因為我們需要好的抒情詩，同樣需要好的敘事詩。但可惜的是，這些所謂的敘事詩篇裡常常充斥著不加修飾的生活瑣碎，在描述的過程中缺乏提煉，以致很多情感只停留在粗糙的表面，毫無詩意和深度。我們應該知道，生活現象的羅列不一定是詩。詩歌是對社會生活的反應，但絕不是生活的「照相」。「反應」是間接的而不是直接的，是經過詩人的主觀決定的。如新詩誕生初期康白情的詩集《草心》中就有類似不成功的嘗試，個別詩篇只是把個人所見所聞原封不動地搬上來，缺少富有個性的抒情，更談不上詩的情思和魅力，很難給人留下回味的餘地。

因此，我們的網路詩人在創作時不應忽略：詩人們在接觸實際生活後，他的抒情言志固然帶有現實生活的軌跡，但是詩人的存在就是為了能把常態的生活場面上升到更高的層次。優秀的敘事詩不僅需要一定的詩行，還需精煉，需要高度概括，需要言盡而意無窮。[1] 此外，無論是敘事詩還是抒情詩，除了詩人的才華外，必須有深厚的生活基礎，要有強烈的生命體驗，要有寬廣的藝術累積。這些都直接影響到詩歌的境界。要是只是為了分行描述，還不如把詩拉平，寫成散文。網路詩歌中的「梨花體」就是對生活直接的反應而造成抒情淡化。目前網路詩歌的缺憾之一，就是鮮見理性的穿透力，缺少高屋建瓴的歷史的和美學的眼光，匱乏那種對生活獨特的發現、非凡的判斷和啟智的思辨。而這些恰恰應是一首真誠的、能搖撼人心的詩的靈魂。

七、網路詩歌的意象與意境

(一) 網路詩歌中的意象

著名詩人艾青說過：「一首詩的勝利，不僅是它所表現的思想的勝利，同時也是它的美學的勝利。」（《詩論》）著名學者楊匡漢也曾指出：「詩歌存在於我們現在還缺少的東西中，存在於我們正在尋求的事物裡，存在於我們探索與憧憬的地方。」因此，美麗的詩歌的實質是一種精神的向往。嚴肅而高尚的詩歌，總是體現著詩人自己對世界、社會、現實、人生的獨到觀察與思索，總有一種附麗於活潑的想像和新穎的意象的思辨力量，並在這類作品中，追求感性、知性和理性的融合。[2]

自然，詩歌的美學理想往往通過意象來表現。眾所周知，詩歌的形象，是詩人情感的物化，是由詩人的主觀感受凝固而成的有聲有色的物質。詩歌的意

---

[1] 鄒荻帆. 詩的欣賞與創作 [M]. 北京：生活·讀書·新知三聯書店，1985.
[2] 楊匡漢. 詩美的積澱與選擇 [M]. 北京：人民文學出版社，1987.

象，是指藝術家的主觀意識及其在作品中的藝術表現：它是人對現實的審美體驗、認識、評價和趣味的融合。具體到詩歌創作中，就是詩人對現實的審美感受進行提煉和集中，蘊含了詩人的審美理想。

網路詩歌經過十餘年的發展，也出現了許多呈現獨特意象的優秀詩篇，如《落葉》：

> 一枚落葉藏起生命的光澤
> 水的界限　風的牆　螻蟻伸張的腳
> 纖細的道路　通向謎語的書
> 銅門巨大　囤積讀不完的經卷
> 一枚落葉姿態生動　最後的劇情
> 陽光中的黑暗或被動飛起的鳥
> 逼視眼睛　背向黃土
> 葉子　易折之莖　浩大的光
> 僅有凝視是不夠的　夾層之中
> 舢板　破冰船　伐後的歌吟
> 死亡明亮　始或終於一滴清水

一片落葉，原本只是一個客觀存在的具體事物，但是詩人賦予了其生命和鮮血。作者的功力體現在并沒有著力對落葉本身進行描摹，而是通過一組意象，將自己對生命的熱情和感悟灌註進這一片落葉。從「水」到「風」到「道路」到「黃土」，從「螻蟻伸張的腳」到「謎語的書」到「舢板破冰船」，這一連串意象的巧妙組合呈現出一幅幅遊移的畫面。我們仿佛也跟著作者的思維進入了一個個遊移的世界。我們深切地體會到詩人從一片落葉中看到的對生命輪迴的無限感嘆。閱讀這樣的詩篇，我們不得不驚嘆詩人的奇特想像力和藝術感染力。

（二）網路詩歌中的意境

意境是詩歌所描繪的客觀存在與作者的主觀思想感情融合而成的一種藝術境界，是中國古典詩歌貢獻給世界詩壇的美麗之花。其中「意」是作者所表達的思想感情，而「境」是所描繪的具體景物，只有當兩者融合一致時，才會形成詩歌的意境。美學大師宗白華生動地闡釋道：藝術家以心靈映射萬物，代山川而立言，他所表現的是主觀的生命情調與客觀的自然景象交融互滲，成就一個活潑玲瓏、淵然而深的靈境，這靈境就是構成藝術之所以為藝術的

「意境」。簡而言之，意境就是情與景（意象）的結晶。①

如元人馬致遠的《天淨沙·秋思》：

枯藤老樹昏鴉，小橋流水人家，

古道西風瘦馬，夕陽西下——

斷腸人在天涯。

這首元曲並沒有著力抒寫遊子思鄉的悲苦情懷，只是以九個名詞的形式選取了富有意蘊又互有關聯的意象，如暮色中栖息著的歸巢烏鴉、流水旁幽靜安逸的幾戶人家、秋風中旅途勞頓的瘦弱老馬。整首詩前四句完全寫景，最後一句寫情，全篇點化成一種哀愁寂寞、宇宙荒寒、惆悵無邊的詩境。看似輕描淡寫，但只要對這幾個意象反覆品味，就能感受到每一個意象都牽連著漂泊天涯的遊子思鄉的寂寥心情，而意象所傳達的陰冷氣氛和蒼涼的意境也隨之彌漫開來，產生了深厚的藝術感染力，內涵豐富，意境深遠。

在創造詩歌意境的時候，寫實作為詩歌的一種抒情方式并非是最理想的，想像顯得尤為重要。想像力不是藝術家天生獨具的，從來沒有天生的詩人。想像力靠開掘，靠勤奮，靠刻苦而自覺的藝術實踐。只有當強烈的主觀情感滲透進想像的羽翼，才能熔鑄成一個完美的意境。因此詩和生活之間并不是一種線性的關係，而是曲折變形的。用莎士比亞的話說就是「斜過來試試，拐彎抹角地找出直截了當」。也許這會更深刻、更藝術地表現生活。這一藝術思維的方式，允許包含某些「不科學」「非理性」，都是為了使生活真實上升到藝術真實的努力。用法得當，不但不扭曲生活，反而可以更藝術地呈現生活的真諦。雪萊也說過：「詩使它觸及的一切都變形。」寫實性的描寫是詩歌創作的重要技法之一，但是一些看來改變生活原來形態的東西，未必不是現實主義，反而能更深刻、更有詩意地反應生活，有著更高的審美價值。當然詩歌的「想像性變形」不是純粹地玩弄語言，而是需要濃烈的主觀感情，是一種具體可感的并能為讀者留出聯想餘地的創新，是指由於詩的特性所驅使，常常飽含著強烈的主觀情感、心境、意向，因而情感移入對象，呈現出主客融化、物我統一的情況。

當網路詩壇充斥著爭論，硝菸彌漫時，還是有一些寫作者願意潛沉下來，用詩人獨特的審美眼光在體驗中發現詩性。他們敏銳地捕捉生命中獨特的意象，調和自己豐富的想像力，再用自己獨特的視角細膩地呈現給我們五彩繽紛的意境。這些優秀的網路詩歌作品的誕生也正說明了媒介技術手段的更新，對

---

① 王德勝. 中國現代美學名家文叢：宗白華卷 [M]. 杭州：浙江大學出版社，2009.

詩歌寫作者審美心理結構、認知方式和思維方式發生著潛移默化的影響，並不能代替詩人融入深邃情感的智性思考和詩人深入生命本體和藝術本體的靈魂跋涉。偉大的作品的產生，最終還是要植根詩人刻骨銘心的生命體驗，依賴主體精神境界的提升和偉大人格的建構。思想家克羅齊指出：「藝術不是物理的事實，真正的藝術僅存在於藝術家的心靈之中，而物質形式只是真正藝術品的摹本。」詩歌歸根到底是高度個人化的創新性勞動。

詩歌一直以來追求朦朧美，詩中的朦朧美不僅在內容上要求模糊不清、含而不露，而且在形式表現上也要如此。詩人會用比、興、象徵等手法，通過模糊的語言，創造出一種朦朧的藝術形象或意境。在詩歌裡，若是太具體、太實在、太擁擠，勢必閉塞不通，是淺薄的。因為充實不是堆砌，也不是填鴨式地把一切塞給讀者，有時，充實應該和單純互相調和的。相反，太抽象、太虛幻、太空洞，也就是「想像性變形」過了頭，就顯得晦澀難懂，造成作品和欣賞者的脫節，使讀者無法融入詩歌精神的內核。因此，我們不能褻瀆朦朧美。因為含蓄的延伸是朦朧，而朦朧的延伸則是晦澀。這是詩歌創作的大忌。① 如詩人東方之東的《屋頂》：

你會在一頁書的後面看到我
或者在一場洪水之前
靜謐的一夜　當屋頂上飄動著鬼魅
白色的影子
你將證明那不是我　但無法確認
那不是我尚未贖回的前生
高高的屋頂布滿露水
卻沒有什麼可以由之升起
只有墜落　我曾經歷的一切
猶如順水而下的石頭
當秋日的天空高過自身
它敞露歲月隱密的一幕
你終將知道那不是真相
誰將知道沒有真相
當一頁書被翻至面前
或一場洪水從身後消退
而再沒有東西可以高過屋頂

---

① 謝文利. 詩歌美學 [M]. 北京：中國青年出版社，1989.

反覆品讀這首詩，感受到強烈的主觀性和神祕性。過強的主觀性讓人無法體會作者獨特的內心體驗，自然就無法引起共鳴。有人這樣解讀這首作品：「『屋頂'是詩中一個重要的隱喻，是一道難以越過的坎，是生與死的界限。生在屋頂下展開，死在屋頂上無法再生。」詩人這種以生來解讀死、以死來解讀生的循環，使詩意變得晦澀難懂。開篇從幻想開始，並帶有很強的隱喻性。結尾，敘述繼續在議論中展開。生和死的身分確認在這裡變得虛無縹緲。空靈之美在詩歌中不可或缺，但是空靈之美並不在於單純地對物象造成距離，而是一種高遠的人格理想與和諧的意境結構。因此藝術傳達時應實中求虛，由虛托實，追求宇宙意象與詩人心靈互映的華嚴境界。①

　　遺憾的是，網路詩歌中被大眾認可的經典作品還不多，這也許和其產生的時間過短有關。從它萌芽到成長只有短短的十餘年，和中國幾千年的詩歌文化歷史相比，這僅僅是個開始。無論存在多少爭議，網路詩歌表現出來的極強的先鋒意識是不可否認的，它們具有寬廣的成長空間。正如著名快餐品牌麥當勞的創始人所說：「尚未茁壯，才有成長的空間，一旦成熟，就會走向衰亡。」新事物的產生必定有其存在的合理性。網路詩歌必將成為主流，不以任何人的意志為轉移。因此我們應該堅信：網路詩歌將導致現代漢語詩歌全方位的改變，甚至將產生新的美學革命，時間會告訴我們答案。

第五節　網路文學的形成與發展

一、網路文學研究現狀

　　2004年6月，湖南長沙舉辦了「網路文學與數字文化」全國學術研討會議。歐陽友權在會議後作的《中國首屆「網路文學與數字化」學術研討會側記》稱這次會議是漢語網路文學首次遭遇學院派，標誌著「從前被視為庸脂俗粉的『網路文學'掀起紅蓋頭登堂入室走進學術殿堂」。

　　短短幾年之間，「網路文學」圓了許多普通老百姓的「作家夢」，也讓不少商家從中運轉出驚人的經濟效益。「網路文學」的研究現狀也隨之發生了翻天覆地的變化，從原先的乏人問津到如今的趨之若鶩。如今，「網路文學」確實成為文學研究的一個熱點問題。「網路文學」研究隊伍日益壯大，相關專著層出不窮。

---

① 楊匡漢. 詩美的積澱與選擇 [M]. 北京：人民文學出版社，1987.

中南大學文學院網路文學研究團隊在歐陽友權教授的帶領下，於1999年率先開展漢語網路文學與數字文化的研究，建立了「湖南省網路文學研究基地」，成立了網路文學研究所。其從2001—2008年已獲得12個網路文學研究項目，如教育部十五規劃課題《網路文學對文學基礎理論的影響研究》、國家社科基金項目《網路對文學發展的影響與對策研究》、教育部「985」項目子課題《面向21世紀文藝學科前沿問題創新研究》，等等。這個團隊在網路文學研究領域確實取得了一些有影響的學術成果，出版了《網路文學論綱》《網路文學本體論》等理論著作，從本體論、敘事學、社會傳播學等多個角度探討網路文學的來源和未來走向。

二、網路文學的興起及文體發展

（一）網路文學的興起與定義

如果說19世紀是火車與鐵路的時代，20世紀是汽車與高速公路的時代，那麼，21世紀就是電腦與網路的時代，一個以數字為主的時代。不容置疑，以互聯網為標誌的「第四媒體」已經成為當今社會最具影響力的媒介形式。

在中國，網路文學仿佛是在一夜之間就由星星之火形成了燎原之勢。20世紀90年代，一群中國籍海外留學生點燃了網路文學的火種，這些留學生以網路創作來排解身處異鄉的思念與壓力。之後隨著互聯網在中國的迅速普及，更多的人走進了網路世界，除了遊戲、聊天、查閱信息、收發郵件、網上購物，很多網民把創作和欣賞網路文學也作為日常生活中不可或缺的一項娛樂活動。網路文學的繁榮與中文文學網站的發展是緊密聯繫在一起的。短短十幾年的時間，中文文學網站風起雲湧，異常繁榮。根據網路調查顯示，在眾多的文學網站中，影響較大、發表網路文學作品最多、人氣較旺的有：新浪網、讀書頻道、小說閱讀網、起點中文網、瀟湘小說原創網、騰訊網讀書頻道、晉江原創網、紅袖添香、榕樹下、搜狐讀書頻道、連城書盟、逐浪網、小說——幻劍書盟等網站。網路文學以其平民化、互動性、自由性等特點在網民中掀起了一陣又一陣的風潮。網路文學的創作熱潮不可避免地引起了學術界對其的廣泛關注。研究者們認為，網路作品由網路上的走紅到在現實中的出版、暢銷，對傳統紙質文學帶來的影響和衝擊是前所未有的。

面對這種紛雜喧鬧的局面，眾人產生的第一個疑問必然是：應該如何界定網路文學呢？目前，學術界對此各持己見，但大部分學者都認為網路文學大致可分為三種形態：一是紙質文學作品通過掃描或人工輸入等方式進行電子化處理進入網路；二是在互聯網上創作，在互聯網上首發的文學作品；三是指運用

了網路超文本和多媒體技術製作的文學作品，如由若干名網友共同創作的「網路接龍小說」，這一類作品最能體現網路的自由性和互動性，且只能依靠網路而生存。人們通常所稱的網路文學是指在網上創作、發表的作品，包括那些經過編輯，登載於各類電子期刊的作品，博客和 BBS 上未經編輯、個人隨意發布的具有文學性的作品，以及一些電子郵件中的文學作品。這些網路文學作品由「榕樹下」網站統稱為「網路原創文學」，並被大多數人所認同和接受。本書也以這個概念為基準來分析網路文學文體。

(二) 網路文學文體的發展與研究意義

網路的普及和網路文學的繁榮使中國文學經歷了從現代形態到網路形態的轉型，在這一轉型過程中，文體變革有著某種首當其衝的意義。古人所謂「世道既變，文亦因之」（袁宏道），所謂「文章應時而生，體各有當」（姚華），「時運交移，質文代變」「文變染乎世情，興廢系乎時序」（劉勰）等，都是把文體變異的原因歸於時代的變遷，而時代的變遷對文學觀念造成的影響，首先也必然會落實在具體的文體變革之上。因為一種新的文學形式之所以能稱之為文學，主要是因為它形成了一種較為穩定的且被大眾普遍接受並廣為流傳和應用的文體形式。胡適在探討從古典到現代的文體變革時曾說：「若想有一種新的內容和新的精神，不能不先打破那些束縛精神的枷鎖鐐銬。」[1] 這個論斷在網路時代仍然適用。

在文學文體學範疇內，文體是指「一定的話語秩序所形成的文本體式，它折射出作家、批評家獨特的精神結構、體驗方式、思維方式和其他社會歷史、文化精神。從表層看，文體是作品的語言秩序、語言體式；從裡層看，文體負載著社會的文化精神和作家、批評家的個體的人格內涵」。[2]

中國的網路文學在 20 世紀 90 年代興起之初，其文體特徵并沒有得到鮮明的體現。但是隨著網路文學題材、語體、風格的改變，尤其是超文本網路文學和多媒體網路文學的逐漸興盛，網路文學相對於傳統文學的文體創新日益彰顯。網路媒介中的文學充滿叛逆和另類性，它們強烈地衝擊著傳統的文學藝術類型。在網路文學中，不僅紀實文學與虛構文學、文學創作與生活實錄、文學與非文學之間的界限被逐漸抹平，而且傳統的戲劇、小說、詩歌、散文「四分法」也都變得模糊和淡化，這種分類方法顯然已經不能盡然表達網路文學的文體特徵。雖然目前人們稱謂網路文學時，多數人仍然遵循傳統的文體分類

---

[1] 胡適. 談新詩 [M] //楊匡漢, 劉福春. 中國現代詩論（上編）. 廣州：花城出版社, 1985.

[2] 童慶炳. 文體與文體的創造 [M]. 昆明：雲南人民出版社, 1994.

方法，但是僅以當前逐漸興盛的超文本文學和多媒體文學為例，可以說這兩種文體形式都完全跳出了現代文體的分類標準，獨創一格，自成一體。多媒體文學不僅打破了傳統文學文體之間的界限，也打破了文學與藝術之間的界限，瓦解了文學是語言的藝術這一經典命題，抹平了文學與繪畫、音樂之間的界限。超文本文學在文體上的創新不僅體現為在敘事方式上突破了傳統的線性敘事，也把話語權從作家的手中還給了人民大眾。所以說，網路技術在文學中的應用必然會伴隨著文體的新變，研究網路文學、對網路文學進行系統的整理和歸類，在根本上也就是對文學文體的整理和歸類，或者說，只有搞清楚了網路文學文體的創新之處，才能真正地理解網路文學。從這一點來看，研究網路文學文體可以說是研究網路文學的基礎，相信對文體問題的梳理也會促進網路文學的進一步發展。

第二章　網路文學的欣賞研究和影響

第一節　網路文學欣賞

在一般概念裡，文學欣賞[①]指的是讀者在閱讀文學作品時所發生的一種審美認識活動。它是「讀者通過語言的媒介，獲得對文學作品塑造的藝術形象的具體感受和體驗，引起思想感情上的強烈反應，得到審美的享受，從而領會文學作品所包含的思想內容」的過程[②]。大致而言，文學欣賞主要包含以下兩項內容：一是文學欣賞的主體是讀者，文學欣賞的客體即對象是文學作品。二是文學欣賞的接受過程大致可分為讀者通過閱讀感知作品，產生直覺體驗；讀者與作者在思想和情感上展開交流，同時進行再創造；認識作品的深層意蘊，獲得審美滿足三個階段。

由此，我們可以簡單地將文學欣賞理解為是人類文學活動的一種延伸，沒有欣賞環節的文學活動是不完整的。它建立在文學閱讀之上，是一種深層次的文學接受活動。文學史上有關文學欣賞的相關理論最早可追溯到 20 世紀 60 年代後期，以原聯邦德國康斯坦茨大學的羅伯特·姚斯和沃爾夫岡·伊塞爾等幾位學者為代表所提出的「接受美學」（Reception-Aesthetics）或稱「接受理論」（Receptions Theory）。姚斯說：「一部作品並不是一個自身獨立、向每一個時代的每一讀者均提出同樣的觀點的客體。它不是一尊紀念碑，形而上學地展示其

[①] 本章將「文學欣賞」視為一個更寬泛的概念，認為普通的閱讀只是欣賞，帶有深刻思考甚至上升到理性分析的欣賞才屬於鑒賞。鑒於對於網路文學的閱讀以單純的欣賞居多，故本章以討論欣賞為主。

[②] 《大百科全書》編輯委員會. 中國大百科全書 [M]. 北京：中國大百科全書出版社，1986.

超時代的本質。它更多地像一部交響曲，在對其進行演奏中不斷獲得讀者新的反響，使本書從詞的物質形態中解放出來，成為一種當代的存在。」①

在理解上述幾點概念之後，我們再來看網路文學欣賞會發現，雖然它繼承了傳統文學欣賞的衣缽，但卻明顯有別於傳統文學欣賞。網路文學欣賞可以說在是 20 世紀數字化媒介背景下產生的一種嶄新的閱讀模式，它的欣賞主體——網民，面對的不再是逐頁翻看的書本，而是由「比特」（bit，指 0 和 1 組成的計算機二進制數位）所構成的海量化網文世界中所點擊出來的一個節點。網路文學產生於高科技和文學的空前聯姻，它直接導致的是讀者接受心理和閱讀方式的改變。毫不誇張地說，網路所帶來的讀屏式閱讀正在創造人類文學審美史上一次具有跨時代意義的大變革，它必將開創的是文學審美的一個新世紀。

當文學從書本移向網頁，讀者的欣賞方式便直接發生了改變，閱讀變為觀看，讀書變為讀屏。這是一個被人命名為「影像的時代」，這也是一個被人稱作是「讀屏的時代」。它改變了人們對於美的理解和態度，也改變了人們的審美方式。

一、讀屏時代的審美改變

（一）自由定義「美」

一位網友曾說過這樣一段話：「美是無處不在的，網路文學的美就在於它的隨意、樸實，其獲取名利的寫作動機較少。它的美還在於能夠更直接、真實地反應生活，而不受形而上的審美標準的束縛。它的美是人世間最為難得的兩個字——自然，不加包裝的自然，不用費心註釋的自然。是說教之外的生活真理，是哲學之外的人生真諦。」② 這段話雖然是針對網路文學而發的，但同樣也適用於網路文學的欣賞。文學欣賞和文學的產生一樣，本就都是「自由精神的產兒，源於人類在生存中對自由理想的渴望，滿足人類對自由世界的幻想」。③ 因為現實的世界是有限制的，有許多的事我們無法實現，而文學是虛擬的世界，它可以填補現實的不足，消除現實的阻拒。在它的授權下，讀者被賦予了自主選擇文學語境并在文學語境中自由行動的雙重權利。而這種權利如今被移到了網路，經過技術的處理，瞬間壯大，達到了有史以來的一個最

---

① ［德］姚斯. 走向接受美學［M］//接受美學與接受理論. 周寧，金元浦，譯. 沈陽：遼寧人民出版社，1987.
② 馬季. 讀屏時代的寫作——網路文學 10 年史［M］. 北京：中國工人出版社，2008.
③ 歐陽友權，等. 網路文學概論［M］. 北京：北京大學出版社，2008.

高度。

普泛化的網路文學世界是一個浩瀚的小宇宙，它通過全球、全民互動的形式，讓人們的審美標準跨越了時空的藩籬，進而拓寬了原有的審美邊界。簡單地說，也就是讓傳統的精英審美迴歸為草根式的大眾審美，促使美的定義趨於平常化、平民化。這是對普通大眾的尊重，也是對普通大眾的挑戰。

(二) 自然欣賞「美」

相對於傳統文學欣賞的範式化和嚴肅性，依附網路而生的網路文學欣賞方式明顯具有以下幾點特質：滾動性、即時性、立體性、娛樂性。

1. 滾動性

有別於傳統文本的逐頁翻看，網路文學的欣賞者面對的是 windows 窗口化的屏幕。它具有兩個明顯的特點，一是一次性顯示出來的文字量大。「以『寫字板’為例，如果選擇『標尺內自動換行’，把標尺定為 15 的話，滿滿一行可以顯示 43 個字符，一屏可以顯示 26 行，所以一眼望去，有可能一下就看到 500~800 個字符」；「如果採用『窗口內自動換行’，滿滿一行則是 58 個字符，容量更大」；「而一本 32 開普通本的書籍，滿滿一行是 25 個字符，一頁是 24 行，容量是『寫字板’程序的大約一半。」二是閱讀方式變為鼠標點擊和點拉。於是，欣賞的作品變成了作者「偶然」從萬千網文中「拉」出來的某個點，而閱讀的整個過程則變成了一個不斷「滾動」的程序操作，文字從此由靜態變為動態。這種欣賞方式會直接導致閱讀心境的改變，「屏幕閱讀容易產生視覺疲勞，大量的視覺刺激會產生迅速讀完的迫切壓力，瀏覽在所難免」。[1]當然，與此同時也會促使閱讀本身成為一種「過濾」，「我只讀我想讀的」——「『拉’出作品是讀者主動尋求作品的過程，這個被『拉’出來的文本成為一個明星式的文本，成為聳立於海洋之上的欣賞風暴」，讀者在網路這個充滿生氣的世界裡，和作者一樣，心靈是敞開的，心懷是袒露的，生命是本真的，這是一個真正體驗美的過程。

2. 即時性

眾所周知，在「網路的世界裡是沒有時間概念的，它將時間化為空間，用在線空間改變或延伸時間，將物理的時間擠壓在賽博空間裡。」「同時，網路的世界也是沒有文學終止概念的，它把終止文學作品的權力交給了在線空間

---

[1] 刑育森. 關於書頁閱讀和屏幕閱讀的三言兩語 [EB/OL]. http://www/china/com/cn/chinese/RS/19514.htm.

的網民」,① 它的審美是活性的。這也就是說網路文學的欣賞具有在線性,它消解了時空的限制,變傳統的延時交流為直接對話,是一種即時性的群體活動。

所謂欣賞的即時性,就是網路文學讀者在欣賞完作品之後,可以即時將自己的體驗、感悟放到網路上,與作者進行交流,與其他讀者進行交流。最常見的方式如在網路文學作品後面跟帖,在BBS上發帖與回帖,在文學網站的評價區、討論區灌水等。痞子蔡曾說:「網路小說像是電視直播節目,觀眾會清楚地看到你出醜。寫網路小說要有很大的勇氣,因為一旦你的作品在網上發表,讀者的反應可能在一分鐘之內就會出現,而且由於網路的匿名性,他們的發言可能會很直接,甚至是劈頭蓋臉就罵。當網路小說家常會有意想不到的事,作者的心臟要更堅強。我曾經說過,寫網路小說像是綁了鉛塊在練功。不過也有一些熱心的讀者會提供作者編劇的靈感,有些會提供專業知識供作者參考,但是也要區別意見的好壞,不然到最後小說就不是你自己的了,甚至寫不出結局。《第一次親密接觸》寫到快結束的時候很多網友發e-mail給我,向我求情,不要讓輕舞飛揚死去。」② 可以說,網路文學的世界是一個讀者可以在盡情欣賞的同時,還可以暢所欲言的地方。讀者可以深談也可以淺評,可以不涉及作品,只瞭解作家的個人信息,也可以就作品所構築的文學世界進行細緻的探討。

在網路文學中的實時性閱讀感悟比比皆是,BBS論壇和網路文學評價區也因此往往是網路世界最為熱鬧、最為豐富多彩的地方。

3. 立體性

對於這一點,我們可以從以下兩個方面來理解。

第一,網路打破了讀者與作者之間的界限及身分差距,作者從傳統的被動接受變為了主動參與,即在網路文學的世界裡沒有純粹的「讀者」和「作者」。它完全改變了藝術與大眾的傳統對立關係,只要你參與,你既可以是讀者,同時也可以是作者,這是一種雙向的互動。并且,這種互動在增強讀者的主動性、豐富讀者的想像力的基礎上,會進而提高讀者的再創造。所謂再創造,也被稱為二度創造,指的是欣賞者以自己的文化素養為依據,憑藉自身的生活經驗、具體處境,通過聯想和想像的機制,對文學作品中塑造的文學形象

---

① 吳秋煊. 淺談文學創作和文學欣賞中的「設身處地」與「審美距離」[J]. 名作欣賞, 2007 (6).

② 痞子蔡. 痞子蔡專訪 [M] //歐陽友權,等. 網路文學概論. 北京:北京大學出版社, 2008.

進行富有個性的加工、補充，使之豐滿起來，成為帶有欣賞者痕跡的形象的活動。即如劉勰所說的：「寂然凝慮，思接千載；悄焉動容，視通萬裡。吟咏之間，吐納珠玉之聲，眉睫之前，卷舒風雲之色。」

　　網路文學的欣賞過程，是將讀者的此種再創造進行了充分的發揮，一些新的文學樣式便由此誕生。如人民文學出版社出版的 BBS 小說《風中玫瑰》，是一部典型的讀寫互動小說，由諸多網民共同打造而成。如在 www.wenxue.com 網站上發表的超文本小說《平安夜的地鐵》：「當你打開文本後，首先你要把握故事的背景。一個人在平安夜坐上了回家的地鐵，接下來是好幾條閱讀通道讓你選擇，讀完任選的一條通道提供的故事情節後，你又可以獲得新的選擇權力讀接下來的故事。就這樣，帶著無限的新奇和猜測欣賞下去，你會感覺自己像是讀了好幾個故事一樣。有的恐怖，有的溫馨，還有的異常神祕。這是一個你可以隨心所欲地選擇自己想閱讀、欣賞和探尋各種故事的演變發展的世界，你可以與不同個性的主人公進行情感交流和對話，領悟和獲取多重的審美體驗。」① 此外，還有如接龍小說、填空圖書等，它們在結束了文學審美私密性的同時，共同創造了一種大眾參與、大眾共享的新型審美體式。「在這些短暫的時刻裡，他們沉浸在一片純淨而完善的幸福之中，擺脫了一切懷疑、恐懼、壓抑、緊張和怯懦。他們的自我意識也悄然消逝。他們不再感到自己與世界之間存在著任何距離而相互隔絕；相反，他們覺得自己已經與世界緊緊相連并融為一體。他們感到自己是真正屬於這一世界而不是站在世界之外的旁觀者。」②

　　第二，文學欣賞被移植到網路後，不再僅僅是一個單用「眼」觀的過程，它需要讀者調動起身體的多種感覺器官——視覺、聽覺、觸覺、嗅覺、運動覺，甚至味覺，因為網路文學有時是多維的。如多媒體文學文本，它「吸納了圖、文、聲、影等要素於一身，形成了對人的感覺器官的全方位開放，便於欣賞者立體化地感受信息對象的藝術魅力。這類作品根據情節和情感表達的需要，常常在文字文本的背景上通過 Flash 畫面的流動或增設旁白來實現虛擬真實敘事，還可以用歌聲、音樂、音響等聽覺效果來釀造故事氛圍，實現對欣賞感官的立體衝擊。」③

4. 娛樂性

　　談起娛樂，可能有一些學者多多少少會對此產生一種排斥的心理。因為在

---

① 陳寧來. 網路文學審美的特殊性及其審美缺陷 [J]. 學術交流，2007 (2).
② 馬斯洛. 談高峰體驗 [M] // 童慶炳. 文學活動的審美維度. 北京：高等教育出版社，2001.
③ 歐陽友權，等. 網路文學概論 [M]. 北京：北京大學出版社，2008.

傳統概念裡文學欣賞是理應與娛樂保持一定距離的，否則就會淪為對文學神聖性的褻瀆。而網路文學欣賞卻以一種革命者的姿態，重新界定了文學欣賞的娛樂特性，即娛樂是人的自然需要。文學藝術本身就存在著娛樂的作用，它是一種客觀存在，不以人們的意志為轉移。你承認也好，不承認也罷，它總在起著作用，影響著人們的文學欣賞活動。獨斷地否認它，最終只會是對文學發展不利。

義大利文藝復興時期的哲學家馬佐尼曾說，詩「使人既獲得娛樂，又獲得教益……」，網路文學欣賞又何嘗不是。網民在欣賞網路文學時，雖然有超過一半的人是抱著娛樂的心態，但卻並不代表他們是在遊戲文學。人們僅是通過一種或輕鬆、或詼諧、或搞笑、或幽默的方式，在獲得身心愉悅的同時，體味著文本中所要展現的真、善、美。因此，網路文學欣賞的娛樂特性無可置疑，也無可詬病。

（三）自主選擇「美」

如前文所講到的，網路科技和信息技術在改變文學傳播方式的同時也賦予了文學欣賞諸多變革。它擴充了讀者的閱讀範圍，調整了讀者的審美心態，增強了讀者欣賞的主動性，它所構建的是當代文學欣賞的新範式。

第一，按欣賞方式的不同，可分為在線實時讀屏欣賞與下載延時機讀欣賞。前者很好理解，互聯網傳播的迅捷性和屏幕化幾乎消除了其他媒介所帶有的壁壘和障礙，實現了讀者所想即所見、所見即所得的閱讀效果。而下載延時機讀欣賞則並不要求媒介連網，它是欣賞者將閱讀對象從網路上下載後，以數據存儲的形式，如WORD、TXT、多媒體影像等，存放到電子仲介上。讀者可以更不受限制地隨時閱讀，如通過MP3、MP4、手機、PSP或者電腦等。當然，這種欣賞雖然不能做到像在線閱讀那般的即時和互動，卻仍不失螢幕閱讀和手指點讀的獨有特性。不設地方，不按時間，更不用多少花費，讀者都可以自由地進入文學欣賞的時空，在閱讀中體味審美的樂趣：「在審美體驗中，內部時間不再是嘀嘀嗒嗒地緩慢行走，而是海嘯般地奔湧而來。它超越了外部時間的有限，超越了我們生命的有限，超越了失落，超越了動盪，從而讓我們升騰到無限、永恆。外部時間限定了人生的劫數，內部事件則把我們超度到『大同'之邦。」

第二，按欣賞目的的不同，可分為消遣式欣賞和鑒賞式欣賞。以直觀瀏覽的方式只為求一時心理愉悅的閱讀態度我們稱之為消遣式欣賞，這是網路文學欣賞中最為常見的一種欣賞方式。這類欣賞者在點擊網路文學、欣賞網路文學時，或是為求打發時間，或是僅想獲得精神的快感，他們將文本閱讀的過程視

為心靈的無負荷旅行：不在乎文本內涵的深淺，不在乎語言文字的美醜，也不在乎作品風格的雅俗、思想境界的高下。他們既可以為情節搞笑而「讀」，為語言幽默而「讀」，也可以為人物奇特而「讀」，為故事感人而「讀」，甚或只為想讀而「讀」。總之，只要有時間、有興趣，就可以在任何一個已存在的網文世界裡自由闖蕩，最終只為一個目的，那就是「奪他人之酒杯，澆自己之壘塊；訴心中之不平，感數奇於千載」。故而，這類欣賞者在閱讀作品的時候可以隨意地發表感慨，高興時讚嘆幾句「寫得好」「很感動」之類的，不符合心意時則毫不客氣地進行貶斥——「真爛」「簡直是垃圾」「作者怎麼敢拿出來現啊」。不需要進行語言的推敲，也不需要進行思想的沉澱，更不需要針對作品，與作者、與其他讀者進行精神的交流、溝通。文學欣賞就此成為一種隨性而為，有感而發的娛樂消遣。

鑑賞式欣賞則不同。欣賞者在解讀和欣賞網路文學作品時抱著一種莊重而嚴肅的態度，其欣賞活動是一個從一般性閱讀，到細緻品讀，再到反思鑑賞的逐步深入過程。它要求欣賞主體具有一定的欣賞能力，帶有一定的期待視野，能在細讀文本的過程中迴歸文學現場，領悟文本所含的藝術境界。

我們都知道，網路文學的世界具有「大河奔流，泥沙俱下」的特點，它能提供思想碰撞後的美麗火花，也能產生過度自由下的個體宣洩與群體媚俗。於是，作為鑑賞式網路文學欣賞，從欣賞者的角度來說，面對如此參差不齊、浩如煙海的網路文學作品，擁有一定審美標準，能夠鑑別優劣是必需的。從欣賞的過程來說，讀者應與文本保持適當的審美距離，能夠客觀地賞析作品。這裡除了要品味傳統的語言、形象、主題、情感、思想等之外，還要考慮網頁的設計、畫面的韻味、插圖的藝術、版式的安排等網路文學所獨有的特點；從欣賞結果而言，鑑賞者要在與作品發生情感上和心靈上交流的同時發現文本的「內在張力」，最終達到一種境界，一種心領神會、心心相映，只可意會而不可言傳，只可神通而不可語達的境界。這與我們傳統的文學欣賞有類似之處。

當然，網路文學的鑑賞式欣賞從根本上說仍然是一種為求精神愉悅的個體行為，它是欣賞主體從自己的愛好、興趣出發，帶有審美的直觀性的閱讀活動。欣賞者會在欣賞之後發表意見，但這些意見也都還是屬於個人感悟，只是相對來說可能會具有一定的語言藝術和思想高度。按欣賞主體的不同，還可分為業餘性欣賞與專業性欣賞。兩者的區別可歸納為：業餘欣賞者僅是將網路文學欣賞視如打球、唱歌、旅遊一般，是其在空閒時的某種娛樂活動。他們在網文世界裡常常是隱身的，只看不說，被稱為「遊客」一族，來無影去無蹤可以說是他們最大的特點。因此，他們並不需要具備系統的文學知識，也不需要

經過專業的文學理論訓練，他們是我們生活中的普通大眾，有著各自不同的生活重心。他們選擇欣賞網路文學的目的雖各有千秋，但有一點卻是共通的，那就是將網路閱讀視為精神消遣和時間消費。而專業性欣賞則全然不同。欣賞者或出於興趣，或出於生計，往往將網路文學欣賞視為一項事業在經營。由此，它對欣賞主體的要求會如鑒賞式欣賞那般頗高：欣賞者不僅要具備一定的文學功底，還要能將已有理論知識應用於整個欣賞活動之中的能力。他們是各個文學網站的忠實粉絲，時刻關注著網路文學世界裡的風吹草動，關心著網路文學的發展和現狀。於是，和網站簽約作者一樣，他們可能也會職業性地駐扎在各個與網路文學相關的網站中，如評論區、論壇、讀書吧，或者自己的博客等。

從上述的幾類網路文學欣賞模式中我們可以看出，網路文學欣賞的本質就是一種「人機共舞」下的主客互動。網民讀者可進行能動性選擇、實時性交流和積極性參與「和網路作品的無限豐富性、多媒體性、多重連結性等相互交織，構成了網路欣賞所特有的欣賞方式」①。網路文學欣賞完全是人類文學欣賞史上的一次富有革命性意義的變革與進步。至於它為人類的思維方式和欣賞方式所帶來的深刻心理變化，以及對傳統審美觀念和價值觀念所產生的巨大影響，恐怕需要我們更多的關注和研究。

二、對於網路文學欣賞的思考

和任何新生事物一樣，網路文學欣賞在創造積極價值、構建新的審美觀的同時，也受到了來自四面八方的質疑和批評。他們稱網路文學是「大眾狂歡」式的文學鬧劇，欣賞這樣的文學只會扭曲人們的心理，解構幾百年來的經典價值觀。「數字媒介對於文學性的技術化消解，造成文學的非藝術化趨向加劇。文學走進數字媒體是時代的必然選擇，但文學的數字化生存并不就是藝術的勝利。網民的『文學在線'不是為了文學性的目標，縱使文學被數字技術納入新媒介的叢林，它結出的也未必是藝術審美的果實。以網路文學為代表的數字媒介作品數量龐大，但藝術質量不高乃至文字垃圾泛濫卻是不爭的事實。發表作品『門檻'的降低和作者藝術修養的良莠不齊，使得『灌水'製作充斥網路空間。有『網路'而無『文學'，或則『過剩的文學'與『稀缺的文學性'形成的鮮明反差，已經成為新媒介作品的最大詬病和嚴重制約網路文學發展的瓶頸。」② 於是，網民在欣賞網路文學作品時便被認為不再會去體察作品「藝

---

① 歐陽友權，等. 網路文學概論 [M]. 北京：北京大學出版社，2008.
② 歐陽友權. 數字媒介與中國文學的轉型 [J]. 中國社會科學，2007 (1).

術裡的精神」（康定斯基）和「有意味的形式」（克萊夫·貝爾），也很難會有「言有盡而意無窮」（嚴羽）的美感體驗。網路技術所帶來的數字化與在線性變成了文學審美性喪失、藝術性缺乏、倫理道德離場的源頭。它最後落入一種後現代的審美範疇——削平深度、顛覆崇高，沒有經典與精致，僅是眾聲喧囂下的情感泛濫與文化消費。事實真的是這樣麼？答案當然是否定的。

（一）對於傳統文學欣賞模式的改良與豐富

網路文學欣賞隨著網路文學的誕生、發展，至今不過二十餘載，它有著自身技術上的優勢，也免不了帶著某些尚未克服的不足。這都無可避免，自然更不必大驚小怪。正如網路作家尚愛蘭所說：「那些要求網路文學負起社會責任和更有良心的說法，實在是良好的一廂情願。你根本不能再要求他們像老舍一樣去關心三輪車夫的命運，或者像魯迅一樣去關心民眾的前途……我們沒有文化優越感，但是我們有足夠的生存困境，有足夠的熱情和機智，有足夠的困惑和憤怒，有足夠的堅強的神經，有足夠的敏感區咬合這個時代，有『泛愛'和『調侃'兩把順手的大刀。」①

總的來說，網路文學欣賞和傳統文學欣賞的共同之處在於：首先，兩者的欣賞主體都是尋常大眾，都將文學視為人類精神的產物，都承認文學的一般作用，即認識功能、教化功能、審美功能及娛樂功能等；其次，兩種欣賞的過程都是文字的閱讀，都是讀者用心在擁抱文學，都具有一定的審美意識形態特性；再次，從欣賞的目的而言，兩種閱讀行為最終都是對真善美的一種追求和探索，也是對自身的一種發現和思考；最後，無論是欣賞小說、詩歌，還是欣賞散文、喜劇，網路文學欣賞同傳統文學欣賞一樣，都會在意情節的推敲、語詞的搭配、意境的構建和內涵的斟酌。

網路文學欣賞的出現打破了傳統文學的條條框框，它是對文學欣賞的一種解放與還原。它是豐富多彩的，具有許多新特質，具體可從以下幾個方面來說。

第一，欣賞更具真實性。海德格爾曾很細緻地區分過「真實的東西」和「正確的東西」。究竟什麼是真實的東西呢？答案是，只有面對心靈的東西才是真實的東西，而正確的東西是相對於某種標準答案的。於是，真實的東西便是我們理應追求的。網路以虛擬的方式給世人展現了一個情感更為真實的網文

---

① 尚愛蘭. 網路文學中的「新新情感」[M]//榕樹下圖書工作室.'99 中國年度最佳網路文學. 桂林：漓江出版社，2000.

世界，無論是作者還是讀者都可以不受「言志」「載道」的傳統束縛，他們的內心表達是更為直接、更為率真、毫無矯情做作的。也許，在技法上，網路文學不如傳統文學純熟，欠缺深度，但是它所體現出的那種自由蓬勃的朝氣和生命力，卻是難能可貴的。

　　第二，欣賞更具多樣性。如果網路也是一個世界，論壇是一個社會，那麼每個人的性格會在這裡體現得淋漓盡致，它仿佛給人們提供了燃亮聚光燈的舞臺：有人撕掉面具赤裸裸地展現，有人濃墨重彩盡情地表演；有人在一種性格上不斷著色，有人把多樣的性情暴露無遺。① 它不像傳統的文學欣賞那樣擁有一套固有的欣賞標準，即主張閱讀經典，而是強調要「放」，要「破」，要沒有規矩。當然，沒規矩不是「隨心所欲不逾矩」，而是要隨心就不認規矩。這種自由通常被劃定在精神領域，屬於心性的自由，是求真的自由，求美的自由，而不是求善的自由。求善講功用，講功用就會把規矩當回事兒。② 網路文學欣賞不講究功用，只講心性的解放與個性的張揚。

　　第三，欣賞更具主動性。這一點較易理解，相比於傳統欣賞的被動接受，網路文學欣賞者（網民），無論是選擇文本、閱讀文本還是對文本發表感悟都是處在一種以「我」為主體的狀態。隨心點擊閱讀、隨時沉浸文本、隨意表達感受，文學欣賞活動完全成為了個體的自主行為，不用受文字載體、地域種族、經濟收入等的限制。這種「不在場的在場性」促使讀者的主動性得到了史無前例的擴大，鍵盤在「你」手上，「你」可以隨便點、隨便敲，因為文學已然近在咫尺。

（二）網路文學欣賞對於文學欣賞發展的影響

　　網路文學欣賞作為新時代的新生事物，從現階段來看，我們是要看到它自然夾帶著的某些消極因素，譬如片面強調娛樂目的、拒絕深度體驗、誇大自我感覺、異化文學本質、產生眾生狂歡下的主體失語症等。要克服這些缺陷并不困難，這裡面有對提高網民素質和網文質量的要求，有對改良網路技術、糾正大眾文學觀念的要求，也有對重塑網路環境、提高文學創新性的要求，實現這些僅是一個時間長短的問題。同時更為重要的是我們得清楚地瞭解網路文學欣賞的自身優勢，要相信它能夠在未來的發展道路上將文學欣賞帶入一個全新的美好時代。

---

① 耕碩. 千萬別把自己太當回事 [M] //劉學紅. 網上江湖. 長沙：湖南人民出版社，2002.
② 楊林. 網路文學禪意論 [M]. 北京：中國文聯出版社，2005.

畢竟從歷史發展而言，網路文學欣賞與網路文學都是文學在數字多媒體時代的一次變革，猶如口傳說唱文學與書寫印刷文學時代一樣，它是人類在文學領域的一次歷史性變革與進步。一方面，網路文學欣賞的新型方式與新特點會促進文學朝著多類別、多維度進化，其在豐富文學體裁和樣式的同時，也解決了眾口難調的歷史性難題；另一方面，網路文學欣賞的自由特性，不僅有助於文學走向大眾，擴展大眾文學閱讀面，提高人們的文化修養，也有助於提升整個民族的文學素質和精神品格。總之，大浪淘沙式的網路文學欣賞，發展過程雖坎坷曲折，但前景卻是美好燦爛的。我們對其未來，可以有擔憂，但不應有太多的質疑，應以樂觀的心態看待，相信它會引領著文學欣賞朝著愈來愈好、愈來愈完善的方向前進。

第二節　網路文學促進了文學大眾化發展

一、網路對大眾行為的培養和影響

從傳播學的角度來看，「網路這種嶄新的信息媒介，已經開始引發人們觀念和心靈的變化，這是給讀者提供的一種嶄新的思考和啟示」。新媒介的出現在提供新的思想和觀念的同時，也於無形中改變著人們的生活方式。據一項《中國網民上網時間調查》[1] 顯示，現在日常上網已經成了人們的一個習慣。調查者通過網路對 2,000 名網民進行調查發現：87%的人回家都會把網路打開，而且長期在線，其中 28%的人回家做的第一件事就是先把網打開，先上網再干別的，只有 9%的人有事才上網，還有 3%的人基本不上網，很多人覺得網上不去就會覺得心裡空落落的。隨著網路越來越深入人們的生活，人們對網路的依賴程度也越來越高。調查顯示，16%的被調查者認為自己對網路的依賴非常嚴重，40%的被調查者認為自己對網路依賴比較嚴重，34%的人認為自己比較依賴網路，只有 7%的被調查者認為自己對網路不太依賴，還有 3%的被調查者認為自己幾乎對網路沒什麼依賴。也就是說，對網路依賴已經達到嚴重程度的人數占比已經達到了 56%。如果按這個比例來算，我們 7.1 億網民中就有 3.9 億左右的網民已經對網路產生嚴重的依賴。確實，應該說我們對網路的使用越來越頻繁，所以一旦離開，不知道何去何從。《中國網民上網時間調

---

[1] http://news.sohu.com/20070202/n247996662.shtml.

查》總結了網民的十大行為特徵：第一，即使下班回到家，也要處於連網狀態；第二，已經很久沒用真的紙牌來玩遊戲了，更多的是在網上玩遊戲的朋友；第三，會發微信給坐在隔壁桌的同伴；第四，和朋友失去聯繫的原因是因為他沒有電子郵箱；第五，和朋友聊天的話題不是網遊就是八卦新聞；第六，已經很久沒有看到真的青山綠水了；第七，自己的價值取決於 BBS 中的等級；第八，即使三餐吃泡面麵也要支付上網費；第九　不小心在微波爐上輸進了你的郵箱密碼；第十，對生活的抱怨總是比快樂多。綜上所述，不難看出在當今網路時代下，網路對大眾具有強大影響力，這種影響力表現為網路具有養成大眾行為習慣的能力，正在改變著人們長期以來的行為方式和生活習慣。網路的這一特點，為實現通過發展網路文學來推動文學大眾化提供了現實可能的基礎條件。

二、網路文學的興起對文學大眾化的推動作用

（一）網路文學具備推動文學大眾化的優勢

網路文學推動文學大眾化的優勢可以從三個方面體現：一是網路文學作品作者創作和傳播的自由性；二是網路文學作品讀者接受和評價的自由性；三是作者與讀者的互動性。

首先，由於網路文學具有廣泛的自由性，完全跨越了編輯、出版、發行、銷售等環節的限制。創作者可以自由書寫，不受時空、版面、編輯個人喜好、出版社的意願和市場需求的限制，可以大膽地張揚自己的個性。這使文學作品表現得更加真實，多方面地對其進行體現，以易於被大眾所接受的表現手法和方式表達出來。

其次，讀者在接受和評價網路文學作品時也享有高度的自由，讀者不但可以輕而易舉地通過網路獲得文學作品，還可以不受時間和空間的限制，任意選擇他們喜愛的文學作品，更可以在閱讀之後，對文學作品進行評價。讀者可根據自己的意願和喜好對作品進行評價，隨意發表自己的觀點和想法。網路文學所具有的這些多方面的自由性，使其與生俱來就有著積極地推動文學大眾化發展的優勢。

再次，開放互動的網路文學也極大地增強了讀者與作者之間的交流。網路文學的交互性特徵是相對於傳統文學的完全變革，這種獨特的方式帶給創作者和接受者一種新鮮的體驗，使他們仿佛是在一個虛擬的時空裡，體驗蘊涵著複雜情感的心靈顫動，一種生命與生命之間的對話和交流。在交互式的空間裡，

读者與作家的身分已經模糊化了。每一個讀者都可以自由地表達真實的想法，發表獨到的見解，甚至根據自己的愛好修改、補充作品，創造出適宜自己審美經驗和審美情趣的新文本。這是閱讀傳統文學作品的讀者無法獲得的。這種動感的審美享受，使作者與讀者在交流中共同投入大眾化的文學活動中，構成了文學大眾化發展必不可少的主體要素。

（二）網路文學打開文學大眾化發展的新局面

網路文學為文學大眾化發展打開了新局面，其新意在於：

（1）創造了以自由為特徵的文學活動空間。網路文學可以說實現了自由發表、自由評論，自由交流，顛覆了傳統文學體現出來的「精英文學」「貴族文學」。與傳統文學不同，網路文學從其誕生至今，其不以深入剖析人性為己任，也不以探索藝術形式為追求，網路文學鮮明的消遣和娛樂目的，適應於以市民階層為主體的普通大眾的欣賞趣味與文化的需求。

（2）創作與接受主體平民化具備廣泛的文學大眾化的群眾基礎。在網路空間裡參與文學活動的人並非職業作家，他們來自社會各個階層，從事各樣的行業，只是對文學有著共同的愛好或是表達自我的衝動。網路仿佛開啓了一個新的文學時代，在這個文學時代，作家的權力被網路時代敲擊鍵盤的無名氏分享，眾多網路寫手的加盟使我們一下子生出許多「人人都可以成為藝術家」的憧憬。按照福柯的「話語即權力」的觀點，這等於是對權力的挑戰與消解。平民大眾的自由參與，打破了以往的精英階層的話語權模式，網路虛擬世界裡形成了平等寬容、開放透明的大眾話語新格局。

據中國社會科學院文學所「全國文學網站年度調查報告」研究調查，在眾多論壇中，文學類論壇中的網民人數最多（見表2-1），幾乎每個比較著名的文學類網站都設有原創文學論壇。中國社會科學院2002年始建的「中國文學網」，日平均訪問人數約為1.1萬人。[1] 眾多文學網站也在網路文學發展的推動下不斷湧現，呈現一片繁榮景象。通過排名前十位的文學網站的用戶覆蓋數和訪問量指數不難看出，文學被推向了平民化、通俗化，文學也進一步地走向了大眾化。網路時代下的網民為文學大眾化發展奠定了廣泛的群眾基礎。

---

[1] 數據來源：中國新聞網 http://www.chinanews.com.cn/.

表 2-1　　　　　2009 年 2 月至 4 月主要文學網站的訪問情況

三月排名	名稱	用戶覆蓋數	用戶日均訪問頁面	訪問量指數
1	新浪文學	1,533	8	17,630
2	起點中文網	1,204	18	16,479
3	QQ 文學	543	8	6,857
4	小說閱讀網	401	23	9,392
5	晉江原創網	361	20	8,238
6	搜狐文學	317	5	3,311
7	紅袖添香	289	17	3,272
8	幻劍書盟	271	7	2,857
9	瀟湘書院	195	26	5,753
10	言情小說吧	174	23	2,090

資料來源：http://www.iwebchoice.com/Html/Class_65.shtml

（三）網路文學是實現文學大眾化的重要途徑

1. 草根作家成為大眾接受解讀文學的意見領袖

網路是一個反中心化、非集權性的虛擬世界，它鄙視權威，消除等級，拒斥英雄情懷和盛氣凌人，無論是達官貴人還是黎民百姓，在這裡都是平起平坐的網民。以《鬼吹燈》成名的「天下霸唱」是當紅的網路作家，學美術出身，當過髮型設計師，做過服裝生意，現在和朋友合夥經營一家金融投資公司。他喜歡自由自在地干自己的事情，不喜歡受過多束縛，也不喜歡什麼都上綱上線的思維方式，尤其討厭別人在自己面前提「文化」。網路非集權性的世界裡成就了他，也成就了無數如「天下霸唱」這樣的草根作家。他們以平民姿態、平常心態寫平凡事態，用大眾化、生活化、凡俗化的心態和語言，展示普通人最本色的生活感受，顯示出平凡的親切感。於是，崇拜平庸而不崇尚尊貴，直逼心旌而不掩飾慾望，虛與委蛇和矯揉造作讓位於率性率真，鮮活水靈衝淡純美過濾和理性沉思，便成為網路寫作最常見的認同模式。

2. 平民姿態創作獲得大眾情感上的共鳴

網路文學所表現出來的平民姿態，正是要完全實現文學大眾化所要具備的基礎的創作條件之一。網路文學的創作主體大多出生於 20 世紀 70 年代，文化素質普遍較高。雖然大部分都不是職業作家，但是來自各行各業的作者不僅是其所寫對象的觀察者，更是其體驗者和感受者，他們創作的文學作品為文學大

眾化提供了有利的條件。

3. 開放性使大眾從單純文學接受走向參與創作

網路文學的開放性，以及作者和讀者、創作主體與接受主體之間的互動與交流，使大眾從以往單純的接受、閱讀走向文學創作，這是實現文學大眾化之意義所在，也是衡量文學大眾化發展程度的標準之一。創作話語權和評論話語權的自由，使創作主體的文學作品體現出更多樣的、更加全面的主題和內容，以易於被大眾所接受的表現手法和方式表達出來，滿足文學大眾化的需要，激發了大眾自我表達的衝動，調動了大眾接受和參與文學的積極性。

在「百度貼吧」網站中「網友俱樂部」下的「故事接龍吧」，這種互動形式，極大地帶動了大眾的參與性，使文學進一步地大眾化。所以說，網路文學具備實現文學大眾化所需要的條件，網路文學的出現和發展必然成為實現文學大眾化的重要途徑。

三、網路時代下文學大眾化的發展

(一) 網路開啓了文學大眾化繁榮的景象

網路是一個擁有巨大包容性的文化空間，其平等性、兼容性、自由性和虛擬性使它得以保持平民姿態，向社會公眾特別是文學弱勢人群開啓話語權。當我們走進一個個文學網站，「撲面而來的是平民化的文學景觀，眾多網路寫手打造的平民化文學模式，創造了互聯網時代全新的文學敘事學」。

網路時代的到來，使網路文學寫作應運而生。除了記錄日常生活外，網路文學創作則是其主要內容。在網路文學中，文學已經完全大眾化了，讀者與作者的關係，由原來的靜態、單向發展成為互動、雙向。網路寫作的自由與隨意，消解了知識分子的特殊地位，文學家再也沒有特殊的話語霸權。平民百姓也擁有了話語權，他們有了發出自己聲音的自由，可以隨心所欲地在網上進行創作。這種開放、自由的網路寫作，使眾多的無名者用鍵盤敲碎了作家的高牆，傳達出真正的民間和大眾的聲音。

建立在網路基礎上的文學得以迴歸大眾，將為文學帶來更大的發展空間。文學創作的職業化將逐漸淡化，文學的功利性逐漸減弱，自由、真實的文學作品不斷顯現。隨著網路文學的日漸成熟，許許多多成熟的網路文學作品將給文學大眾化帶來全新的發展。

當代文學大眾化取得較快的發展，主要是在20世紀90年代以後。隨著市場經濟體制的確立，經濟發展和人民生活水平的提升，思想的解放衝破了傳統的社會觀念，社會整個界面充滿了濃厚的大眾化氣息。於是就出現了像蔡登秋

所說的:「文學無法『出淤泥而不染』,大眾化與文學不謀而合。」特別是網路的出現,給文學大眾化帶來了新的發展和契機。

(二) 推動文學大眾化實現的基礎

在現當代文學史上,文學大眾化作為一種文學表象,從來沒有間斷過,也沒有真正實現過。但文學大眾化的提法已應用於文學研究之中,所以,我們有必要對文學大眾化的考量標準進行界定。這裡歸納出以下四點:第一,文學在大眾中的普及接受數量;第二,文學在大眾中的影響力;第三,參與文學創作、互動的活躍狀況;第四,文學對大眾生活的介入。20世紀末,許多學者就提出適度運用傳媒是文學走向大眾化的重要途徑,應利用傳媒使文學「大眾化」。李自雄、張毅(2005)曾指出文學的發展與研究提供一種「融合」論的大眾化設想,而這種「融合」論的大眾化設想的最終實現,要有兩個必備條件:「一是需要作為社會精英的知識分子參與其間;二是需要參與進來的精英知識分子改變舊有的俯視大眾的『啓蒙』姿態,採取『平民化』的寫作姿態與『啓蒙』策略。」

四、當代文學史上文學大眾化的發展

當代文學史上文學大眾化具體可以劃分為兩個階段:低速發展階段和快速發展階段。當代文學大眾化低速發展階段指20世紀90年代以前,由於「文化大革命」這一全面性、長時間的左傾嚴重錯誤的影響,所以,這個階段從20世紀70年代末開始算起。當代文學大眾化快速發展階段是從20世紀90年代以後,特別是隨著市場經濟的發展而快速發展的。

當代文學大眾化低速發展階段主要面臨的是轉型期中國文學的大眾化選擇問題。轉型期的中國大眾文學藝術與純粹的民間藝術有所不同,不是民間百姓自編、自娛、自樂的自發形式,而是由文化人創作的、運用大眾傳媒更適於大眾接受的自覺形式。

這個時期的文學藝術家們努力使自己的作品能夠被大眾接受,實現與大眾的話語交流,採取不同的大眾化選擇策略,從藝術實現的角度進行大眾化選擇,從而產生了不同樣態的大眾文化。最初的大眾化選擇,是伴隨著藝術走向市場開始的。從20世紀80年代中期開始,中國的戲劇業、電影業、電視業、圖書音像出版業等,都從過去計劃體制下的國家意識形態事業,轉化為文化工業或商業,被全面地投入了市場。藝術走向市場以後,「一方面通過競爭機制,使藝術進入愈益發展的良性循環中;另一方面,亦更加迎合觀眾口味,為滿足大眾的娛樂慾望進行所謂的藝術生產」。文學大眾化的選擇就是在這樣的

社會經濟體制發生重大變化的新環境下實現的。

在市場經濟背景下，實用主義性質日趨顯著。當然，在文學大眾化快速發展的同時，也暴露出許多的問題。雖然文學獲得了相對寬鬆的發展空間，但是「傳統束縛依舊存在，政治意識和市場經濟仍在影響文學，特別是市場經濟使文學深受影響，文學與大眾關係出現了市場化特徵」。

所以必須看到，市場經濟下的文學仍在打大眾招牌，只是轉向了商業運作。比如，炒作寫手、樹立文學的品牌甚至以各種名目舉辦的網路寫作大賽。對於網站而言，商業的收入遠遠大於文學收穫，在這樣的市場誘惑下，網路文學不可避免地日趨實用主義。

同時，隨著改革開放帶來經濟發展和人民生活水平的提升，思想的解放衝破傳統的社會觀念，帶來進步的同時，也帶來了人文精神的失落、舊理性的自我否定、感傷主義泛濫、各種「拜金主義」被奉為圭臬等。在這樣的文學背景下，文學的大眾化受其影響，從而有時表現出這些不良的社會之風氣。

第三節　網路文學促進了文學平民化發展

一、網路文學促進文學的平民化、通俗化

在傳統文學界，依然有大量觀點認為，文學性與商業性是相違背的。文學作品中引入商業元素後，必然使其庸俗化而失去了文學作品的內涵。但是從傳播學角度來說，無論任何類型的文學作品，其文本內涵歸根究柢也是一種信息的組合。其存在的價值在於在傳播過程中讓受眾接受。失去了讀者的文學作品，也就失去了其作為文學作品的生命力。換句話說，文學作品的生命力，體現在讀者的接受上。而商業化一方面是衡量讀者對作品接受程度，即作品生命力的標準；另一方面則可以保障文學作品創作者的創作物質基礎。尤其在當今後現代社會的大眾文化消費語境中，文學作品也成了一種消費品，並開始逐漸進入由平民大眾構成的買方大市場。受眾自然會以名為「市場化」的無形之手，對文學作品優勝劣汰。不夠動人、不夠娛樂、不夠打動讀者的，自然在競爭中出局。而互聯網也為口味越發刁鑽的受眾們提供了一個用點擊率投票的淘汰機制。成千上萬的網路文學作品在互聯網這個大舞臺上互相競爭，接受讀者的審美考驗，自然保證了網路文學貼近受眾的鮮活生命力。

除此之外，互聯網為文學創作提供了一個良好的平臺，讓文學創作成為了一場可以全民參與的狂歡盛宴。創作門檻低使得所有人都可以成為網路文學作

家，創作過程中的高互動性讓讀者可以決定文學作品的內容，甚至生命，這有著更深層次的社會學意義。事實上，所謂由於商業性與文學性互斥，所以草根化、通俗化的網路文學作品缺乏文學內涵這一論斷是個偽命題。在中國文學作品中被引以為傲的唐詩、宋詞、元曲、明清小說在當時的歷史背景下實際就如同我們今天的流行歌曲，明清小說更是直接脫胎於當時市井民間所流傳的說書藝人話本。即使中國最早的詩歌經典《詩經》，其按內容劃分為「風、雅、頌」三部分，而其中的「風」也是由周朝採詩官所採集的民歌。其無論篇幅還是文學價值都高於「雅」「頌」兩部。由此可見，自古以來，民眾的感性生活和精神訴求才是文學以及藝術的基點。真正的文學的根基從來都是源於民間，任何一種形式的文學，在其萌芽階段都屬於民間文化。可惜由於社會分工不同導致社會階層的出現，文學的話語權由原本屬於庶民們口相傳唱的「頌」，變成了廟堂之上應和酬答的「風雅」，并逐漸脫離了大眾。而文學創作者特有的創作技藝隨著話語權以及文化的壟斷變成了稀缺資源。加上在文學的傳播過程中，威權階層將主流意識形態以各種方式糅雜入文學的內涵中，使得文學創作變成了稀缺資源，甚至使對文學的審美欣賞也逐漸小眾化、精英化。創作高臺和傳播壁壘的雙重關卡使文學中的民間審美意識日漸淡薄，社會主流文學離民間、民眾和民俗的母體越來越遠，文學活動由眾聲喧嘩變成「你寫我讀」的布道與聆聽，由此形成了千百年來文學話語權的壟斷模式。

　　網路文學誕生於互聯網，其草根化的文本內涵以及敘事方式，使得文學重新迴歸江湖。互聯網通過技術以及媒介環境的兩重推力，促使中國文學在 21 世紀後開始轉型，而以《第一次親密接觸》《盜墓筆記》等為代表的網路文學作品，則是高舉文學民間化大旗的先鋒。「去中心化、傳受對等、全民參與、共同創作」這樣的網路創作模式夯實了網路文學創作在社會大眾之間的民意基礎，也激發了公眾主動參與文學創作的熱情。正如一位網友所說：平民話語終於有機會同高貴、陳腐、故作姿態、臃腫、媚雅、世襲、小圈子等話語并行，在網路媒體上至少有希望打個平手。網路就是群眾路線，網路文學至少在機會均等上創造了文學面前人人平等的局面。

　　網路文學消除了創作者與讀者之間的二元對立，這也是許多成功網路文學受草根讀者歡迎的根本原因。至少對於《盜墓筆記》來說是如此。事實上，《盜墓筆記》在網路傳播過程中，有不少喜愛作品的讀者，會根據原作中的人物、劇情片段甚至是某個場景進行演繹性的二次創作，創作出與原故事相關，但又獨立於原故事劇情之外的新作品。這些作品不但包括小說，還包括漫畫、短片視頻、Cosplay 靜像電影（由演員裝扮成劇中角色，通過拍攝、後期處理，

形成系列由攝影作品組成的圖片故事）。這些作品在圈內有一個專業術語，叫做「同人作品」。這些由《盜墓筆記》衍生出來的同人作品，與原作一樣主要是在網路上傳播。這種由一部網路文學作品引發的同人作品創作風潮在網路文學圈中是一大常態，只不過《盜墓筆記》因為忠實粉絲眾多而具有代表性。但是在傳統文學圈中，這種現象是不可想像的。

所以，網路媒體讓權威階層對文學所定的陳規舊制得以消解，在這裡互聯網平臺就如同哈貝馬斯筆下，18世紀英國的咖啡館一樣，重新構築起一個面向所有民間大眾的公共領域。在1673年，一本題為《咖啡館的特徵》的小冊子裡這樣寫道：「每個人似乎都是平等派，都把自己看成是一介平民，完全不論地位和等級。所以你經常可以看到一個愚蠢的紈絝子弟，一個可敬的法官，一個自命不凡的傢伙，一個舉止得體的市民，一個知名的律師，以及四處轉悠的扒手、非國教徒、虛偽的江湖騙子。所有這些人都聚在一起，組成了一個魚龍混雜的大雜燴。」[1] 而這正是幾百年後互聯網平臺的真實寫照。而在這種傳播環境下，平權意識使得文學能夠迴歸草根化的敘事方式以及審美觀。它顛覆了固有的文學等級觀念，打破了傳統文學對話語權的壟斷，消解了文化精英們的權威性。正如作家陳村所說：「文學史素來都不是傑作史，許許多多的人在文學中積極參與并有所獲得，難道不是又一層十分偉大的意義嗎？」[2] 而這也正是網路文學存在所帶來的最大意義。

二、與傳統文學的相互融合與促進

所幸的是，中國的網路文學在經過十餘年的發展之後，其促進文學草根化以及通俗化的意義已經開始得到傳統文學界有識之士的關注。不少傳統文學界人士認為對網路文學的研究有助於解決傳統文學在新時代面臨的受眾越來越狹窄的問題。早在2000年左右，中國網路小說誕生初期，以陳村為代表的傳統作家就表現出對網路文學的認可。中國作協副主席陳建功曾經從網路文學的傳播渠道與媒介影響力層面，對其作出評價：「網路文學極大地擴大了作者發表作品的空間和覆蓋面；與紙質媒體相比，其交互性更強，發表門檻更低。」《文藝報》總編輯閻晶明則從網路文學的內容以及文學風格層面，讚揚它「非常有趣、非常生動、非常富有人性，而且確實有在幻想王國裡更加自由翱翔的那樣一種狀態」。網路文學的這些特點，都有值得傳統文學借鑑學習的地方，

---

[1] 陳勇. 咖啡館與近代早期英國的公共領域——哈貝馬斯話題的歷史管窺 [J]. 浙江學刊, 2008 (6).

[2] 陳村. 網路之星叢書 [M]. 廣州：花城出版社, 2000.

所以在著名作家、文學評論家白燁編著的年度文學調查報告《中國文學發展報告》中，每年都會有專門的篇幅針對網路小說進行研究。除此之外，不少大學的文學院系以及地區作家協會也開始設立網路文學研究機構。其中最為著名的當屬中南大學文學院設立的網路文學研究所，這一研究所後來成為了湖南省網路文學研究基地，創辦了網路文學國家精品課程研究網站。研究所在首席專家歐陽友權教授的帶領下，先後完成了《網路對文學發展的影響與對策研究》《網路文學的社會影響力研究》《網路文學經典作品研究》等省級、國家級項目，并出版了《網路文學教授論叢》《網路文學新視野叢書》等網路文學研究叢書。

傳統文學界除了對網路文學進行研究之外，更是致力於消除傳統文學與網路文學之間的分野與隔閡。2009 年，中宣部第十一屆「五個一工程獎」獲獎名單中，出現了首部網路小說──《大江東去》；2010 年，第五屆魯迅文學獎中，有 31 部網路文學作品入圍，其中連載於晉江文學城的小說《網逝》甚至進入了終審；2011 年，南派三叔的《盜墓筆記》被浙江省作協推薦參評第八屆茅盾文學獎，雖然最終并沒入圍，但卻象徵著傳統主流文學界開始接受網路文學。而兩者之間的隔閡也在社會的發展中慢慢消解。

第四節　網路文學對傳統文學所產生的深遠影響

網路文學從產生時起，就給傳統文學帶來極大的衝擊，而從其發展趨勢來看，也必將對文學的發展帶來深入而深遠的影響。這種衝擊和影響，首先是文學觀念的更新。中國的傳統文學理念，向來把人類對世界和人生的根本問題的終極關懷當作永恆的主題，認為文學存在的價值和意義，就在於解釋和定位世界，探尋和確認人在世界中的地位和價值的本源性和終極性。即使是在面對大眾文學或者通俗文學這樣的題材時，也總是喜歡掛著「大眾文學」的招牌，販賣「高雅文學」的私貨，最終卻把大眾文學搞得不上不下，成了「姥姥不親、舅舅不愛」的角色。而網路文學則把大眾文學與純文學嚴格區別開，極力倡導大眾文化娛樂性至上的精神，用當下體驗消解理性精神，高度重視民間性、通俗性和實用性，強調娛樂主導大眾文化的新理念。在大多數網民心中，文學應該是人類自由精神的產物，但目前文學的狀態卻是披著自由外衣的非自由；文學應該是人類抒發情感和交流的手段，但目前文學創作又有著許多既定的規則。於是網路文學極力以娛樂至上的審美向度示人，無論是創作動機還是

創作過程，無論是作品中呈現出來的外在特徵還是價值取向，都具有濃重的娛樂色彩，而不是時刻需要體現一份博大與深刻。這正如葛紅兵所說：「如果我們承認文學是一種自由，是人性的、遊戲的、非功利的，那麼網路文學正是在這點上將文學的大眾性、遊戲性和自由性還給了大眾。」承認、肯定和支持大眾文化對娛樂性的追求，才是真正的「以人為本」的人文精神的體現，而不是以自身價值體系為唯一評判標準，只求人文的終極關懷而罔顧廣大普通民眾的現實需求。因為說到底，「大眾文化」才是民族文化最深厚的基礎，是最本真的「文化文本」，民眾的需求才是文化得以發展的動力之源。沒有了普通大眾的世俗生活，人類文化就將失去生命力的源泉。網路文學對文學功能的重新定位，體現了普通民眾對人類精神的一種自我詮釋，一種自我理解方式。其實文學的功能就在於反應現實、傳達感情，讓靈感與思想自由飛翔。而「文以載道」只應是文學的最高理想，而不能成為普世原則。

其次是實現了文學空間的拓展。網路文學為文學的發展提供了前所未有的廣闊空間。第一是拓展了文本的存在空間。技術的存貯手段，讓網路空間資源無限延伸，無比方便和迅捷；數碼技術能夠便捷地生產超文本；文字、圖像、聲音等融為一體的多媒體文本的出現，更使文本能夠以立體化、形象化和直觀化的面貌展現在人們眼前。第二是拓展了作者的存在空間。網路給人們提供了無比自由與寬鬆的創作環境，在這裡，沒有精神裁判所，不限制題材、不限制風格、不限制創作的時間和空間跨度，真正實現了人人都能當作家這一願望，證明人人都有成功的可能。虛擬的存在，甚至可以讓作者無處不在。第三是拓展了讀者的存在空間。在網路文學的創作中，讀者不僅以接受者的身分出現，還能以創作參與者的身分、文學評論者的身分出現。同時，網路文學作品的內容的多樣性和層次的多樣性，幾乎可以讓每個人都找到自己喜愛的文本，讓讀者充分享受閱讀的自由選擇權。

最後是開創了思想盛宴的時代。傳統文學是最為重視和倡導文本的思想性的，但恰恰是這種重視和倡導，反而極大地減少了人們利用文學作品表達和交流思想的機會。是因為傳統文學對文學創作設置了較高的門檻，哪怕是對大眾文學題材的作品，也習慣用較高的藝術標準去衡量。打一個簡單的比方，傳統文學的門設置在藝術的山峰上，進門太難，但入門之後離登堂入室就不遠了；而網路文學則把門檻設在山腳，屬於入門容易上山難，參與網路文學創作沒有資格限制，但今後的路卻很長，也很艱難，可以在創作中提高自己的藝術修養。所以說傳統文學是一個「完美主義者」，而網路文學則是一個現實主義者。網路文學作品特別是網路小說的評價標準，不再側重於藝術性，而是內容

的趣味性、故事的邏輯性、情節的新奇性和思維的創造性。至於對文字功底的要求，網路文學把它降到了最低——表達清楚意思即可。這種對文學作品標準的重新劃分，實現了大家交流與傾訴的願望，使各種各樣的思想、思潮都能在網路上盛開、綻放，語言的藝術性和技術性，不再成為人們表達思想的障礙，人們可以自由暢快地表達自己對人生、對世界的感受。所以許多網民在閱讀網路文學作品時，總是一目十行，因為他們志不在欣賞語言的技藝，而是在閱讀思想，欣賞思維，欣賞人類的想像力是如何迸發的。就像劉月新說的那樣：「文學是人類的對話與交流活動，或者說對話與交流是文學的存在方式。」

第五節　網路文學作品對青少年思想道德教育的影響

一、網路文學作品對青少年思想道德教育的積極影響

（一）培養愛國熱情，強化民族精神

愛國主義是中華民族的優秀傳統，是中國人民的共同精神支柱，是推動社會進步的強大動力，也是培養中國「四有新人」的基本要求。胡錦濤同志在黨的十七大報告中指出：堅持不懈地用馬克思主義中國化最新成果武裝全黨、教育人民，用中國特色社會主義共同理想凝聚力量，用以愛國主義為核心的民族精神和以改革創新為核心的時代精神鼓舞鬥志，用社會主義榮辱觀引領風尚，鞏固全黨全國各族人民團結奮鬥的共同思想基礎。而青少年作為祖國的未來和中國社會主義現代化建設的主力軍，培養青少年的愛國熱情和強化他們的民族意識顯得尤為重要。

傳統的灌輸式愛國主義教育方式，嚴重忽略了青少年的身心特徵，並引起了多數青少年學生的強烈反感。而優秀的網路文學作品，具有更豐富的內容、更生動的表達、更大的吸引力和更大的影響力。青少年通過閱讀這樣的網路文學作品，勢必更容易形成正確的人生觀和價值觀。例如軍事類網路文學作品《最後一顆子彈留給我》描寫的是一群頂天立地的特種兵戰士，他們用自己的汗水和鮮血維護自己的祖國和人民，當祖國遇到危難的時候，他們必定是犧牲自己的利益甚至生命也在所不辭。由於青少年身心尚未成熟，具有模仿能力強和接受能力強等特點，閱讀這樣的文學作品，較容易被鮮明生動的主人公形象所感染，并在潛移默化中接受了愛國主義教育。能更加深刻地理解馬克思列寧主義、毛澤東思想、鄧小平理論和「三個代表」重要思想等基本理論知識，能樹立正確的人生觀、價值觀、道德觀，能把愛國熱情轉化為愛國行動，真正

意識到作為學生，只有好好學習、天天向上才能更好地回報社會、回報祖國，為實現中華民族的偉大復興做出自己的貢獻。

(二) 實現人格的健全發展，培養和諧的人際關係

心理學中的「人格」指的是：「人格（personality）是一個人獨特的、相對穩定的行為模式。人格是由每個人所具有的才智、態度、價值觀、願望、感情和習慣以獨特的方式結合的產物。換句話說，一個人過去是什麼樣的人，現在和將來還是什麼樣的人，這種一貫性就是由其人格所決定的。」[①] 青少年學生處於「人格發展期」，即人格的發展由不成熟到成熟，由不定型到定型的階段。這個時期的人格發展將面臨各種干擾和趨向變化，也會產生各種不同的結果。因為人格是在後天的環境中形成和發展起來的。當前，中國正處於全面轉型時期，出現了各種價值觀并存和混亂的現狀，比如有我們極力提倡的愛國主義和集體主義價值觀等正確的價值觀取向，也存在我們極力反對的拜金主義和享樂主義價值觀等錯誤的價值觀取向。後者將影響身心尚未成熟、人格尚未健全的青少年的人格價值的合理建構。尤其當今的青少年大多是獨生子女，從小就養尊處優，具有較強的自尊心、優越感和獨立性，較容易把關注的重心投向自我，出現以自我為中心的價值觀取向。這會導致其疏遠同學、集體，出現與同學、老師關係不和諧等現象，不僅影響了青少年學生人格的健康發展，也妨礙了其自身心理的健康發展。

通過閱讀優秀的網路文學作品，尤其是突出表現愛國主義價值觀取向、集體主義價值觀取向的軍事類網路文學作品，有助於青少年克服以自我為中心的觀念，全面樹立「心中有他人，心中有集體，心中有國家」的集體主義價值觀。有助於青少年正確認識自己，完善自己。如在學校，尊重老師及老師的勞動成果，虛心聽取老師的教誨；在家裡，體諒父母，幫父母做力所能及的事；在朋友有困難的時候，及時伸出援助之手等。有助於培養青少年的團隊精神，形成團結互助、平等友愛、融洽和諧的氛圍。

(三) 緩解學習壓力，豐富課餘生活

目前青少年學生的主要壓力仍來自於學習，青少年學生的學習壓力也日益成為學校、家庭和社會關注的熱點話題。由於中國經濟的飛速發展，導致人才競爭激烈，追求高學歷、高收入便成為家長和學校老師對學生的一致期待。而在現代家庭中，每位家長都帶有望子成龍、盼女成鳳的思想，多數家長在孩子

---

① [美] 庫恩. 心理學導論——思想與行為的認識之路 [M]. 鄭鋼, 譯. 北京：中國輕工業出版社, 2004.

小的時候就開始請家教登門指導，迫使孩子參加五花八門的學習輔導班，使孩子長期處於緊張學習的狀態之中。這樣不科學的教育方式，只會給學生增加心理、生理雙重壓力。

由於網路文學作品具有寫手草根性、年輕化、內容後現代性、語言符號化、數字化、口語化、新奇化和幽默化等特點，使得網路文學作品的構思、情節、語言、觀念都帶有青少年的特點，正迎合了廣大青少年的心理需求，在課餘時間創作或閱讀這樣風格的作品勢必能緩解學生學習的壓力，適度調節學生的緊張情緒，使學生體驗到成功的喜悅從而樹立自信，保持良好的心境和愉悅的心態。

二、網路文學作品對青少年思想道德教育的消極影響

（一）消解了青少年的正確人生意義與追求

一些網路文學作品，充斥著「拜金主義」的觀點，文章從頭到尾都在灌輸人生的最大目的與追求就是掙錢，錢掙得多你才能好好享受生活。而對於正處於成長期，接受能力強的青少年，閱讀了這樣的作品，必會受到物質第一、金錢至上觀念的影響，會讓他們覺得只有具備了充裕的物質條件，才能談得上生活，才能有資格談理想、談感情，否則一切都是空，都只是浮雲。

拜金主義思想對青少年學生的消極影響具體表現在以下三個方面：

1. 一味追求物質滿足，造成嚴重的攀比心理

青少年群體大多為「90後」「00後」，他們的出生到成長都與市場化經濟和消費意識形態相伴隨，從小就享有消費時代的豐碩成果。於是，追求物質滿足和時尚生活再自然不過，無論吃、穿、用都是名牌。在過去，我們學習的唯一目標是考上大學、回報社會、報效祖國。而現在，不少學生除了學習之外，更加注重自己的住宿環境是否舒適、穿著是否新潮，一跨入學校首先要必備「三大件」：手機、數碼相機和掌上電腦。甚至很多學生開始濃妝豔抹，今天買瓶香奈兒的香水，明天買瓶蘭蔻的面霜，數不清的名牌，換不完的高科技產品，這些已經成為一些學生攀比的內容。這種物質上的攀比必定會造成青少年學生思想的腐化墮落，以致其喪失理想，抹殺理智，忘記自身肩負重任，忘記父母的急切期盼，忘記老師在課堂上「富貴不能淫，貧賤不能移，威武不能屈，此之為大丈夫」的諄諄教誨，扭曲對社會的認識，從而迷失自己。

2. 學習目的功利化

拜金主義把錢作為人生價值的唯一和最高標準，作為人生追求的最終目的和意義，這將直接導致學生學習目標的功利化。如今，勤奮刻苦的學習精神，

艱苦奮鬥的生活作風，已經被多數學生所摒棄。由於拜金主義無時不在、無處不在地影響著學生的價值觀，功利主義的心態使一部分原本踏踏實實求學的學生變得浮躁不安、不思進取。甚至形成要想過關就送禮的思想，造假、買答案、採用高科技手段作弊等現象也層出不窮，這對青少年的全面發展是很不利的。

3. 人際關係功利化

因為學生生活費主要來源於父母，如果家庭經濟狀況好，孩子易受攀比心理驅使。他們出手大方、處處顯富，穿著高檔服飾，語言行為狂放不羈。這一類新生代也被稱為「富二代」，他們瞧不起一些家境貧困的學生。因此，「富二代」只會結交與自己境況和觀念相同的學生，穿戴名牌一起出入高消費場所。而家境相對貧困的學生很少參加集體活動，擔心別人的嘲笑，情感變得脆弱，產生極大的自卑感。這種兩極分化的差異，使學生的人際關係功利化，嚴重污染了學生之間本有的純潔、平等、和諧的友誼關係，消解了青少年的正確人生意義與追求。

(二) 弱化青少年的思想道德意識

有些網路文學作品內容裡充斥著金錢和色情，雖然也會有對人生的拷問和對價值的追求，但心智不成熟的青少年在閱讀這樣的作品時，思想也只會停留在字裡行間。他們的道德意識也正處在形成的過程中，是非辨別能力較差，如果長期沉迷於如此大膽開放的表達式作品裡，很容易忽視基本的道德底線，做出有違倫理道德的事情。

第三章　網路文學與傳統文學

第一節　網路文學的語言

一、網路語言概述

（一）網路語言的類別

網路語言可以劃分為三種。第一種是基礎網路語言。這是那些隨著網路的發展而產生的新詞彙，有的是科學術語，例如：「論壇」「網址」「瀏覽器」「視頻會議」「搜索引擎」「FLASH」等。第二種是網路交際語言。這是一種在網路上進行交流時廣泛使用的語言，有的是為了達到一種方便、委婉的效果，主要以書面語言為主，有時也以日常語言的形式並容納字母、數字、符號、圖片，甚至視頻等多種表達方式。例如：「你在干嗎」「今天吃飯了嗎」（日常語言）；「GG」「BF」「TMD」（字母）；「886」「7456」（數字）等。第三種是解碼網路語言。這是一種在網路社會所特有，隨著網路的產生和時代的發展而出現的一種新興語言，其中很多詞彙和表述都需要說者和聽者的相互配合，雙方必須有一種不言而喻的默契。還有一些則類似於網路黑話。這種語言的產生與時代的發展有關，也是後現代主義和大眾文化興起的體現。此外，還有一些網路語言的出現，則僅僅是在漢語環境下計算機器輸入設備所特有的誤差產生的出人意料的效果。例如：「躲貓貓」「河蟹」「醬紫」「哇卡卡」「杯具」等。

（二）網路文學語言

眾所周知，文學語言是在日常語言的基礎上發展而來的　因此，在 文學語言中存在大量的口語，正如老舍先生所說：「語言的創造並不是另造一　套話，

燒餅就叫燒餅，不能叫餅燒。」① 但是「文學的口語化不等於怎麼聽來的怎麼使。」② 文學語言通常被認為比口語更加「謹慎」，③ 文學語言是對日常語言的藝術加工，它突出的是形象描繪性和感情描繪性。雖說科學語言也是以日常語言為基礎，但是同文學語言卻有很大的不同。科學語言是一種記述性的語言，要求準確、唯一，可以嚴密地論證自然、社會和思維等現象的規律性，不需要進行審美觀照。而文學語言的本質在於它是一種藝術語言，描繪性是它的特點。文學家按照其情感需要來組織話語結構，讀者則需要細細品味其中蘊藉的審美意象。同時，闡釋者不同，釋讀的效果也不同，從而文學語言又具有多義性。

戴維·克里斯特爾在他的《語言與因特網》一書的前言中就非常直接地提出：「因特網各項功能之中體現得最明顯的還是她的語言特徵。因此，如果說因特網是一場革命，那麼它很可能是一場語言革命。」④ 早先出現在網路上的網路語言與一般的書面語言并沒有太大不同，但隨著網路的發展和普及，大眾文化的興起對網路語言的推動作用十分巨大，從而網路語言便脫離了傳統意義上的書面語而漸漸獨立起來。不過，網路語言並不是另一種語言，它只是一種我們在網上交際時必須使用的語言，依各語種而各有不同。中文的網路語言便是漢語。

綜上所述，網路文學語言就是在網路語言的基礎上發展而來的，這有些像文學語言與日常語言的關係，但相對於它們則顯得更為複雜。

在這裡，我們所說的網路文學語言就是首先發表在網路上的原創文學作品中使用的語言，以及一些具有鮮明文學色彩的博客文章中的語言等。與傳統的文學語言相比，由於其載體不同，其表現形式更多地與現代科學技術密切相關，所以可以認為是文學語言發展到媒體時代的新形式。

二、網路文學語言的性質與特徵

(一) 網路文學語言的形式三「美」

高爾基在《論文學》中說：「文學創作的技巧，首先是在於研究語言，因

---

① 老舍. 出口成章——關於文學語言的問題 [M]. 北京：作家出版社，1964.
② 老舍. 老舍文集（第十六卷）[M]. 北京：人民文學出版社，1991.
③ [英] 雷蒙德·查普曼. 語言學與文學 [M]. 王士躍，於晶，譯. 沈陽：春風文藝出版社，1988.
④ [英] 戴維·克里斯特爾. 語言與因特網 [M]. 郭貴春，劉全明，譯. 上海：上海科技教育出版社，2006.

為語言是一切著作,特別是文學作品的基本材料。」①

在網路文學作品中,作者總是會用他所知的一切語言技巧、表達策略、盡可能完美的表達形式來傳達他們內心的感悟和情感體會,用語言形式帶來的審美效果來表現作者的審美意識。這種語言形式上的審美效果是一切文學作品所刻意追求的目標。網路文學的語言所具有的三個性質,在這裡我們借用聞一多當年對新格律詩的美學要求,即音樂美、建築美和繪畫美,來概括網路文學語言形式上的美學特徵。自然,在傳統的文學語言中,也要求具備這三個特色,只不過這些特色在網路文學語言中不僅更為突出,而且表達方式也更多依賴網路技術。

首先,音樂美。好的文學語言首先是節奏美的語言,就是要富於音樂性。朱光潛在談到語言節律時說:「領悟文字的聲音節奏,是一件極有趣的事。普通人以為這要耳朵靈敏,因為聲音要用耳朵聽才生感覺。就我個人的經驗來說,耳朵固然要緊,但是不如周身筋肉。我讀音調鏗鏘,節奏流暢的文章,周身筋肉仿佛同樣有節奏的運動;緊張,或是舒緩,都產生出極愉快的感覺。如果音調節奏上有毛病,我的周身都感覺局促不安……我因此深信聲音節奏對於文章是第一件要事。」② 可見音樂美對作品語言的重要性。

多數網路文學作者都很注意音節的整齊均勻,注意增強語言的整齊美,聲調抑揚頓挫,韻律自然和諧,運用疊音自然,使作品語言朗朗上口。還有的作品運用了大量的擬聲詞的對話,既符合網民網上交流的特點,也符合作品中人物的性格,能更真切地反應真實。

其次,建築美。句子在語言運用中是最小的單位,網路文學語言的句子組成有別於傳統文學語言,而且這種區別很明顯。可以說,網路文學的語言開啟了一個全新的文學語言結構,具體表現為以下兩個方面:

第一,網路文學語言的散句占主體。從修辭的角度來看,排列在一起的一隊或一組結構相同或相似的句子叫整句;相反,句式靈活而富有變化的,長短不一的句子叫散句。散句在網路時代的充分運用,反應了網路文學的生活化、大眾化等特點。寫文章輕鬆活潑,如嘮家常、直白,閱讀過程中不用太費精力。

第二,網路文學語言的散句中,又以短句居多,短語式表達成為主流,利用短句寫作,表意簡潔、靈活,符合臨屏寫作的特點。因此在網路文學中,短

---

① [蘇]高爾基.論文學[M].戈寶權,等,譯.北京:人民文學出版社,1978.
② 朱光潛.朱光潛美學文集(第2卷)[M].上海:上海文藝出版社,1982.

句被大量運用，尤其在網路小說中表現得特別明顯。

最後，繪畫美。網路文學是一個充分運用多媒體的文學創作結晶。計算機是從西方引進的，計算機的輸入設備即鍵盤是數字式、字母式，雖然很不利於中國人的漢字輸入習慣，但是也有其自身的特點，就是可以充分利用縮寫和字符，甚至還有圖片。

（二）網路文學語言的「現代性」

首先，網路文學的載體很特別，是 E 媒體的藝術，即電子技術的新應用。區別於傳統紙質文學的線性閱讀，網路文學的結構可以自由組合調整，借助超連結讀者可以很方便地進行跳躍式閱讀。

其次，網路文學語言的交互性更強。電子時代人們溝通便利，思想交流豐富，使得網路文學的語言還具有時效性。當下最流行、最熱門的語句、詞彙都可能出現在網路文學中。之前由於輸入法的誤差導致「悲劇」的諧音「杯具」一詞風靡，立刻被網路文學引用并發揚光大，網路小說《愛我的魚》第一章就叫「初戀是杯具」，還有小說閱讀網上大熱的《杯具襲來》都是很好的例子。

再次，網路文學語言的情感表達方式較為自由而輕鬆，這裡集中體現在一種過分宣洩情感和輕鬆虛化情感兩方面。由於網路的自由、迅速、便利和恣意等特點，網路寫手們不需要考慮個人的名譽、社會規範等制約，可以完全自由地釋放感情，大膽進行自身剖析。例如醉月苦丁香的散文《頹廢的情書》，全文就是個人情感的宣洩，文中大膽地袒露自己的心扉：「丁香早已願把自己整個交給你，她的身體和靈魂，思想和感情，甚至所有記憶中的過去和幻想中的未來。」「丁香把你的名字烙在胸口，每一次想念就是一次疼痛，但卻在淚水中微笑。」「丁香從沒這麼愛過一個人，愛到情願就這麼死去。」[1]

網路上大量充斥著這類細微感情、瑣屑心理的語句，過分強調自身的快感和自我的解脫，也造成了讀者閱讀時的情感波動極為頻繁甚至產生閱讀疲勞和厭倦感。

此外，由於網路寫手大多是「80 後」「90 後」，個性強，充滿活力，他們在運用語言時常常有某種跟著時尚走的炫耀成分。例如一些當下網路上的流行語經常能出現在作品中，從「不要崇拜哥，哥只是個傳說」「我抽的不是菸，是寂寞」到「我的人生像茶几，上面擺滿了杯具」等，充分體現網路寫手為了使自己的文章能跟上時代步伐那種煞費苦心的思路。

---

[1] 西祠胡同. http://www.xici.net/u3180259/d8650727.htm.

最後，多媒體的有效配合是網路文學語言獨樹一幟的根本。在網路上，語言的形式多種多樣，並不拘泥於文學，為了更好地交流、表情達意，一切手段都可以稱為「語言」。所以，網路文學語言的多樣化就不足為奇了。網路文學語言為讀者帶來的最具開拓性的改變就是我們從以往的「讀文章」演變為「看文章」「聽文章」。圖片、音樂盒視屏的運用使我們的閱讀更加便利、輕鬆。

三、網路文學語言的審美特性

（一）後現代主義文化下的網路文學語言

後現代主義是 20 世紀五六十年代在西方資本主義國家出現的一種社會文化思潮，如今儼然是一種世界性的文化思潮。隨著信息時代的來臨，人們的交流日益便捷，思想文化滲透無時無刻不在發生著。以中國為例，改革開放使經濟水平提高，物質匱乏的問題基本解決了，但是人們的精神生活則相對貧困，這就為後現代文化滋生提供了適宜的環境。網路文學的創作就是在後現代文化這一背景下產生的。同時，網路文學語言也就不可避免地帶有後現代主義文化內涵。

特里·伊格爾頓曾這樣解釋後現代主義文化內涵：「後現代主義一詞通常是一種文化形式，一種文化風格，它以一種無深度的、無中心的、無根據的、自我反思的、遊戲的、模仿的、折衷主義的、多元主義的藝術反應這個時代性變化的某些方面。這種藝術模糊了『高雅'和『大眾'文化之間的，以及藝術和日常經驗之間的界限。」[1]

從這段話可知，在後現代主義時期，大眾文化極為繁榮甚至可以說泛濫，純文學與普通文學的距離正在消逝，文學的高雅性日益遠去，使得後現代文本中充斥著日常生活中的粗俗詞彙。如馬原、餘華、王朔、孫甘露等當年的先鋒派作家，其新作也大都接近現實，語言也高度生活化，似乎貼近生活、還原生活真相才是他們的目的。在網路時代，話語權迴歸到網路平民，使稍微有書寫能力的人都可以參與寫作。他們較少對人生、理想進行思考，取而代之的是對當下性、娛樂性的消遣。這樣，傳統語言在網路文學中被邊緣化，無中心、無根據、無深度、戲謔的、模仿的語言在各種文本中大行其道。網路文學語言摒棄了傳統語言的崇高和對靈魂的探索，更多地關注自我宣洩和慾望傳達，語言形式大膽創新，用獨特的表達吸引讀者的注意。東拼西湊的大雜燴、蔑視權

---

[1] ［英］特里·伊格爾頓. 後現代主義的幻想 [M]. 華明，譯. 北京：商務印書館，2002.

威、反本質等特徵無一不顯示了後現代主義文化對網路文學語言的影響,形成了一種獨特的審美現象。

(二) 網路文學語言的美感來源

網路文學語言可以非常形象地傳達美感,這也是其和傳統文學語言最大的不同。網路文學語言不僅具有傳統文學語言的形象描寫性質,而且在此基礎上更上一層樓。在電子媒介時代,文字在網路文學語言中已經顯得不如在傳統文學中那麼重要,現在的網路文學更多是將文字、圖像、聲音相結合。圖、文、聲并茂,藝術和技術的統一,構成一種特殊的語言表達效果。插入圖像或者連結是網路文學在多媒體時代下運用語言的新方式,這樣人們從原本的「讀書」形式,轉變為「看書」形式。傳統文學塑造的是話語,而網路文學塑造的是一種直截了當的「圖示」。網路文學作品中大量運用多媒體技術,在文字之外增添多種效果,以便讀者更清晰地瞭解作品的內涵。

如果說網路文學語言的形象美是一種視覺藝術,那麼音樂美則是聽覺藝術。音樂性是文學語言的基本特徵,豐富和諧的節奏及韻律將聲音同意義緊密結合。相比之下,網路文學語言在音樂這方面也相當注重。雖然現代網路詩歌不如古典詩歌那樣追求平仄、押韻、對仗,但是網路文學語言深受汪國真、席慕蓉等詩人的影響,同時流行歌曲對網路語言的影響也很大,所以網路作家對詩的音樂性、節奏感有自覺或不自覺的追求。如《米洛的十四行》中:「秋天過去就是冬天/我們相愛的日子一天一天的紀念?讓我們為清晨歡慶,為嬰兒,為麋鹿/為昨晚的露水,青草的呼吸/我們依然相愛,甚至比昨天更深地。」又如《孤獨的花朵》中:「也許玫瑰會在明天枯萎/但這又有什麼害怕;為了心中的理想和愛/哪怕付出生命的代價。」這些都是節奏突出、音樂性很強的片段。

網路文學語言可以充分吸收百家之長,只要達到作者想要表達的效果便為最佳。網路文學語言充分表明了作者的感情態度,一方面體現了網路的自由性,另一方面也是擴展了語言的形式。學者王希杰也同樣認為:「創造新詞語是一種藝術。因為符合漢語構詞規律規則只是最基本的要求,還必須反應事物的個性、特徵,表現事物特有的形象,賦予命名者的感情色彩,滿足民族的、時代的審美要求。」[1]

我們知道,網路文學的產生出於對交互性的期待,作家通過各種形式的語言表達想與讀者心靈間的溝通的願望。這種願望具有深刻的含義,現今人們感

---

[1] 王希杰. 修辭學導論 [M]. 杭州:浙江教育出版社,2000.

到自身越來越孤獨，社會壓力不斷增加，人們失去了以往貼心的溝通。雖然現代科技使得人們之間的客觀距離拉近了，但是主觀距離卻越來越遠。網路文學中出現的新奇有趣的詞語不得不算是一種渴望交流的語言。網路時代從事寫作的人大多比較年輕，他們充滿熱情、充滿活力，對未知事物積極探求的心情最迫切。這批人希望通過一些新鮮有趣的語言來吸引其他同伴的注意，可以看到網路文學語言中出現的一些新詞彙，反傳統的語言或多或少都帶有一種炫耀的成分。這是一種年輕化心態模式下的語言，同時也是當今全球化語境下的特色。

（三）建構網路文學語言特殊的審美特性

很多人批評融入網路文學的網路語言不規範，甚至對網路文學是不是文學也有爭議。因為網路文學徹底顛覆了傳統文學的審美範式，網路文學語言和各種多媒體的配合消解了傳統觀念上的文學性。很多語言專家就此認為網路是一個催生文學垃圾的地方，到處充斥著不規範的文字，口水詩漫天。但是對一切新生事物的出現，我們都應該給予合理的包容。傳統語言界應該給予這個全新的領域更多幫助。網路文學語言儘管目前看上去有些弊病，但這裡有一個極易被忽視的現象。最早的文學形式是口頭傳誦，爾後隨著紙質品的出現，人們可以很方便地記錄下文學事實，這樣傳統文學界便將文學劃分為口頭文學與書面文學。電子媒介的快速發展大大超出了人們的預期，電子時代下的網路書寫已經成為大多數人的習慣，而計算機輸出設備作為一個語言的載體，相應地承擔起文化交流的重要任務。既然口頭文學和書面文學的劃分正是根據文學的載體不同而劃分的，那麼隨著網路文學的出現，這種劃分是否需要改變？口頭文學的表達是言語的傳播，書面文學的表達是文字的顯現。那麼網路文學的表達就是文字、圖像、視頻、聲音等多媒體的技術的展演。從另一種角度來說，它具有劃時代的意義。就像尼爾・波茲曼所說：「每一種媒介都會對它進行再創造——從繪畫到象形符號，從字母到電視。和語言一樣，每一種媒介都為思考、表達思想和抒發情感的方式提供了新的定位，從而創造出獨特的話語符號。」[1]

可以看到媒介不同，審美觀也會發生變化，因此文學到了電子媒介時代就要有另外一套文學規範。在網路文學中，審美範式就是戲謔、娛樂，是一種孤獨的狂歡化。在這種媒介上起到交流作用的語言體現了這個特點，傳統語言學界不必談虎色變。隨著時間的推移，一批通俗易懂的網路語句會慢慢被大眾接受并保存下來，而一些真正的糟粕則自然會被歷史淘汰。

---

[1]［美］尼爾・波茲曼. 娛樂至死［M］. 章豔, 譯. 桂林：廣西師範大學出版社，2004.

網路媒體和紙質媒體存在差異，所以在語言風格上也存在不同。由於網路文學與紙質文學的閱讀環境、閱讀時長、閱讀方式以及閱讀心境不同，網路文學語言便慢慢體現出它特有的價值。

　　網路文學語言有別於傳統而形成自身獨特的美，就在於它的大眾化、形象化、娛樂化以及對自由精神的充分體現。

　　首先，網路文學語言是大眾化的語言。網路文學語言走的是平民路線，作家權威的話語被消解，傳統精英與大眾都可以享用自由運用語言的快感，人人都可以參與創作，這大大激發了網民的藝術熱情。全民參與時代的到來，人的價值被大大提高，這種平等的話語模式體現了時代精神，也是未來將要發展的方向。

　　其次，網路文學語言特別的審美特徵還在於其語言更加豐富、形象。索緒爾語言學認為語言就是聲音和意義的複合。語言本身是沒有任何意義的，但是網路文學語言追求的是語言與符號的重疊，「形象」「象聲」的網路文學語言刪繁就簡，清除一切語言存在之間不對稱的局面，模糊了能指和所指的界限，帶給讀者更方便、更迅捷的視覺享受。網路文學語言打通了讀者的感覺器官，使讀者不再糾結於晦澀難懂的文字遊戲，消除了文本與讀者的心理距離。這種形象化的表述很容易使人沉浸其中，給人一種沉浸式的美感體驗，這也是網路文學語言所要達到的目的。

　　再次，網路文學語言是娛樂性的語言。如今社會競爭激烈，人們的工作、生活無處不存在壓力，網路的出現給了他們一方可以宣洩的土壤。同時，網路文學又是平民的文學，平民的價值取向對網路語言的發展有重要作用。網路作家不再熱衷於對神聖和崇高的膜拜，厭惡虛假的偉大。網民在網路文學語言中尋找的是一種顛覆性的快感，網路文學中的語言無論是尖酸的嘲弄，無情的拆毀還是善意的調侃戲仿，都是為了消解神聖。娛樂，成為網路文學的中心。作為構成網路文學的語言無疑更直接地體現了這一本性。「I服了U」「河蟹」「三顧茅廁」等幽默的語言頻頻出現在網路文學作品中。人們閱讀了這樣的文字，不由得發出會心的微笑，從而起到調節心情的作用。同時，網路文學的娛樂性更親民，讀者閱讀過程中很容易將其中的語句、描寫的場景與自身的實際生活聯想起來，觀念相通，情感經驗相似，意願相近，很容易達成一種無言的默契，相對來說更容易引起共鳴。

　　最後，網路文學語言是自由的語言。學者歐陽友權說：「網路文學最核心的精神本性就在於它的自由性，網路的自由性為人類的藝術審美的自由精神提

供了又一個新奇別致的理想家園。」① 網路文學語言解放了以往藝術自由中的不自由，使文學更充分地表現人的自由精神。平民話語權終於走到臺前，擺脫了其他傳播媒介的束縛，消解了較多的功利色彩。網路文學語言帶給人們暢所欲言的本真狀態，體現了一個真實的「我」，鮮活的「我」，這正是文學最終所追求的。

（四）網路文學語言的局限

儘管網路文學語言如此富有美感，但我們也可以看到，由於過於超前，形成的一種後現代話語即使存在一定先鋒性、科技性，還是不免會引起人們的一些憂慮，網路文學語言存在潛在的危機。

一方面，技術的革新在使圖文匹配強化文學作品觀賞性的同時，也簡化了人的思維能力。正如尼爾‧波茲曼所說：「照片把世界表現為一個物體，而語言則把世界表現為一個概念。」② 讀者在傳統閱讀中面對的是書面上冷靜的抽象符號，是進行理性活動的過程。網路時代形象中心取代了文字中心，人們放棄了對自身智力的考驗，轉變成為娛樂、休閒而閱讀。久而久之，這種沒有思考的閱讀使我們變得麻木，對文字的處理能力變得薄弱。我們對語言瞭解得多了，理解卻變少了。「書中自有黃金屋」的古話變得陌生，我們逃避在書海裡，通過閱讀文字提高自身的目的沒有達到，閱讀後的回味被一種彷徨、無助的感覺取代。我們只記得作品中的語言詼諧、新奇，閱讀過程中新鮮刺激，但是在接受文學之後無法獲得延留感，從而變得焦躁而痛苦。所以尼爾‧波茲曼在《娛樂至死》的結尾中再次警告道：「人們感到痛苦的不是他們用笑聲代替了思考，而是他們不知道自己為什麼笑以及為什麼不再思考。」我們對形象過分依賴，以致喪失了思考能力，變得缺乏理性。為了視覺效果和便捷化而犧牲大腦，這是一件很危險的事。同時，快節奏閱讀下的網路文學作品，衝淡了文學語言中蘊含的無限韻味，也消解了作品的詩意，使得文本變得并不那麼重要，文字慢慢變得似乎要被圖型式所取代，這不得不引起警惕。

另一方面，網路文學語言跟網路語言同步，新詞彙大量繁衍，更新快，消失也快。雖然有的詞語例如「躲貓貓」（Hide-and-seek）、「閃孕」（Quick Pregnancy）、「山寨版」（Cheap Copy）、「裝嫩」（Act Young）等已經被選入新英漢辭典，但是大多數還是經不起時間的考驗，被一批接一批湧現的網路語言大潮所覆蓋。如何使創造出來的網路文學語言具有長久的生命力，而不成為一

---

① 歐陽友權. 數字化語境中的文藝學 [M]. 北京：中國社會科學出版社，2005.
② [美] 尼爾‧波茲曼. 娛樂至死 [M]. 章豔，譯. 桂林：廣西師範大學出版社，2004.

種快餐文化的廢品，這也是網路寫手們不得不面對的現狀。

網路時代的到來是不可避免的，其對文學領域的影響，尤其是對網路文學的語言衝擊尤為顯著。有人視之為洪水猛獸，有人認為其是主導未來的潮流。不管文學語言如何發展，語言的交流本質是無法改變的。不能單方面認為網路糟蹋了文學語言的純潔性，其中的利弊只有經過時間的考驗才能見分曉。我們還是要帶著一顆包容的心來看待新環境下的文學語言的發展變化，究竟這個發展演變是好是壞，就交給歷史以及廣大的文學愛好者來評判吧。

第二節　網路文學與傳統文學之異同

歌德曾指出：人類社會的基礎是通訊。因此以現代計算機技術為核心的新型通訊傳播技術——互聯網技術產生未久就滲透到了當代社會生活的方方面面，對當代文化生活產生著越來越大的影響也就不足為奇了。時至今日，網路的意義早已突破了技術範疇，它絕不僅僅是作為當代文化發展的催化劑和外部促動力而存在的，而是成為了人類文化生活的本體性構成要素，滲入了人類文化的生殖—再生機制內部。一種新的文化——網路文化正日漸形成并昭顯出了強大的塑造力和生殖力。正如尼葛洛龐蒂所言，數字化生存具有分散權力、全球化、追求和諧與賦予權力四個特徵，它將深刻改變人類的生活結構。而以網路技術和網路文化為依託的網路文學，雖然還處在其發展的初級階段，但卻已顯示出強勁的發展勢頭，具有自身獨特的魅力，吸引了越來越多的人去關注和參與。

對網路文學和傳統文學進行比較，有助於我們更好地把握網路文學的本質特徵，從而更自覺地促進當代的文藝建設。在比較之前，有必要先厘定「網路文學」的概念。通常網路有廣義和狹義之分。廣義的網路文學是指一切用網路形式創作的文學和反應網路生活情態的一切文學，包括傳統文學的網路化形態、網路原創文學和以傳統形式寫作的反應網路時代生活「時尚」的文學。狹義的網路文學專指網路原創文學。本書所論的網路文學取其廣義（重點關注前兩類），因為網路文學最重要的恰恰不是其形式（形式固然也頗為重要），而是它所昭顯的一種獨特的文學精神和審美追求。

傳統意義上的文學被人們賦予了超拔脫俗、普度眾生的神性品格，被視為「經國之大業，不朽之盛事」，肩負著「言志」「盡情」「載道」「立政」「適事」「傳先王之道，論聖人之言，以宣告人」的社會使命，備受世人崇仰。這

使得文學被一道非常耀眼的光環所籠罩，也導致了一種根深蒂固的「字紙崇拜」情結。傳統文學的神性品格，無疑是與傳統社會金字塔型、垂直型的社會結構和等級觀念息息相通的。福柯認為，每一種知識和理論，都不同程度地是某種權力的表徵。在漫長的歷史時期裡，處於塔尖的統治階級牢牢掌握著、壟斷著文化教育、文學創作的特權，剝奪了廣大民眾進行文藝創作的權力。文學已成為一種「權力話語」，具有強烈的權力意味和精英色彩。傳統意義上的作家是知識話語的壟斷者，他們代表統治階級宣講布道，其創作話語從總體看或隱或顯，或直接或間接地體現出了社會的主流意識形態。幾千年的文學發展歷程足以使作家和讀者積澱起各自的集體無意識：他們之間是導師和學生的關係，是宣講和傾聽的關係。這種觀念影響至深，儘管在今天文學創作已不被視為經國之偉業，儘管有的作家口稱「玩文學」，把寫作戲稱為「碼字兒」，但是文學創作身上仍保留著那道耀眼的「光暈」（本杰明語）。光芒雖已減弱，但仍然不是任何人都可以接近的。

第一，網路文學的出現，打破了傳統文學創作的這種壟斷狀況，實現了文學的真正共享。因為「共享的思想是網路的精髓，沒有共享，就不成為網路」，網路文化導致了人類高度開放、高度共享的新的生存狀態。眾所周知，因特網源於冷戰思維，在美蘇兩極對峙的冷戰格局中，美國的軍事科學家為了避免因「中央系統控製式」的信息控製中心受到對方打擊而使軍隊中的通訊網路系統陷於癱瘓，便決定採用「分組交換」技術將多個同級的信息中心相互聯通，建成一種新型的信息傳輸網路，這就是互聯網的雛形——阿帕網。因而，網路結構的空前開放性和去中心性，是互聯網的核心技術文化理念。「在這個獨立的電腦網路空間中，任何人在任何地點都可以自由地表達其觀點。」「沒有人比其他人擁有更多的特權；無論是 IBM 公司還是美國總統，在網路空間中都不比一個十幾歲的少年有更多的優勢。」前所未有的開放性使得原有的「信息霸權」被徹底打破了。任何一臺聯網電腦都可以成為這個虛擬社會的中心，這樣就有了無數個「中心」，這使得網路社會成為一個「無中心性社會」，因此網路文化具有「平等文化」「個性文化」「權力分散文化」等特點。網路社會的這種文化精神必然會影響到現實社會的生活，使「傳統的中央集權真正解體」，使得人類社會真正實現民主、自由和平等，形成平面型、網路型的社會結構和民主化的社會觀念。

因此，網路寫作的首要特徵就是非壟斷性，或曰普泛性。這體現為創作主體的普泛化和文學空間的普泛化。高度開放的網路媒體使得傳統作家的獨尊地位受到質疑。誠然，隨著人類社會的進步，知識和教育的壟斷逐步被打破，大

眾的知識化程度越來越高。在網路文學出現之前，文學創作已不再被極少數的社會精英所壟斷，藝術家逐漸走下了神壇，越來越多的人可以涉足文學創作。但是，原先「話語權力」的享有者依然依靠諸如編輯、出版者等重重「關口」予以「把關」（庫而特・列文語），通過嚴密的運作機制來維持對權力話語的獨占地位。網路的出現則徹底打破了這道「關口」，徹底消除了籠罩在藝術家和傳統藝術作品身上的那層神祕的光環。在網路文學的世界中沒有對創作主體藝術天賦的苛求，也沒有編輯、出版者等重重限制；寫作者本身就是編輯和出版者，出版費用也變得前所未有地低廉。「在線空間」對所有的人都一視同仁，它向所有的人敞開，任由其吟詩作文、盡情揮灑。文學的空間被極大地拓展了。在這裡，任何人都可以過上一把「作家」癮，作家不再是什麼高不可攀的聖者。文學創作變得前所未有地廣泛，文學活動顯示出了空前的平民性、民間性。

第二，網路文學同傳統文學相比，具有超文本性。儘管傳統文學中也曾出現過某些超文本的寫作嘗試，如法國「新新小說派」作家薩波爾達的《作品第一號》，就是由一些寫滿小故事的活頁紙構成的，讀者可以像沖洗紙牌那樣任意換洗，從而得到無數各不相同的作品。但這僅是一個特例，不足為訓。而網路文學的超文本特性具有多方面的充分表現。網路文學的超文本性首先表現為超封閉文本性，網路文學的文本不再是傳統文學的那種封閉定型的先在文本，而是一種開放的、未完成態的多元文本。在這種文本中，作者在情節發展的每一個轉折點都為讀者提供了多種閱讀選擇，使讀者在閱讀時真正實現隨機性閱讀。這樣就使得一篇作品可以衍生為多篇作品。讀者可以按照作者提供的選擇閱讀，甚至可以按自己的設計去閱讀。這方面以臺灣作家李順興創作的作品最為典型。其次，網路文學的超文本性表現為超文字文本性。網路技術是一種多媒體技術，這直接影響了網路文學。在網路文學中文字只是表達符號之一，此外還有各種聲音和許多動態畫面。傳統文學作品雖然也可以做到圖文並茂甚至化文為圖，但其藝術效果顯然無法與網路文學的影音並陳、動態交互相比；網路文學的超文本性還表現在它具有泛文體寫作、跨文體寫作的特徵。「網路文學」可以是從 BBS 上截取下來的一段對話，也可以是夾雜著一段音樂和動畫的一些文字，可以既是小說也是 MTV 文學的體裁特徵在此變得極其模糊。面對網路文學，傳統的文體理論每每陷入尷尬之中。網路文學大大擴展了「文學」這一概念，衝擊了人們對文學的傳統理解，促使人們去思考「文學到底是什麼」這一帶有迴歸本質意味的問題。最後，網路文學的超文本性還表現在讀者不僅具有批評的自主權，而且還具有參與創作的權力。網路的自由開

放，使得讀者自由發表意見變成可能。讀者可以在閱讀中隨時進行跟帖點評并迅速傳遞到作者那裡。網路作家可以在與讀者的對話中提高自己的創作質量，更好地滿足讀者的需要。如痞子蔡在《第一次親密接觸》的兩個月零八天的網上創作過程中，每天都收到網友們紛至沓來的郵件或帖子，讀者的看法和意見直接影響著作者下一步的創作。這種創作實現了讀者和作者的「實時動態交互」，這一點是傳統創作所無法比擬的 。 一部傳統的文學作品問世並流傳後，雖然也能夠獲得讀者的熱烈反響，作家會收到很多的讀者來信，獲得評論家的意見，但這種「回音」的速度跟網路文學無法相比，而且網路作家可以在第一時間對這種反饋做出應答，立刻對作品加以修改。而傳統作家對作品的修改、訂正則需要等待作品再版的機會。網上讀者的這種回應有時可以超越提意見或建議的形式，直接站出來為作者改上一部分或續上一部分，這時網路文學的超文本性就體現為讀者自由參與創作的超傳統作者寫作權威性和超文本完成態性質。如此一來，一部作品就成了眾聲合唱，其版權也難以歸於某一人。據有關資料，《天涯》雜誌曾轉發過一篇署名「佚名」的網路小說《活得像個人樣》，結果有許多人聲稱是作者，這在傳統創作中是難以想像的。而一部寫就的網路作品在流傳中也會派生出多種不盡相同的「版本」。由於讀（改）者的水平高低不同，作品質量勢必參差不齊，在風格上也顯得不統一。這種情況在傳統作家看來可能是難以忍受的，但網路寫作者們不但不會介意這種現象，反而會把這看作是自己的努力所得來的回報，看作讀者對自己的肯定。因為他們本身的寫作行為就具有打破創作權威的「超寫作」性質，自然不會把自己再樹立成某種權威。許多網路寫手甚至不在乎作品是否完整劃一，如在國外流行一種「接力小說」，一個網友寫作小說的開頭部分，其他部分任由其他網友續寫。類似情況在國內也已出現，如小摯創作《聊天室的故事》時就是只把主體寫完，結尾留給別人來寫。

網路文學的這種超文本性使得傳統意義上作者與讀者的關係受到巨大衝擊，兩者的互動關係變得空前突出，並且具有了實時互動的特徵 。傳統文學中作者的創作主體地位、讀者的接受主體地位、評論家的批評主體地位和作品的對象主體地位，在網路文學時代都受到嚴重挑戰，其角色已經在不知不覺中相互滲透、異變甚至趨於同一。表面看來，在網路文學中文學作品的焦點已從「作者中心」「評論者中心」轉到「讀者中心」「文本中心」。實際上，在網路文學中，作者、評論家、讀者和文本個個都是中心，這種中心泛化使得網路文學沒有真正的中心。羅蘭‧巴特說，這是一個「作者死了」的時代，實際上，由於網路文學的衝擊，「死」去的將不僅僅是作者，還有傳統意義上的讀者、

批評者和文學本體。或許，由於網路文學的衝擊，傳統意義上的文學也將經歷一場空前的「鳳凰涅槃」。網路文學實踐大大突破了傳統作家超文本實驗的極限，使傳統文學的本體因素受到猛烈衝擊。

第三，網路文學在載體形式、題材內容、創作態度和審美趣味等許多方面同傳統文學有很大的差別。從載體形式來看，傳統文學的物化形態簡單劃一，不論是竹、木、簡或是帛，抑或是紙張，最終裝訂成冊，都呈現為自然物質形態，是看得見、摸得著的。網路文學則寄寓於一種特殊的物質載體形式即二進制電子信息形式——「比特形式」。這種非自然物質形態的特殊載體使得網路文學的傳播方式極其簡便，傳播範圍更為寬廣，傳播速度空前提高，這是其巨大的優點。

在題材內容方面，相對於傳統文學無比豐富的表現對象，網路文學的題材顯得甚為狹隘。一進網路文學的世界，立刻會讓人感到淹沒在「愛情」的汪洋大海裡，風花雪月、愛情感念、離怨情愁成為網路文學的主要內容。有人曾把其概括為「心情故事」。在首屆網路文學原創文學獎評選中獲獎的作品，幾乎是清一色的愛情題材，《性感時代的飯館》寫「耗子」與瑛的戀愛故事，《怪怪婆的故事》寫作者對愛情的感悟，還有《曹西西戀愛驚魂記》《林子滅情》《飄雪》《此情可待成追憶》等。題材單一成為當前網路文學的一大缺點，也是其備受貶損的重要原因。但是，這種狀況的存在自有其客觀的原因。一方面，這是由於網路文學還處在其發展的初級階段，眾多的嘗試都在進行中，正如傳統文學從單一的勞動號子發展到「一切皆可入詩」經歷了漫長的歷程一樣，網路文學也有待於在其未來的發展中一步步走向成熟。另一方面，這同網路文學創作者們的寫作態度和審美趣味有直接的關係。著名網路寫手寧財神說：「以前我們哥幾個曾經探討過這個問題，就是說咱們為了什麼而寫，最後得出結論：為了自己的表現欲而寫，為了練打字而寫，為了騙取美眉的歡心而寫，當然，最可心的目的，是為了那些個在網上度過的美麗而綿長的夜晚而寫……」由此可見，網路文學不是為他人而寫，而是自說自話。網路寫手們作為一支絕對年輕化的隊伍（其年齡大部分在20~30歲間），很自然地會把愛情和心靈的迷惘當作自己感受最深的表現對象。網路寫手們從事寫作，并沒有什麼教化或宣道的目的，他們是「感受了自己本身一些很純粹的東西，解脫釋放了出來以成為生命的主體」。「網路寫手們往往是躁動不安的，狂熱而富有激情。而這種激情卻來自於縱欲」。因此目前「網路文學寫作追求的是一種平面化，一種庸常化，它不屑於，實際上也難以反應重大題材，難以用宏大敘事來反應人類的整體精神實質。網路文學中的世界，只能是一個俗人的世界，一

個非主體的世界，一個反詩意化的世界」。原先那種整體性的哲學，那種樂觀主義思想，那種「高尚純潔」式的寫作不復存在。顯然，這種狀況也與後工業化時代的生存狀態、文化心理、審美時尚（諸如商品大潮的衝擊、物欲橫流、享樂主義風行、後工業化時代生活的碎片感、介於現實與虛擬之間的網路生存境界、人的自我的迷失、意義與價值的解構、拒絕深度、平面化、調侃遊戲的另類人生「時尚」……）有著密切的關係。當然也應看到網路文學的現狀也從一個側面反應出了網路文學自由自主的創作精神。追求自由是人的本性。現代社會日新月異的「文明」也給現代人帶來層出不窮的苦悶，使得人們在高速運轉的生活中逐漸失去自我，感覺日漸麻木。但人們內心追求自由的願望卻在壓抑中變得越來越強烈，而網路文學則給了人們宣洩自我、抒發自我、營構本真人生境界的機會。因此，網路文學多了一分天真自然，少了一分莊重嚴肅；多了一分樸實真摯，少了一分矯揉造作。網路文學使文學創作出現了向傳統、大眾、審美無功利性迴歸的可能，它使文學創作活動在一定程度上回覆到為席勒津津樂道的「審美遊戲」。在筆者看來，目前網路文學中情欲泛濫的現象，頹廢、自戀、泄情、不負責任的消極性狀態絕不是網路文學與生俱來的品格，隨著網路文學自身進一步的發展完善，憑藉所有熱愛網路文學的人的扶持和引導，網路文學終將蕩滌去目前甚囂塵上的浮塵，顯示出其應有的光潔。

第四，同傳統文學詩意性、寓意性的生產過程相比，網路文學具有機械性、直露性的特徵。如果說傳統文學像一件精工的首飾，那麼當代網路文學則更像草草幾筆的即興素描。傳統文學的運作模式體現出了包蘊性、詩意性的詩性—儀式化特徵。傳統的作家總是以敏銳的觀察力和感受力觀察、體驗現實生活，生發出藝術創作的衝動，運用豐富的藝術想像力，構思成藝術意象，再通過藝術傳達的手段將之物態化。在這個過程中，處處滲透、寓含著作家、出版者精心細緻的審美追求。從書名的選取，章節的回目安排，到人物地理的命名、情節安排、煉字煉句，再到圖書的裝訂、封面的設計、紙張的選用、抄錄的書法、刊行的字體及排版，所有這些因素，都有極強的包蘊性、詩意性。傳統文學的寓意性在四大名著中得到了淋漓盡致的體現。網路文學則表現出直露性、技術性的特徵。網路技術的運用改變了傳統文學的運作模式。寫手們在線寫作，當下的心靈體驗、生活感悟被直接抒寫出來，馬上付諸於世，一切都是直接的、即興的、簡潔的、直白的，作品的寓意性、經營性大大減弱。

加拿大傳播學者麥克盧漢有一個著名的觀點：媒介即信息。他認為媒介是社會發展的基本動力。每一種新媒介的產生，都開創了人類認識世界和感知世

界的方式。傳播中的變革改變了人與人之間的關係，並創造出新的社會行為類型。回顧人類文明的發展史，我們可以看到每一種新媒介的產生，都對人類的感知方式產生了影響，進而對其思維方式和精神生活方式產生深遠的影響。報紙培養出重理性、善思考、重邏輯思維的受眾群體，電影、電視則使得沉溺於其中的年輕一代漸漸成為不善思考與交際、缺乏反思和深省、迷戀視聽衝擊的「容器人」「電視人」。傳統文學要求讀者在閱讀文學作品的過程中充分調動起自己的生活累積，運用自己的感悟力、理解力，在再現性和創造性想像活動中完成對審美對象的復現、重建和創造。在這個解碼過程中，讀者的理解力、感受力、思考能力、審美能力都得到全面鍛煉。網路文學所產生的影響卻大不一樣。一方面，由於其表現內容單一、話語直白，使讀者的閱讀活動輕鬆了許多；另一方面，多媒體的文本格式，使得文學對讀者的想像力、理解力的要求大為降低。這使文學接受趨向直觀化，逐漸具有了機械性的特徵。在這個過程中，效率的含義得到充分體現。網路文學運作機制的每一個環節都處在高效率的運作中，這體現出信息社會的時代特徵。「效率」已成為現代社會的一個核心詞，而信息時代的到來更使得效率意識深入人心，并同平等意識、創新精神一起生成為新型的網路人文精神。

統觀網路文學與傳統文學，我們可以發現網路文學具有許多傳統文學不具備的特徵，它體現出了文學發展的一些新趨勢。我們應該看到，隨著社會網路化進程的不斷加快，網路文學一定能展示出更旺盛的生命力，一定能不斷揚長避短，取得令人矚目的成就。

在我們如今的時代與社會裡，生活與工作的節奏越來越快，在生活中零碎的時間：公交車上、地鐵裡、休息間隙等零散的片刻，閱讀成為消磨與利用時間的最佳選擇。由於新媒體的出現，忙碌的現代人更傾向於方便快捷的閱讀方式，將喜愛的文章下載到電腦中、電子閱讀器裡或是手機裡進行閱讀。這不僅給讀者帶來了便利，也滿足了現代人對個性化閱讀的需要。

「中國傳統文學指從公元前 11 世紀，即《詩經》中最早的詩篇出現起，直至 1919 年五四新文化運動以前的中國古代（含近代）文學。」[1] 傳統文學是文學體系中的中流砥柱，因為傳統文學往往肩負著對主流價值觀的傳遞，對民族文化和精神的傳承，對社會和生活的深層關注。「文學是語言的藝術，作為社會意識形態，其特徵在於它的審美性。中國傳統文學不僅是中國文化遺產中

---

[1] 楊保建. 中國傳統文學的基本特徵與現代意義 [J]. 陝西廣播電視大學學報，2004（4）：31.

的重要組成部分,同時也是一份具有永久魅力的藝術珍品。」① 傳統文學所蘊含的深刻的人文思想、審美價值是網路文學無法達到的。

網路文學在中國有著十幾年的發展歷史,雖說網路文學的作者和讀者的水平參差不齊,內容的深度也不如傳統文學那樣更能傳遞主流價值觀,但是作為一種新型的文學形式,網路文學的快速發展和所取得的成績都是不容忽視的。因為網路是我們生活中的必備工具,絕大部分生活在網路時代的現代人都無法擺脫網路,而網路文學的出現也打破了中國文學的傳統格局,為影視劇提供了一個新的創作途徑。以下從傳播載體、傳播內容、傳播主客體和傳播效果四個方面來比較網路文學與傳統文學的不同之處。

一、傳播載體的不同

網路文學是以互聯網為傳播載體的,而傳統文學是以紙質印刷媒介為傳播載體的。網路降低了文學創作的門檻,寫作不再是少數人的專利,而是一個大眾化的賽博空間。當紙質文學日漸式微、傳統文學逐漸走向邊緣化之時,網路的出現為紙質文學提供了新的發展平臺和空間。追根究底,傳播媒介的不同決定了網路文學與傳統文學的根本差異。麥克盧漢的「媒介即信息」正說明了這個問題,互聯網使得網路文學具有了不同於傳統文學的特點。網路文學充分利用了網路的優勢,即海量信息和資源共享。由於互聯網使用的便捷性、傳播的速度快、範圍廣,因此網路文學具有傳統文學缺乏的傳播優勢。網路文學以互聯網為平臺,吸引的讀者遠遠多於傳統文學的讀者;網路文學逃脫了傳統文學嚴格的審查製度,這使得其在傳播速度上也快於傳統文學;網路文學依託新媒體特性,具有傳統文學無法企及的優勢。

二、傳播內容的不同

在傳播內容方面,傳統文學往往反應當下社會生活中的深層意義,有著宏大的敘事主題,文學體裁傾向於表現時代與社會精神,體現著傳統的價值觀念。而網路文學更加傾向於通俗化、娛樂化,「網路寫手很少關注宏大敘事,他們在自己的博客上或各種文學網站上信手塗鴉,表達自己的喜怒哀樂,將藝術的隨意性、品位的感官性和思想的平面性作為自身的審美標準。儘管在互聯網上也有品位高雅、富有思想深度的作品,但更多的卻是各色人等露骨的自我

---

① 楊保建. 中國傳統文學的基本特徵與現代意義 [J]. 陝西廣播電視大學學報,2004 (4):31.

宣洩」①。黃鳴奮教授在《網路文學之我見》中表達了對網路文學在內容上的觀點：「相對於中國的傳統文學多半是鄉土、戰爭、工業題材居多的狀況，網路文學卻成了城市文學繁榮和壯大的肥沃土壤。」②

由於創作主體的不同，網路文學和傳統文學在傳遞的內容上也有所不同。網路文學的娛樂化、通俗化和民間化的特點使得其與傳統文學在內容上有所差異。在數字化時代出現的網路文學具有很強的娛樂性和遊戲性，它消解了傳統文學的嚴肅立場和傳統觀念，更多表達的是個性化和時尚化的內容。

三、傳播主客體的不同

（一）傳統作家與網路寫手

從傳播主體來看，傳統作家和網路寫手在身分特點、創作方式與目的上都有所不同。傳統文學的創作主體是社會中備受推崇的職業作家，是傳統文學的愛好者，具有職業化和規範化的身分特點，他們是文學領域和社會文化的傳承者，有著對藝術的崇高追求和熱愛。在嚴格的審查製度和較高的寫作標準的前提下，傳統文學往往體現著憂國憂民的情懷或是對深刻的人文思想和內涵的體現，肩負著「文以載道」的重任。傳統文學的創作者通常在表達文學思想方面會更加深入，更加注重文學的人文思想和對社會的深層關注，在傳遞主流價值觀方面有著網路文學無法替代的作用。

傳統作家有著良好的文學素養和專業化的水平，具有一定的社會責任感。由於書籍報刊和出版商的選擇和要求，傳統作家的作品質量要遠遠高於網路文學，但是這種高門檻的傳統文學往往是少數人的專利。網路文學的創作者則有所不同。網路作者大多是來自社會的不同階層、不同生活和文化背景的網路寫手，他們普遍年輕，多為經常接觸網路媒介的網民。「與傳統文學含蓄蘊藉的表達方式殊為不同的是，網路寫手經常以非常直白的方式表達自己的慾望和體驗。」③ 對於網路文學來說，「作品的創造主體由昔日身居鬥室的作家變成了能操作鍵盤與鼠標的廣大網民，文學創作的隊伍比過去有了驚人擴大，精神生產的集團化、大眾化與通俗化成為可能」④。

「青年文化佔據支配性地位，青年文化作為以青年期這一年齡段為界說而劃分出的亞文化，其本源依據在於這一人生發展階段的生理、心理特點……青

---

① 歐陽友權. 網路文學概論 [M]. 北京：北京大學出版社，2000.
② 黃鳴奮. 網路文學之我見 [J]. 社會科學戰線，2002 (4)：96.
③ 歐陽友權. 網路文學概論 [M]. 北京：北京大學出版社，2000.
④ 蔣問津. 新媒介文學與傳統文學的轉換與互動 [D]. 長春：東北師範大學，2001.

年是伴隨社會文化變遷而不斷呈現出自身文化特點的『不確定人群'。」① 而網路寫手恰恰是以青年人為主體，青年人自身的心理特徵為網路文學貼上了青春活潑、幽默詼諧的標籤。2012 年 3 月 22 日，湖南衛視的脫口秀節目《天天向上》邀請了當下幾位熱門的網路寫手。這也是網路寫手在螢屏上的綜藝首秀，其中四位是網路文學版稅排行榜的前四名，他們是「我是西紅柿」「唐家三少」「骷髏精靈」以及「天蠶土豆」。四位當紅網路寫手講述了自己與網路文學結緣的過程，他們的共同特點都是在無意中將自己的所感所想或是天馬行空的想像通過網路描述出來，有的引起了網民們的關注和喜愛，有的備受影視公司或是出版社的青睞，最初的寫作動機並不是金錢和利益，而僅是純粹出於對寫作的喜愛或是真情實感的自然流露。網路賦予網路寫手的匿名性特點使得他們可以肆意進行情感宣洩，抒發內心的真情實感。此外，網路寫手在身分上的平民化使得網路文學真正走向了大眾化，消解了傳統作家在讀者心目中神聖的光環，給予了普通大眾更多的民間話語權。

（二）傳統文學愛好者與網民

網民與傳統文學愛好者在閱讀方式、閱讀目的和自身的文學素養方面都存在著差異。傳統文學的接受者往往是傳統文學的愛好者，或是社會精英和知識分子階層，希望通過傳統文學來提升自己的審美趣味或是暢遊在智者和學者的文學世界裡，來獲得精神和思想的提升。

互聯網作為 21 世紀的新技術，頻繁接觸和使用網路的群體以年輕人和知識分子為主，因此網路文學的讀者群體在整體上傾向於年輕化。網路文學是互聯網的產物，網民們希望通過網路文學來填補心靈的空間，享受片刻的休閒和娛樂，來獲得網路漫遊的快感和愉悅。網路文學的讀者更想獲得的是大眾喜聞樂見的、娛樂性更強的作品，如《第一次親密接觸》《鬼吹燈》《悟空傳》《夢回大清》等。

在我們如今的時代與社會裡，生活與工作的節奏越來越快，在生活中零碎的時間：公交上、地鐵裡、休息間隙等零散的片刻，閱讀成為消磨與利用時間的最佳選擇。有了新媒體的出現，忙碌的現代人更傾向於方便快捷的閱讀方式，將喜愛的文章下載到電腦中、電子閱讀器裡或是手機裡進行閱讀。這不僅給讀者帶來了便利，也滿足了現代人對個性化閱讀的需要。

四、傳播效果的不同

傳統文學作為文學體系中的「中流砥柱」，擔當著嚴肅、神聖的角色。網

---

① 何學威，藍愛國. 網路文學的民間視野 [M]. 北京：中國文聯出版社，2004.

路文學是網路時代的產物，是文學快餐化的表現。由於新媒體的快速崛起以及網路文學的蔚然成風，傳統文學逐漸走向邊緣化，甚至不得不借助網路這一載體和渠道，讓傳統文學「上網」，走向網路，通過網路這個平臺面向更廣大的網民和讀者。

互聯網的出現為網路文學提供了一個雙向傳播甚至是多向傳播的機會。正因為如此，網路文學借助網路的即時性和便捷性，可以隨時通過 BBS 論壇、博客、貼吧等形式與讀者進行跟帖與回帖，做到與讀者的即時性溝通與交流，傾聽讀者的聲音。網路寫手與讀者之間的反饋還可以提高雙方的積極性。網路文學這種在網路寫手與讀者之間的雙向傳播性，快捷、及時的反饋是傳統文學僅僅憑藉紙質媒介與讀者進行的單向傳播所無法做到的。傳統文學因為紙質媒介的局限性導致了傳播效果的差異。「對於傳統文學的閱讀來說，一篇小說可能有千百個人去閱讀，但對其形成文字的評論可能是鳳毛麟角，大多數讀者的評論可能只保留在心中或口頭。」[1] 此外，由於消費文化的侵蝕，快餐文化的發展，網路文學對傳統文學產生了一定的衝擊，改變了傳統的文學格局，使得傳統文學日漸式微。網路文學當下強勁的發展趨勢和日益商業化與市場化的運作已形成了巨大的產業鏈，在出版業、網遊產業和影視劇領域都刮起了不小的旋風。

由此可見，網路文學與傳統文學都是文學體系中的組成部分，其本質的不同只是傳播載體和途徑的區別。從目前網路文學的發展現狀來看，還沒有可以經久流傳的作品。網路文學由於創作的低門檻和網路寫手的「三無」身分，導致了網路文學所承載的文學價值和思想深度被大大削弱。

21 世紀是互聯網繁榮發展的時代，是信息爆炸的時代，世界的各個角落因為網路而拉近了距離。誕生於網路時代的網路文學是文學世界裡一道別致的風景線，儘管它有利有弊，但這把雙刃劍至今已足夠吸引人們的眼球。有人批評網路文學低俗、膚淺和媚俗，但同時也有人讚美它是一種「新民間文學」，具有自己的特色。儘管它在不少方面存在毛病，作品水平參差不起，文學垃圾大量湧現，但是網路文學在信息時代給文學和影視領域所帶來的變化和影響是值得我們關注和思考的。中國網路文學在發展的十餘年裡，其在作品的數量上有了很大的提升，但是面對這些海量的網路文學作品和越來越濃厚的商業氣息，如何在質上也有所提升，進而兼顧好「量」和「質」是網路文學取得更大發展和進步的關鍵所在。

---

[1] 蔣問津. 新媒介文學與傳統文學的轉換與互動 [D]. 長春：東北師範大學，2001.

第三節　網路媒介與傳統媒介的對比及其在文學傳播中的作用

一、網路媒介和傳統媒介的對比

從生產的角度看，文學活動分為文學生產、文學消費、文學傳播三個環節。而網路媒介對文學傳播所起的作用表現在很多方面，如文學傳播的方式。人類社會文學作品傳播的方式已經從口語、書籍等傳統傳播階段進入了網路傳播階段。這幾個階段之間的關係并不是後者取代或排斥前者，而是後者容納前者以及在以後者為主導的基礎上與前者共存。不同的傳播方式有不同的長處，彼此之間不可能完全覆蓋。品味一部潛在讀者局限於本民族、本國度、本地區的文學作品，其在構思、側重點、人物塑造、語言運用等方面是不可能完全一樣的。一個直接面對讀者，隨時可能就作品與讀者進行交流的作者，與一個作品寫出來後要放一段時間才能與讀者見面的作者，在進行作品構思時也是有差異的。關於這一問題，在本書「網路媒介作用下文學的特徵」一節中將會有更為詳細、深入的論述。

文學以語言文字作為形象建構的手段，這是文學與其他藝術門類的質的區分點。那麼，在保持這一基本點不變的前提下，文學是否可以採用其他手段來建構自己的形象呢？回答應該是肯定的。因為不同的形象建構手段有不同的優勢，採用不同的建構手段，有助於文學形象的塑造，提高自己的藝術魅力。在口頭傳播階段，敘述人常常運用表情、聲調、手勢等來幫助形象的塑造和意思的表達；在書籍傳播階段，最常用的形式是在一本純文字的文學作品中插入一定數量的圖畫，以幫助形象的傳達；而廣播興起之後，又出現了廣播劇、詩配樂等新的文學樣式，還有圖片小說、連環畫等，也都在語言文字的基礎上，採用了其他一些形象建構手段。只是到目前為止，這種採用還是小規模的，比較單一、機械、缺乏有機性。因為現階段傳統媒介所提供的形象建構手段還缺乏有機合成性。但由此也可看出，不同的文學傳播方式所提供的形象建構手段也是有差異的，這種差異必然要對文學產生一定的影響。

二、網路媒介對文學傳播的作用和影響

與傳統媒介相比，網路媒介對文學的影響是巨大的。網路媒介的出現必然給文學以多方面的作用，其總體上會呈現出以下態勢：其一，文學形式將會更

加豐富多彩，品類構成將會發生巨大變化。網路傳播具有直接性、通暢性和無限複製的特點。網路直接面對上網者，在上網者與網路之間，沒有因技術和經濟原因之外的其他障礙，更沒有書籍傳播時代的出版、發行、銷售環節以及由此而來的某些部門對於文學作品的「生死」的決斷權。一部作品一旦上了網，從可能性上說，世界上任何一個角落的讀者都可以找到它進行閱讀。其二，文學形態本身的變化。在書籍傳播時代，文學作品只能以文字語言的形式存在。這種狀況是由下面這一事實決定的：書籍傳播只能為文學形象提供語言這一種建構手段。而在網路傳播時代，這種狀況將會有徹底的改觀。網路傳播可以同時出現語言、音響與圖像，從而為文學形象的建構提供新的手段。其三，文學內容與形式的改變。與傳統的文學傳播方式相比較，網路傳播具有及時性與高覆蓋率的特點。作者完成作品之後，可以直接發到網路中來供讀者閱讀。有時甚至可以一邊寫一邊發送到網路中去，從而使作者的創作與讀者的接受大致處於共時的狀態。如果再能同步翻譯（這在網路時代是很容易做到的），即使遠隔萬裡的異國文學也可以做到及時地傳遞，地域、國界的壁壘作用將大大地下降。網路傳播的及時性與高覆蓋率，必然會影響到網路文學的內容。比如在書籍傳播時代，口頭傳播依然存在，同樣，在網路傳播時代，書籍傳播與口頭傳播也不可能完全消失。但是在不同的時代，總有一種傳播方式佔據主導地位，這是不爭的事實。

不同的傳播方式對文學有著不同的影響。比如，在口頭傳播占主導地位的時期，文學作品缺乏固定的載體，敘述人可以任意發揮，敘述的內容缺乏定型，而讀者的接受則只能隨著敘述人的講述進行，接受與理解都受到較大的限制。因此，這一時期的文學以史詩、故事為主，故事性強、結構簡單，事件與人物的描寫都是粗線條的，重要的內容、關鍵的詞語和人物的特點總是一再地重複，如古希臘早期的神話與史詩。到了以書籍傳播為主的時期，文學作品有了固定的載體，作者可以精心創作，反覆修改，讀者也可以反覆地翻看文本，其接受和理解不再受文本缺乏的影響，接受和理解的進度也不再受敘述人講述的限制。因此，這一時期的文學作品無論在內容上還是在形式上都比口頭傳播時期更加成熟、精緻，消除了口頭文學的特點，結構日趨複雜，分類更加細膩，對人物心理的刻畫也更加深入細緻，如古希臘古典時期文學。從文學傳播的規模與範圍看，文學傳播的規模與範圍不僅牽涉文學消費主體的構成以及由此而來的讀者對文學的期待與需求的變化，而且影響到文學生產的規模以及由此而來的作家的構思與創作指向。為少數幾個人寫的作品與為成千上萬的人寫的作品是不可能完全一樣的。托爾斯泰以貴族為主要讀者對象寫的《戰爭與

和平》同他以宗法制農民為主要讀者對象寫的《復活》之間存在著明顯的差異。中國是詩歌生產的大國，宋元以前，詩歌占絕對的主導地位；宋元以後，小說興起並逐漸在文壇占據主導地位。一般認為，小說在中國宋元時期興起，與中國資本主義因素的萌芽、市民階層的產生壯大是密不可分的。

但是，人們在注意這一原因的時候，卻忽視了一個雖不引人注目但並非不重要的原因，那就是造紙技術的進步與活字印刷術的發明。在此之前，文學作品大多寫在竹簡、木片、絲綢以及因製造量不大而極為昂貴的紙等上面，由手工抄寫（以後還有雕版）流傳，既不方便，又極其昂貴，不僅一般平民百姓消費不起，即使達官貴人也無力大量使用。由於書寫材料極其昂貴或極不方便，加上複製困難，文學作品的傳播就無法大規模展開，只能在達官貴人與士階層中流傳，普通百姓的思想、感情、願望、愛好與需要難以直接進入文學作品。而成本的高昂又使作者更多地傾向於在「精」上下功夫，這就決定了這一時期的文學作品的主導形式只能是以士階層為主要服務對象的詩歌。造紙術的進步與活字印刷術的發明，使文學的傳播克服了這種物質與技術上的困難，使文學的大規模傳播和研習成為可能。本書在前面章節對「媒介在文學中的作用」進行論述時，已經提到了傳統媒介和新興媒介的概念以及傳統媒介對文學傳播所起的作用。在下一節中，我們將區分傳統媒介和新興媒介的概念以及論述網路這一新興媒體對文學傳播的作用和影響，以此闡明網路媒介帶給文學的將是「脫胎換骨」的革命。

第四節　網路文學對傳統文學的衝擊

一、技術因素對審美理念的衝擊

網路文學與傳統文學的本質區別，不是由它們之間的文學特性決定的，而是由網路的技術特性決定的。技術因素對網路文學的影響要比以往任何的文學樣式大得多。網路文學的互動性、多媒體性和數字化的技術特點，使得網路文學的寫作方式不同於傳統文學寫作，是非線性的。超文本的連結技術使得寫作者的思維得以自由發散，只要能夠運用連結技術，思維就可以在層層文本的界面間隨意轉換。多媒體技術也使得創作空間、創作手段無限拓展，聲音、畫面和影像可以任意調配。網路的技術因素影響的不只是文學的表現手法，傳統的文學審美理念也在遭受網路技術的衝擊。

二、對傳統文學管理系統構成衝擊

網路文學的生存形式對文學管理系統構成衝擊，它突破了現有文學文本得以面市的障礙——文學出版發行管理系統。網路文學的寫作和發表不再有等級和權威的限制，編輯、出版商、甚至書籍審查機構在某種意義上都不能對創作者進行限制。作者在這裡獲得了充分的創作自由，只要你想寫、想表達，你就可以不受任何文學標準的限制，不需要任何人的認可。因為，網路是一個開放的平臺，是「數字化地球村」——一個自由的賽伯空間。在這裡，社會的等級結構被消解，國家、民族、地區、種族的界限被擦去。儘管這是一個虛擬化的大同空間，但從理論上說，它為每個人提供了自由出入的通道。有人就這樣宣稱：「我們正在創造的世界，是一個任何人都能夠進入的世界，它沒有任何由種族、經濟權力、軍事力量或出生所帶來的特權與傲慢。我們正在創造的世界，是任何人在任何地方都能表達他或她之不論是多麼單一信仰的世界。」而國內人氣頗旺的網路作者李尋歡通過自己的寫作體驗道出了對這種自由獲得的興奮和思考：「現在有了網路，再也不必重複深更半夜爬格子、寄送稿件給編輯、等回音、修改等複雜的工藝了，想到什麼，打開電腦，輸入、發送，就完成了。這就是網路的意義——借助網路這個工具使文學迴歸民間，使之成為人們表達自己和彼此溝通的便利工具，而文學的意義不就是表達和溝通嗎？」當然，絕對的創作自由是不可能的，因為在網路上進行創作的人，畢竟生活在一定的社會環境之中，必然會受到一定的社會意識形態、價值取向、文化總體水平等的影響。但這種限制主要來自作者內部，不再是外在人為強加的。

三、對傳統文學語言產生衝擊

網路文學的出現也對自足精致的文學語言造成了某種程度的消解。如前所論，現有的文學語言經過歷史的沉澱，已經形成了一個自足的符號體系，原始文學語言的透明性已被強大的隱喻性替代，相對具體的物質性詞彙被日漸增多的表現思想、情感、思維的抽象詞彙所擠壓，文學書寫已難以直抵活生生的物質世界。相反，網路文學的語言則有突破這種氛圍的趨勢，且呈現出一些新鮮變化——某種雜語混合的趨勢。比如，不同語體的混合拼貼，造成對既成文學語言規範的解構，如網路獲獎小說《英雄時代》就將「問題青年」的追悼會挽聯寫成：「上聯：王遙同志永垂不朽。嚴禁吸菸！下聯：安息吧，朋友！違者罰款！」這種書寫在消解了既成文學語言結構的同時，也解構了文學所力圖建構的神聖人生和人性世界。再有，網路文學語言整體具有口語化、平庸化、

世俗化、肉身化等特點。這點從網路文學作者對自己的命名就可以看出：痞子蔡、李尋歡、蚊子、寧財神、安妮寶貝等。而且，網路作品大量地書寫感官體驗和日常生活事件，具有狂歡節的特點。還有就是，一些非文字符號直接進入文本，成為文學文本的語言構成。如在表示臉部表情時常用的有：「:—)」（最普通、最基本的一張笑臉），「::-)」（微笑的臉），「:)」（微笑），「;-)」（眨眼）等。一些阿拉伯數字如「7456」（氣死我了）「886」（再見）等，甚至影音畫面也被用作表意符號成為文本的構成因素。這些直觀性的符號，既對現有文學文本的神聖性進行了遊戲似的解構，又具有某種朝向語言符號的物質性層面迴歸的趨勢。

四、閱讀習慣悄然改變

新技術、新載體帶來了短信文學的傳播方式和閱讀習慣的改變，也改變了文學的文體形式，比如篇幅精短、句式急促、排列形態特別，還有節奏快、符號化、日常化和生活經驗的細緻摹擬體驗等，當然還有以娛樂為主的欣賞趣味。這些都不能不對文學特別是微型文學或超短文學的藝術手法和形式元素產生一定的微妙影響。文學當然需要篇幅，但也確實有許多極短的文學作品成為傳世之作。印刷媒體產生的文學經過文人化和書面化，特別是千百年來的封建教化傳統的浸淫，也經過所謂文學權威的固定格式化，變得僵化、八股化，難以創新。在這過程中，文學中的許多似乎次要的或被視為無用的元素受到壓抑或遮蔽。同時，也有許多文學或文體的出現來自新技術、新媒介和新觀念。所以即使從文學本身發展的意義上來看，短信文學也有可發展性和原創性。在國外，手機文學現在已經成為一種流行風氣，目前日本有大約數萬個手機文學營運網站，而全國手機用戶人數每年也在遞增。當然，手機文學的崛起，在日本這個閱讀風氣興盛的國家，並不是一件稀奇的事情。手機文學的紅火現象說明了日本人閱讀的習慣已經悄然改變。以前在地下鐵和電車內，捧著書本漫畫的人比比皆是，現在可能是拿著手機追小說情節的人也越來越多了，難怪會有些出版社希望手機文學能夠挽救出版業。

五、精神消費快餐化

無論是網路文學還是手機文學，從某種程度上說都是精神快餐文化。它們的產生只是一種即時的精神消費，目前還沒有可以經久流傳的作品。由於沒有經過縝密的思考，因此網路文學所承載的理性精神和價值深度被大大削弱。

從創造內容來看，網路文學表現出即時性、豐富性的特點。近年來網路文

學的表現內容雖然五花八門，但抒寫城市人精神空虛、心靈扭曲、情感糾結和內在主觀感受的作品居多，這自然與這個紛繁變幻的現實世界息息相關。都市人的忙碌與空虛使人們懶於理解嚴肅主題的文學，人們往往只想從閱讀當中獲得片刻的舒緩，而不是對人生的長久感悟。因為即便是對人生大徹大悟，還是要面對現實的物質生活。現代人更加清醒地認識到了這一點，認為片刻的寧靜與輕鬆來得更加實際。網路文學和手機文學滿足了現代人的精神消費需求，朝著快餐化的方向發展。

第五節　網路文學與傳統文學的相互融合

一、網路文學是傳統文學的繼續和發展

就文字媒體的發展過程來看，新的傳播媒體必將帶來寫作方式和閱讀方式的轉變。網路傳播媒體有它得天獨厚的優勢，依然受到廣大文學愛好者的喜愛和追捧。未來的網路文學，必然是傳統文學的繼續和發展，兩者相輔相成，攜手并進，共同肩負起文學大發展的重任。未來的文學，將不分網路文學和傳統文學。文學就是文學，網路文學和傳統文學也僅僅只是傳播媒體、寫作方式和閱讀方式的不同。文學創作的基本方法不會變，文學閱讀的基本方式也不會變，文學所帶來的社會效應和文化氛圍也不會有大的變化。可以將文學分為網路文學和傳統文學，為之爭論不休是沒有多大實際意義的。互聯網是 20 世紀最偉大的發明之一，它是最大的資源寶庫，是最便捷的交流方式，已經越來越多地被民眾所接受。互聯網的極速發展，必將帶來網路文學的迅猛發展。無紙化辦公、無紙化寫作正逐步實現，並且逐步被「80 後」「90 後」年輕人所喜愛。未來的寫作，一方面依賴作者良好的文字功底和生活閱歷，另一方面依賴網路提供的大量信息資源。未來的文學作品，必將率先以網路媒體進行傳播。因為網路媒體有著傳統媒體所望塵莫及的優勢。網路文學的世界裡，有三種作者。第一種是懷揣著滿腔的熱情和純文學的理想，終於在網路上找到了可以發揮的地方。這種人以海外創作者居多。第二種是小有文學才華，找到了自己認為的文學真正的路，而且還不斷要去突破和改變自己的。第三種是隨意性作者，想寫就寫，寫完了就「翻篇兒」。

在各種專業性的文學網站、綜合網站的文學網頁和大量的 BBS 上常常可以看到網路寫手的作品。而在互聯網上最能吸引網路寫手的還是 BBS 論壇，而在這些論壇中，文學論壇則是這些 BBS 上的一道十分亮麗的風景線。絕大

部分網站都用 BBS 建立了文學論壇,這些論壇一般都設有發帖、查帖、跟帖、回帖、推薦精華帖、超級連結、個性設置等功能,方便網路寫手發表作品或言論。網路文學具有得天獨厚的優勢。我們生活的社會是一個越來越寬容的社會,自由已逐漸成為人們的共識。① 隨著互聯網技術的不斷發展,網路獨特的交互式功能,使得網路文學搖身一變,如有神助。影視、音畫、文字相互交錯,此起彼伏,讓人們在方寸之地,就可以領略大千世界;讓人們在咫尺之距,就可以飛越天涯海角;讓人們體驗心跳、眩暈等狂熱的內心感受。所有的這一切,仿佛一針強心劑,震撼著人們的心靈,這些都是傳統文學難以企及的。

從另一個層面上來講,傳統文學和網路文學都屬於文學範疇,在很多方面具有相同之處。事實上,傳統文學也在某種程度上對網路文學做出了一定的讓步。一些傳統文學作者,也把網路作為一種寶貴的資源,也願意讓他們的作品在網路媒體中流傳。就像所有新生事物一樣,網路文學最終也將被文學母親所包容、接納。傳統文學和網路文學并駕齊驅,一起奏響文學最美麗的樂章。

(一) 網路文學與傳統文學的相互融合

網路寫手下網出書,傳統作家上網樹旗。網路文學與傳統文學的融合互動,將成為網路文學在一段時期內的發展趨勢。不過,網路文學在一定時期內,還不能替代傳統文學。儘管網路文學改變了傳統文學的創作方式、交流方式、傳播方式,同時網路本身也顛覆了整個社會的生活方式,給大眾文化帶來了前所未有的影響,并且這種影響將隨時間的推移而更深刻地滲透到生活的每一個角落。但這一切,都絲毫改變不了文學的本質。因為不是一切的「創作」都具有文學品位的。如果像網路文學那樣,每一次的寫作都可以進入網路,那也只能算是一種交流,不一定算是文學作品。儘管網路文學給跨世紀的中國文學帶來不少新鮮的空氣,但它目前還處在自發、隨意的創始過程中,還難以與傳統的紙上文學相抗衡,多數作品在藝術上和思想深度上還遠未成熟。就連對網路文學情有獨鐘的陳村也說,許多網路寫手的作品「都離偉大的文學較遠」。文學不論以哪種形式在社會上流通,關鍵要看作品本身的質量。面對已有悠久歷史的傳統文學和還在發展中的網路文學,人們會發現,前者雖有弊端,它的主流地位卻不會輕易動搖;而後者想要取而代之,至少眼下看來可能性不大。無論從作者隊伍的文學素養還是作品的藝術價值來說,網路文學都有很長很長的一段路要走。然而,應當看到,網路文學作為一種新的存在形式,

---

① 網路文學的發展前景 [EB/OL]. http://tieba.baidu.com/f? kz 二 842644471.

儘管稚嫩，卻仍有廣闊的發展空間。隨著高科技的推廣和互聯網的普及，網路文學的創作主體與受眾人數將不斷地擴大，網路文學在投入消費文化懷抱的同時，也開始由浮光掠影、缺乏深度和歷史感的後現代品格轉而走向審美趣味的多元化：一方面，大量網路文學為迎合讀者口味，依然在媚俗的道路中發展；另一方面，一部分網路文學作家在商業社會的包裝下已從幕後走到臺前，他們希望提高自身作品的價值以及躋身主流話語層的渴望使他們開始在文本上下功夫，他們的作品都因自身相對較高的藝術水準而浮出水面。一些知名的「學院派」評論家也參與進來，由早期對網路文學的靜觀開始走向更深入、更細緻的分析評價，為建立規範的網路文學理論研究奠定了基礎。另外稿酬制的實施也必將使更多的以中青年為主的傳統作家開始融入到網路中來。這些因素都增添了網路文學的嚴肅性，使其開始向高雅化方向發展，為網路文學增添精品。因此，有理由相信，隨著時間的推進，傳統作家和有深厚理論累積的評論家將進一步融入網路，網路也會產生它自己的作家。在新的規範產生以後，網路文學必將充分發揮其真正意義上的自由，以其迅猛的速度，帶著電子信息時代的光芒，流光溢彩，逐步走向成熟。

（二）精英文學與大眾文學的網上共存

隨著網路文學與傳統文學的融合，可以預料，未來的網路文學陣營中將形成「精英文學」和「大眾文學」兩大體系：一種是精英文學，即以部分超級和高級網路寫手以及專業作家為創作主體，并有網路編輯和出版機構介入的網路精英文化體系；另一種是大眾文學，即以廣大網民為創作主體，以網路高度的開放性和自由度為依託，形成大家都可參與寫作的自由的文學體系。而這兩種文學形態將在網路上相互依存，並行不悖。在網路精英文學的運行體系中，傳統媒體的運行機制將被借鑑到網路媒體中來。如現有的編輯審查製度、作品付酬製度、版權法律保護等機制，都會在網路媒體的實際操作中出現，並逐步加以完善。而在這一過程中，權威性的大型網路文學網站和網路文學期刊將發揮重要作用。它們將網羅更多的優秀作家和作品，吸引更多的高級寫手，創造更高的點擊率，同時也將通過更有效的商業活動來增強自身的經濟實力。在一套完整可行的機制建立之後，網路上將重新建構起類似傳統媒體的精英文學。

二、發展網路文學需要注意的問題

網路文學畢竟是一個新生事物，由於發展過於迅猛，又缺乏必要的監管機制，導致網路文學作品過於隨意，草根氣息過於濃厚。在網路，能引起轟動的作品畢竟還是少數，大多數網路文學作品質量較差、趣味低級，甚至充滿色情

與暴力，粗制濫造的現象較為普遍。然而，網路作品相對於傳統文學作品而言，最大的特色也就表現在其作品的量上。一個傳統作家，幾年寫出一部影響較大的作品就足以保持其相對穩定的地位；而一個網路寫手，如果像傳統文學作家那樣，必然要被餓死，他們必須在「量」上下功夫，就必然造成「質」的下降。網路文學要健康、茁壯地發展，就必須克服其劣根性，在質量上，向傳統文學看齊。

網路文學最為強大的支柱，就是數以千萬計的參與者。這些參與者來自社會的各個層面，他們中間有著豐富的寫作素材，其中也不乏一些好的寫手。我們的文學網站和網路文學的監管部門，要為作者創造一個相對寬鬆自由的寫作環境，最大限度地調動作者的主觀能動性。

網路文學過於迅速地闖入了文學領地，它還沒有能夠真正領略文學的內涵。真正優秀的網路作品，不是那些浮躁的作品，也不是那些矯情造作的作品，更不是那些低級趣味的作品。真正優秀的網路作品，必將也是觸及了人們靈魂深處最為柔軟的領地，必將也是觸動了社會階層最為敏感的部位，必將也是在某種程度上衝撞了某些特定人群的心靈。

第四章　中外網路文學比較分析

第一節　中國網路文學發展的幾個階段

一、轉型期的中國及其文學

任何一種文學現象的產生都離不開特定的生存空間和特殊的歷史—文化語境，在單純的文學現象背後其實都無一例外地隱藏著政治、經濟、思想、文化等各方面的解釋。中國新時期文學自然也不能違背這一規律。現在看來，它正是在一種既變幻又停滯、既封閉又開放、既純粹又複雜的「合力」文化語境中誕生的特殊文學現象。而今天，當我們試圖對中國新時期文學進行文學史判斷和價值定位時，對它存身其中的「文化語境」的梳理和挖掘就成了一個不容迴避的緊迫課題。

考察新時期文學與中國近二十年來文化語境的關係，我們既要堅持歷史的發展的眼光，同時又更需要有分析的眼光。因為，歷史不是一條直線，它不單純體現為時間關係，其背後還有更複雜的政治、思想和文化關係。因此，我們對文化語境的剖析必然也必須在時間層面和結構層面同時展開：從時間層面上看，中國新時期文化語境有著明顯的階段性變化特徵，語境的變化必然地刺激著中國新時期文學的階段性轉型；從結構層面上看，處於新時期文化語境結構核心的仍然是政治話語，其與經濟、思想、文化雖然維繫著一種互動的張力關係，但決定整個文化語境的形態與性質的仍然是政治。而正是基於對新時期文化語境的此種認識，我們在考察中國新時期文學與文化語境的關係時發現新時期文學實際上經歷了一個從慣性寫作到自覺寫作、從一元到多元、從中心到邊緣、從浮躁到放鬆的動態發展過程。本書的任務就是嘗試性地揭示這個過程與文化語境的辯證關係。

（一）從慣性寫作到自覺寫作：文學「本體」確立的艱難

回首新時期之初的文學寫作，會發現思想的慣性、思維的慣性、語言的慣性共同鑄造了一種「時代共名」，其具體標誌就是與政治慣性的高度匯合、過去語言慣性的自然延伸、個人聲音被集體言說慣性的淹沒、現實主義大潮的慣性式重新確立、人的主體性與文學主體性的不平衡狀態以及經濟領域的「洋躍進」與文學領域的「洋躍進」的契合，等等。

新時期之初，中國社會共同的熱情就是歡呼一個舊時代的結束和一個新時代的來臨。這是一個激情的時代，一方面是控訴罪惡，另一方面是歡慶新生，個人的聲音已經徹底融入了集體的、民族的、國家的聲道，全中國此時實際上也就剩下了一種聲音。整個民族雖然告別了一個「舊時代」，但事實證明這種告別是很難的。國家的政治生活、經濟生活、文化生活仍在過去那個時代的「慣性」軌道上向前滑行。新時期的文學也沉浸在被解放的狂熱中，與激情的政治時代保持了高度的合拍。從這個意義上看，我們完全能夠理解「傷痕文學」誕生的必然性，也完全能夠寬容「傷痕文學」的藝術缺陷，因為作家的話語衝動和情緒衝動本質上並不是為「文學」而發，而只是為了在時代的洪流中匯入自己的聲音。他們無暇顧及藝術問題，實際上也還沒有能力顧及藝術問題。傷痕文學之後的反思文學和改革文學也是慣性寫作的繼續，但其中也已經孕育了自覺寫作的某些因素。在思想解放、「反左」的呼聲開始高漲時，全民族開始從激情政治時代轉向理性反思時代。朦朧詩及反思文學可以說就是這種語境的直接產物。但我們之所以說反思文學仍然是一種慣性寫作是基於以下理由：其一，反思文學與政治思潮仍保持著高度同步性，它在文學領域完成的是和意識形態領域共同的政治主題。如果說反思文學已在某種程度上消除了歷史慣性的話，那麼，對它來說現實的慣性仍然未能擺脫。其二，反思文學仍然沒有進行必要的語言更迭。從話語方式和思維方式來看，反思文學仍然在用過去時代的「武器」進行著對過去時代的批判和反思，因此，這也決定了其意識形態特徵的無法避免。從這裡可以看出，語言更換不僅是一個語言問題，更是一個思維方式的問題，是「權力」問題。其三，反思文學較傷痕文學而言，顯示了文學由激情狀態向理性狀態的昇華。理性精神和思想深度的獲得無疑提高了新時期文學的品格，但必須指出，就反思文學而言，文學的本體地位和藝術的中心地位並未得到充分地認識或確立。而對改革文學而言，其作為對黨的十一屆三中全會確立的改革和經濟建設中心的呼應既表現了對於巨大時代的慣性認同，同時也表現出了某種「自覺」寫作因素的萌芽。這表現在，新時期文學從改革文學開始已經完成了對於「沉重歷史」的擺脫，而嘗試著建立文

學與當下現實的關係。從歷史的控訴到現實的書寫，文學「為什麼」的性質和模式雖然未有改變，但文學面對一個正在發生改變的、未知的世界時必然需要作家更多的主體性和自覺性。事實上，改革文學對於改革者形象的塑造，對於「轉型期」中國社會的生存困境、精神困境、文化困境甚至情感和倫理困境的揭示對於新時期文學來說都是開拓性的。從現在的視點來看，改革文學存在著這樣那樣的局限，在整個新時期文學格局中的成就非常有限。但是，從歷史的眼光來看，改革文學在確立「人」的主體性方面、在修復文學與現實的真實關係方面所做的努力依然是不可抹殺的。當然，這樣說也並不是要掩蓋改革文學那些先天性的不足，畢竟從整體上說改革文學仍然是一種慣性的寫作，其舊的文學思維慣性至少表現在兩個層面：

其一，二元對立的改革模式，這既是一種簡單的極端化文學思維的體現，也是作家對現實認識概念化、觀念化和簡單化的結果。從深層次講，這也是所謂「戰爭文化心理」的直接流露。其二，尋找「英雄」的主題誤區，雖然在對現實困境和人的困境的揭示方面有其可取之處，但是恰恰在對所發現問題的「解決」方式上改革文學顯示了其「非現代性」或「反現代性」的一面。改革文學往往把擺脫現實困境的希望寄託在某些「英雄」改革者身上，而這些改革者身上往往都積澱著封建性的文化和思想重負，甚至其行為方式和思維方式都有違現代民主精神，作者們卻對之普遍持一種讚賞的態度。更重要的是，改革文學從主題旨向上說都存在一個尋找「英雄」的深度模式，《新星》等小說可為代表。「英雄」情結不僅弱化了改革文學的批判性，而且從反思文學對中國文化和體制層面的反思上後退了一步，顯示了作家精神品格上的守舊與現代意識的缺乏。從這個意義上說，改革文學與真正的自覺寫作還相距甚遠。在筆者看來，真正代表新時期文學由慣性寫作向自覺寫作轉化的是尋根文學。1984年前後興起的尋根文學其直接的觸發點是「拉美文學的爆炸」。幾十年的文化封閉和文化禁錮，使中國作家普遍地有一種藝術的遲到感和文化失落感，面對以歐美大陸為中心的燦爛輝煌的 20 世紀世界文學，他們在茫然失措的同時，也油然而生重建中國文化的緊迫感。這個時候，在經濟發展水平上和中國同處第三世界的拉丁美洲「文學的爆炸」適時地給了中國作家以啓發和某種代償性的自信。拉美的政治、經濟結構與中國極其相似，拉美的文化之「根」遠沒有中國五千年文明那麼「深長」，既然拉美作家可以在對文化之根的尋找與挖掘中實現文學的輝煌，那麼我們就更有理由和條件實現這種輝煌了。於是，一場在對世界文化和世界文學的參照之下進行民族文化和歷史反思的文學尋根運動就應運而生了。尋根文學的創作主體是一批具有較高使命感和責任感的知

青作家，雖說他們的理論難免有稚拙和混亂之處，但他們不滿文學現狀、立足文化批判和文學建構的自信和勇氣則無疑給中國文學注入了一支強心劑。尋根文學雖然在表面上對於西方現代派文學採取的是一種保守和後退的姿態，但一旦撕去籠罩在其上面的文化和思想反思的外衣，會發現尋根文學已與我們經驗中的現實主義形態的文學相距甚遠，其在小說藝術形式方面的探索和進展絲毫也不遜色於其在思想文化領域取得的巨大成就。尋根文學已經從本質上結束了單一的寫實主義時代，揚棄了小說創作上的所謂主題性、情節性、典型性之類的規範，在小說的敘事方式和語言形式上取得了可貴的突破。這種突破概括地說至少體現在兩個層面：其一，寫意化的語言和敘述方式。由寫實轉向寫意可以看作是尋根文學最基本的寫作策略。無論是王安憶的《小鮑莊》，還是韓少功的《爸爸爸》和阿城的《棋王》，這些小說或飄逸或反諷或凝重或幽默的語言風格都給了中國讀者前所未有的閱讀和審美體驗。其二，隱匿和虛化的文本結構方式。尋根小說已經摒棄了經典的整一結構方式，小說中無一例外地充滿了空缺和空白。藝術線索也呈現出多重和混亂的狀態，傳統小說的明晰和直白開始為模糊、歧義甚至晦澀所替代。由此可見，尋根文學已經自覺開始了對於現實和政治慣性的偏離。當政治、文化和意識形態在現代化焦慮中徘徊時，文學以「向後轉」的方式完成了與現實、政治主潮的背離，並真正開始了對文學主體現代化的思索以及對獨立文學品格的建樹。在這裡，尋根文學既顯示了其文化的自覺，更顯示了其藝術的自覺。而後者對新時期中國文學來說，顯得尤其重要。尋根小說之後，隨著1985年之後新潮小說的崛起，中國新時期文學開始進入到了真正意義上的自覺寫作階段。所謂自覺寫作，是指作家在擁有了對於文學本體性和獨立性的自覺認識，以及對於文學審美本性的建構衝動和主體能力之後的創造性寫作活動。雖然，在中國特殊的文化語境中文學不可能完全擺脫現實的、政治的、意識形態的糾纏，但文學至少必須表現出掙脫這種種糾纏的充分自覺。正是在這個意義上，我們才說新潮小說之後中國新時期文學進入自覺寫作階段。新潮小說的價值首先在於它是真正意義上的形式主義小說。筆者認為，「形式主義」在新時期中國文壇得以提倡其意義是非同尋常的，它是對於中國文學傳統和意識形態傳統的雙重反抗。正是在形式主義的大旗下，中國文學開始嘗試輕鬆自在地脫離現實和政治慣性的裹挾，迴歸其本體寫作之路。也正是在「形式主義」大旗下，中國文學的許多經典命題，比如內容與形式的二分關係、小說「寫什麼」與「怎麼寫」的問題、「寫實與虛構」的問題、「真實與想像」的問題，等等，全都在不同層次上遭受到了被解構和顛覆的命運。當然，革命總是要付出代價的。新潮小說在確立中國新時期

文學全新的思維認知和表達模式時，也不自覺地割斷了文學與現實、歷史、時代的關係，不自覺地割斷了文學與我們民族的精神傳統的傳承關係，人為地製造了文學的世界性與本土性和民族性之間的天然鴻溝，這使新潮小說仿佛成了開在中國土地上的「外來的花朵」，其營養不良，根基不深，也給新時期中國文學帶來了諸多負面影響。其後，20世紀80年代末的新寫實小說和90年代初的新生代小說都可視為是對於新潮小說的自覺超越和藝術修補，均是自覺寫作的代表。就前者而言，它既沒有回到文學的意識形態寫作的老路，又很好地修復了文學與現實生活的關係。就後者而言，它既克服了新潮小說的現實失語症，又開始掙脫西方話語的束縛，嘗試建立真正的個人話語。這些都無疑代表了中國文學迴歸本體的革命歷程。

（二）從一元到多元：文化的多元性與意識形態的開放性

新時期之初，中國社會仍處於高度集中的意識形態規範之中，一元化特徵非常明顯。但隨著20世紀80年代思想解放運動的展開和改革開放的方針政策的實施，中國社會隨即被拋入一個巨大的「文化落差」之中，形成了主流意識形態、知識分子精英意識形態、市民民間意識形態三元分離的局面。中國社會實際上進入了一個眾聲喧嘩的時代。雖然，所謂「奇理斯瑪」中心的解體不過是「文化失範」的一種表述，但這種解體對於文學藝術卻絕不是壞事。表面上中心價值體系的崩潰導致的是文化脫序、道德混亂，但殊不知這種脫序和混亂正為文學藝術的創新、蛻變、實驗創造了一種較為寬鬆自由的文化心理空間。各種名目的藝術觀念、小說樣式、文學潮流都獲得了名正言順的登臺亮相的機會，中國當代新潮小說正是這樣誕生的。另外，改革開放的方針政策的貫徹實施，也使中國社會的意識形態、文化結構和價值規範發生了根本性的變化。在新時期，對西方經濟技術和文化藝術的引進是同步的。從政治、經濟層面上說，改革開放加速了中國的現代化、都市化和民主化進程；從文化層面上說，改革開放直接帶來了多元性的文化結構，都市文化、鄉村文化、地域文化等都有了特殊的多重的景觀與內涵，而市民文化的崛起則更是對中國文學審美心理和閱讀習慣帶來了衝擊。而對中國作家來說，改革開放更是意義非凡：其一，真正拓展了他們的文學眼界。意識流、荒誕小說等在中國登陸可以說多是直接受到了西方文學的刺激。宗璞在讀了卡夫卡的小說後就曾由衷地讚嘆：「小說原來還可以這樣寫啊！」而馮驥才等更是把西方現代派小說視作美麗的「風箏」。其二，真正使他們意識到中國文學與世界先進文學之間的差距。長時間的文化隔絕，使中國文學遠離了世界先進文學的發展軌道，但很長時間以來我們并沒有意識到這種差距究竟有多大；相反，我們中國文學史上似乎還是

「偉大」作品不斷。試想想，20世紀五六十年代的那些長篇小說我們曾經送給了它們多少「史詩」「杰作」的桂冠呢？而當西方幾百年間的文學成果共時性地呈現在中國新時期文學的空間中時，那種巨大的反差無疑會使中國作家變得清醒和理性。其三，西方文學的大量湧入不僅在意識和思維方式上影響和培育了新時期的中國作家，而且在實踐層次上也為中國作家提供了機遇。對於新時期中國作家來說，他們的文學焦灼、他們走向世界的迫切心情與五四時期相比是有過之而無不及。那麼如何才能縮小中國文學與世界先進文學之間的距離，和中國足球一樣實現「走向世界」的願望呢？從文本到文本的「拿來主義」，即模仿性寫作是新時期作家找到的「終南捷徑」。與經濟領域曾有的「洋躍進」一樣，文學上的這種「洋躍進」自然也是功過各半。但不管怎麼樣，這種「拿來主義」確實大大加快了中國文學的現代化進程，并至少在表層形態上以最快的速度完成了中國文學的語言換血和技術換血。總的來說，思想解放和改革開放所帶來的以文化的多元化和意識形態的開放性為標誌的現實語境，促成了中國文學在文學風格、文學形態、文學思維、文學流派等各個層面上從一元到多元的轉化，這種轉化客觀上構成了中國新時期文學走向繁榮和現代化的標誌。從20世紀80年代到90年代，我們可以清晰地看到中國新時期文學由集體言說向個人言說、由一元化文學景觀向多元化文學景觀演進的軌跡。在此，文學不僅獲得了生存空間的拓展，而且開始享有真正的心理與精神自由。

（三）從中心到邊緣：文學回到了其本原的位置

當新時期之初文學成為意識形態「和弦」的時候，文學的地位被無限地抬升了，成了形象化的意識形態。回首20世紀80年代初，那真是一個激情而溫暖的文學時代，一個作家因一個文本而一夜成名的事例屢見不鮮。劉心武和他的《班主任》、盧新華和他的《傷痕》就充分享受過那種時代賦予的光榮。但當意識形態把關注中心轉向經濟以後，特別是20世紀90年代以後商品經濟和市場經濟體制的確立，文學受意識形態寵幸的歷史就不復存在了，相反文學隨著「政治地位」的喪失，更是日益受到來自「經濟」的壓迫，這真是雪上加霜。文學只好無奈地退居邊緣了。與此同時，現代傳媒的日益發達也使文學的地位迅速下降，影視音響對於文字的擠壓使文學對於讀者的吸引力降到了20世紀中國社會的最低點，文學的生存空間顯得日益窄小了。隨著現實語境的變化，新時期文學也正無奈地經歷著一個地位下降的陣痛過程。

然而，文學地位的下降也并不全是壞事。回首20世紀80年代初及其之前的中國文學，其雖然居於社會意識的「中心」，但是，那種「中心」地位更多是由文學之外的非文學因素促成的。也就是說，文學並不是因為文學本身，而

恰恰是因為文學與政治、意識形態和現時民族心理的契合而身價倍增的。文學實際上成了一種異己的存在，它是以自我犧牲的方式獲得中心地位的。與此相適應，文學從話語方式、思維方式、內在主題與外在形態上都處處受制於意識形態和社會心理，發出集體的而不是個人的聲音幾乎成了居於「中心」的文學唯一可能的選擇。正因為如此，我覺得文學地位由中心到邊緣、由上升到下降的過程其實正是中國文學向其本原位置迴歸的過程，是文學逐步擺脫「不堪承受之重」的鬆綁過程，其正面意義遠超過其負面價值。我們可以從下述幾個層面來具體認識文學地位下降的意義：

其一，在文學與現實的關係上，文學開始從被動地位上升到了主動地位，文學無須去被動、急迫地追趕時代、迎合時代了，它有了自己獨立的話語權。

其二，文學的表現空間真正拓展了，文學開始享受其盼望已久的「自由」。

其三，作家心態真正放鬆了。由於退居邊緣，文學不再在社會聚光燈下戰戰兢兢地「表現自己」，頭頂上的「達摩克斯劍」也被撤除了，作家們可以隨心所欲地進行文學創作，緊張、禁忌、恐懼的心態讓位於放鬆、自在的精神狀態，中國文學由此獲得了從集體話語或集體性寫作過渡到個人性寫作的真正機會。

當然，對新時期文學來說，在肯定這種「地位下降」的正面價值以及由此而來多元化、邊緣化局面之於文學的解放意義的同時，又應對此保持足夠的警惕。否則，在某種情況下，所謂多元化和「邊緣化」，又完全有可能蛻變為「多元化」的陷阱和「邊緣化」的黑洞，從而再次成為文學的「敵人」。在筆者看來，「多元化」局面的形成離不開內、外兩方面的原因，從外部來講得之於對文學的監管、制約功能的減退或放鬆，從內部來講則源於作家主體個性意識、「元」意識的真正覺醒。可以說，離開了任何一方，都不可能形成真正的多元化狀態。換句話說，外部條件具備了，並不能夠自然而然地帶來「多元化」的成果，它的實現還必須依仗文學主體的內在努力。就前者而言，我們看到隨著政治意識形態在文學領域的隱性退場，意識形態對文學失去了強制性的約束力，中國的文學空間顯得比以往任何時代都更為寬鬆和自由，這種逐步走向進步和成熟的文學管理機制和文學生態無疑是「多元化」局面形成的外部條件；就後者而言，我們不能不遺憾地指出，無論從中國作家的精神質地，還是從文學作品的個性品格來看，20世紀90年代文學的「多元化」都還十分可疑。20世紀90年代的中國文學既沒有具有「元」的質地和品格的文學作品、文學現象和文學潮流，也沒有在精神品格、個體創造性和內在思想力量上

能夠獨立為「元」，能夠彼此從「硬度」上區分開來的作家。拿 20 世紀 90 年代那些以「天才」自居的新生代作家來說，他們為什麼在一夜成名之後，又迅速由「速成」走向「速朽」呢？他們為什麼在自由自在的創作環境裡會突然「失語」呢？他們的文學生命的長度為什麼是如此短暫呢？可以說，這些都與他們沒有成長為有質量、有品格的「元」有關。而這種狀況也使得 20 世紀 90 年代的文學「多元化」最終演變成了一個虛假的幻影，一個海市蜃樓般的景象。而對於文學的「邊緣化」，20 世紀 90 年代的中國文學界有兩種不健康的態度：一種視「邊緣化」為文學的衰落，他們為文學「中心」地位和特殊「權力」的喪失而倍感失落；另一種則把「邊緣化」視為文學獲得解放的標誌，把「邊緣化」視作一種文學「成果」，並進而以「邊緣」「另類」相標榜。實際上，文學的「邊緣化」既不是受難、淪落地獄，也不是獲救和飛升，它實際上不過是文學從非常態迴歸常態的一個自然而然的過程。我們不應以為「邊緣化」就是文學在市場經濟時代所作的「犧牲」，「邊緣化」不過是把本來不該屬於文學的東西從文學身邊拿走了，實際上是為文學「減負」，是解放了文學。從這個角度來說，我們不能把「邊緣化」神聖化、誇張化、絕對化，「邊緣化」讓文學迴歸常態固然是一種進步，但「邊緣化」並不能解決文學自身的問題，文學回到自身與文學的繁榮或文學的發展是完全不同的兩碼事，文學終究還是需要通過自身的力量來證明自己、發展自己。因此，以一種「犧牲者」或「受難者」的姿態來撒嬌、邀寵的做法是可笑的，以「邊緣化」作為「革命大旗」和「靈丹妙藥」的做派也同樣是十分荒唐的。文學本就不該「嬌生慣養」，「邊緣化」又有什麼值得賣弄的呢？

與多元化、邊緣化相連的就是中國文學的「自由」問題。中國作家長期以來為文學「爭自由」，甚至不惜流血犧牲。可是當自由真正來臨之後，他們是否有足夠的能力去享用這種自由卻是一個大問題。「自由」是美好的，它是人類精神和藝術精神的體現。但它不是口號，也不是標籤，它只有在融入生命體驗、精神體驗和藝術創造中去時才是具有文學意義的。否則，以主觀上的放縱撒潑的方式對自由進行揮霍，可能恰恰就導致了文學的不自由。事實也正是如此，20 世紀 90 年代，「自由」既帶給中國文學欣欣向榮、朝氣蓬勃的景象，同時又正在成為取消文學價值取向的藉口。文學正在變得空洞、虛弱和無依。價值相對主義和價值虛無主義盛行，「自由」與文學的邊緣化和多元化一樣也已成了文學喪失價值目標的一個藉口。

（四）從封閉到開放：華文文學的交流與融合

新時期以來，一方面得力於改革開放的文化政策，另一方面得力於中國文

學觀念的深刻變革,與中國文學對西方文學的「拿來主義」相一致,世界華文文學也呈現出了更為緊密的交流與融合趨勢。我們不妨從觀念和實踐兩個層面上來看這個問題。

從文學觀念層面上看,這種世界華文文學交融局面的形成,首先就是源於我們文學思想的解放,文學觀念的革新和文學眼界的拓展。許多理論上的創見與發現可以說功不可沒。比如說「二十世紀中國文學」這個概念就有著非同尋常的文學史意義。「二十世紀中國文學」是陳平原、黃子平、錢理群在1985年提出的,其主要意圖就是要打破中國文學傳統的狹隘視界,建立一個更宏大、更立體、更開放的中國文學觀。簡單地說,「二十世紀中國文學」就是自19世紀末到2000年前後,在中國(大陸、臺灣、香港、澳門——兩岸三地)存在的、包涵「新文學」和「通俗文學」、文人文學和民間文學、漢民族文學和其他少數民族文學這些不同型態文學在內的、用現代中文書寫的中國文學。在這樣的文學觀念和文學思維的引導下,「港、澳、臺文學」進入中國文學史就成了一個自然而然的問題。筆者認為,在今天的文學史上,港、澳、臺文學本身就是中華文學的一個有機的部分,而不是一個需要特別對待的地區文學。也就是說,我們在寫文學史時每一個文本、每一個作家都只對中國文學整體有意義,而不因他的地域身分而有意義。比如,在寫20世紀50~70年代的中國文學史時,同時期的香港、臺灣地區作家的創作就應成為我們整個文學史的主體,而不僅是香港、臺灣文學的主體。再比如,我們講新中國成立後的文學時常講到五四傳統的斷裂問題以及作家創作的「斷層」問題。王一川在編《二十世紀文學大師文庫》「小說卷」時讓茅盾出局,金庸排名第四。為此,學界大嘩,筆者也並不認同他具體排定的「座次」,但他審視中國文學的視角和方式無疑是正確的,也就是說金庸的地位不在於他是一個香港地區的作家或通俗文學作家,而在於他是一個「中國作家」,一個「文學家」。而也正是基於這樣的考慮,筆者覺得有必要取消「港、澳、臺文學」這樣的概念,文學史更不應設這樣的章節,而應把它完全融入我們的文學史血液中去。因為,我們需要的不是在文學史上「禮節」性地拼貼式地給港、澳、臺文學以版面,我們需要的是給它以真正的「主人」地位,并由此整體性地揭示「中華文學」的血脈因緣。

從實踐層面上看,新時期華文文學的「大融合」主要體現在下述幾個方面:一是港、澳、臺文學與大陸文學互滲互補現象進一步加強,雙方之間的「距離」正在縮小或消失。一方面,雙方共同的文學話語正在日益增多,比如香港的學者散文和大陸的學者散文就有許多相通之處。許多海外作家甚至還開

始了對中國大陸現實問題的直接書寫，這方面的代表性例子就是嚴歌苓的小說《誰家有女初養成》。另一方面，大陸和港、澳、臺著名作品的互相出版現象非常普遍，比如金庸、瓊瑤、白先勇的作品在大陸大量出版，而蘇童、王安憶、池莉等大陸作家的作品在港、澳、臺地區也有大量的版本。二是「大中華文學」的意識得到了進一步強化，「地域」的概念正在弱化，而「大中國」的意識正在成為全球華人作家的共同追求，這表現在對待漢語寫作以及對待諾貝爾文學獎等重大問題的共同立場上。正是在這種情況下，中國大陸與港、澳、臺地區和美國、東南亞等世界各地的華文作家雖然身在不同的地域，但文學的「中國心」卻是共同的。他們的創作都有著共同的文學目標，他們都在以自己不同的方式繁榮和豐富著中國文學。

二、漸入佳境的中國網路文學

網路文學是隨著計算機和網路技術的興起而產生並蔚為大觀的，技術因素在其中所起的作用毋庸置疑。自從文學產生以來，技術就一直是影響其發展的一個重要因素。[①] 文學與技術的互動，基本上是肇始於物質層面而又不止於物質層面。技術更主要的是把自己的力量和特質灌注進文學，直接影響其內在精神和發展走向，這一點我們在網路文學身上可以看得很清楚。網路發掘了文學內在的全民參與的精神，賦予了網路文學開放、自由的氣質，助長了大眾文化的風氣，順應了文化重心下移的歷史趨勢。

相比以往，技術因素對於網路文學而言有著特殊性。單從字面上來看，網路文學是用物質載體的名稱來命名的文學形態，這在文學的歷史上可是絕無僅有的。用網路來命名某一文學，既充分體現了網路這一技術力量在其中的重要作用，也表明了網路文學是一種無法用傳統的分類方式來歸納和描述的文學樣式。從網路文學產生的時間上來看，它從屬於當代文學，具有當代事物變動不居的品質，是一種「在路上」的文學。但是，不可否認，網路文學同我們頭腦中的那種意識形態性很強的當代文學有很大不同，它繼承的是與之完全不同的文學資源和傳統。

（一）艱難的摸索：從海外到海內

華文網路文學首先是從北美生根發芽的：1991年的海外中文詩歌通訊網、

[①] 許苗苗在《網路文學并非網路上的文學》中關於技術的發展對文學的影響有如下表述：「竹帛雕版時代，珍貴的媒介資源多用來記錄重大歷史事件，謄寫在華麗織物上的文學作品是貴族的特權；活字印刷術的發明保存了大量詩文，但依然以短小精悍的體裁為主；日報出現後，需要具有一定長度和趣味的文學讀物吸引讀者持續關注，這為可供連載的長篇小說提供了機遇。」來源於：http://book.people.com.cn/GB/69361/11431029.html.

1994 年第一份中文網路文學刊物《新語絲》、1995 年網路中文詩刊《橄欖樹》、1996 年網路女性文學刊物《花招》，共同開啓了華文網路文學的先河。內地網路文學的誕生則以 1995 年水木清華 BBS 的建立爲標誌，很多高校緊跟其後也創辦了自己的論壇。這些論壇爲人們發表和轉載原創文學作品提供了最早的平臺，只不過在當時，它們主要是追隨臺灣地區網路文學的步伐，連載一些港臺武俠小說，沒有形成自己的特色，定位也不明確。1997 年 12 月 25 日，榕樹下網站開通。1998 年，痞子蔡在臺灣成功大學 BBS 上發表《第一次親密接觸》，連載完成後出版成冊，網上網下都大獲成功。受此影響，1999—2000 年中國大陸網路文學創作升溫。隨後，榕樹下接連舉辦了三屆「網路文學大獎賽」，將網路文學炒至火熱。網路文學自此走入普通網民視野，並在社會上掀起了「穿越熱」「玄幻熱」等浪潮。造勢成功後，網路文學作品紛紛下網，不僅在紙本圖書市場上與傳統書籍一較高下，還進軍熒屏、影院以及遊戲改編行業。網路文學越來越趨於產業化，[①] 發展勢頭不可謂不搶眼。要想完整地瞭解網路文學的發展歷程，還要從頭說起。

對於文學，我們基本上認同一個觀點，那就是文學不是獨立存在的，它總是要受到當時社會各種因素和文學傳統的影響。網路文學也不例外，它的誕生和成長離不開計算機和網路技術的成熟。技術當然是首要因素，但應該警惕那種過度誇大技術和媒介的力量而不顧及社會環境的傾向。因爲在幾乎同等的技術條件下，中國產生的網路文學和西方國家的網路文學就呈現了不同的形態。西方網路文學是資本主義社會後現代文化語境的產物，它承接了西方文學、思想的先鋒性和實驗性特色，走的是超文本實驗的路子；而中國的網路文學卻在最初的自由化的喧囂過後與商業化、通俗化結緣，它已不再是一個單獨的存在，而是超越了文學本身，與遊戲、影視、動漫、傳統出版等產業結合起來，構成了具有東方特色的文化產業鏈條上的重要一環。也就是說，在網路這個載體產生後，附著其上的文學呈現出的面貌，依然是有多種可能性的。而中國網路文學會以現有面目出現，必然有著網路技術因素之外的其他深刻原因。

華文網路文學從北美傳入的 20 世紀 90 年代，恰逢中國大陸市場經濟邁入正軌、商業市場初步形成之時。當時的中國人經歷了商業化浪潮的洗禮，已經培養起經濟和商品的意識。不過，對於文學，傳統的觀念還是占據了主導。在人們心中，文學還是作爲精神產品而不是消費品存在。而且，當時有條件上網且會上網的人，大部分是在傳統的馬克思主義思想和美學教育下成長起來的。

---

① 禹建湘. 文學產業論 [M]. 北京：中國社會科學出版社，2011.

他們即使對於傳統的價值觀在語言中有嘲笑、在文字中有解構，在心中還是始終無法完全將其割舍。他們對於文學這個在新中國成立後被抬高到無以復加的地位的事物還懷有敬畏和仰慕。對他們而言，文學還是高高在上、神聖不可侵犯的事物，通往文學的道路還被主流期刊編輯所把持。這個現狀令那些懷揣文學夢但又達不到期刊發表水準的文學青年們苦悶不已。

此時出現在人們視野中的網路文學平臺，無異於救星下凡。苦於無法發表作品的人們在看到網路這個開放程度極大的載體之後，其欣喜程度可想而知。正是他們充當了網路文學的開荒者。可以說，在網路文學產生之初，選擇觸網的大多數寫作者在骨子裡其實是傳統文人。他們在網路上指點江山，揮斥方遒，網路給他們提供了一條顯然是更加有效的接近文學的通道。所以，在初期的網路作品中，如果不刻意強調作品發表的載體，我們很難分辨出其中的差異。無怪乎在第一屆網路文學大獎賽的評獎中，評委張抗抗會有這樣的感受：「在進入此次閱讀之前，曾作了充分的心理準備，打算去迎候並接受網上任何稀奇古怪的另類文學樣式。讀完最後一篇稿時，似乎是有些小小的失望……被初評挑選出來的30篇作品，糾正了我在此之前對於網路文學或是網路寫作特質的某些預設，他們比我想像的要溫和與理性。即便是一些『離經叛道』的實驗性文本，同純文學刊物上已發表的許多『前衛』作品相比，並沒有『質』的區別。若是打印成紙稿，『網上』的和『網下』的，恐怕一時難以辨認。」[①]且不說作為傳統作家的張抗抗感覺網路文學應當「離經叛道」的先入之見從何而來，僅她這段話所透露的感受，就充分地表明了在網路文學發展初期，其整體的價值取向、表現形態與傳統文學寫作並無本質區別。網上的寫作者們一開始只是把網路作為傳統期刊的一個替代物，彌補其在期刊編輯那裡遭受的挫折，尋求并嘗試文字發表的其他途徑。這也就可以解釋為何這些作者在得到文學期刊的青睞後會毫不猶豫地拋棄網路寫作，投入正統期刊的懷抱。[②] 另一個顯而易見的證據就是網路寫手們對作協這樣的傳統文學權威機構的迷戀。作協在中國是特殊的存在，它是社會主義國家進行文學管理的機關。其在成立之初就將中國最優秀的作家（當時稱為藝術工作者）盡數網羅，而且在新中國文壇上具有領導和主角的雙重身分至 特殊的地位使作協成為文學愛好者們心中的高存在 並被冠上了神祕的光環 ，有了崇高的意味。作協對當代文學青年們仍然有著極強的號召力，很多人把進入作協作為奮鬥目標，因為這意味著文壇

---

① 張抗抗. 網路文學雜感 [N]. 中華讀書報，2000-03-01. 轉引自：楊劍虹. 當前網路文學的尷尬與成因 [J]. 平原大學學報，2004，21（6）.

② 如安妮寶貝、寧肯等。

對他的認可和接納。不少網路作家如唐家三少、當年明月等也確實做到了這一點。總體上來說，最初一批網路寫作者（主要是出身於20世紀70年代的那批）對正統文壇還有一種融入的渴望。這就使得他們在精神追求上與傳統作家相差無幾。當然，筆者并不會因此就認定當時不存在對文壇保持距離和批評的網路寫手，只不過他們為數很少，不能構成主流而已。

這種網上網下的一致性並沒有持續很久。隨著市場經濟的進一步發展和商業社會的漸趨成熟，文學頭頂的光環黯淡了。文學，尤其是純文學的生存空間被極度壓縮，成為社會的一種邊緣性存在。而商業化寫作因得益於同市場和讀者的親緣關係，日益成為文學寫作和出版的新寵。這個時候，網路寫手隊伍也發生了變化：在新一代寫手們（主要是「80後」和更小的「90後」寫手）心中，寫作不再是主要出於自己情感抒發的需要，而是為了獲取經濟利益。讀者的喜好成了他們寫作時的首要考慮因素，網上的點擊率和網下的暢銷度成為他們衡量自己作品成功與否的主要標準。這種價值取向上的轉變對網路文學形態的最終確定起到了關鍵性的作用。也就是說，商業力量是促使中國網路文學定形的一股強大力量，正是它促成了中國網路文學從自由化階段到商業化階段的過渡。[1]

(二) 成功的範型：盛大模式的啟示

網路文學商業化的直接結果就是網路文學的產業化。網路作品正在成為一條產業化鏈的上游部分，下游聯繫著紙質出版、影視劇本以及改編遊戲等環節。這些不同的存在方式之間的轉化是可逆的。例如，網路小說可以改編為遊戲，大型遊戲也可以改編成網路小說。產業化的存在方式為網路文學增加了盈利點，這既是商業資本進入的起因，也是結果。若要排列介入網路文學的資本勢力，盛大集團是首屈一指的。正是因為看中了網路文學這塊大蛋糕，盛大才大張旗鼓地闖了進來。

盛大集團以網遊起家，成功地開發了多款遊戲軟件。正是在網路遊戲的經營過程中，它發現網路上的文學創作可以為網遊提供源源不斷的靈感和素材。人物眾多、情節複雜、故事性強的網路文學與網路遊戲之間本就有某種相似性，甚至可以說網路文學也是一種遊戲，只不過是一種可以閱讀的遊戲。所以，盛大進軍網路文學，最初主要是想利用網路上的數量龐大的小說創作，為其網路遊戲提供可用的設計題材。

---

[1] 關於網路文學前十年的發展史，可以參見網友血白2008年11月25日發表於網路文學盤點社區的文章：網路文學這十年 [EB/OL]. http://bbs.17k.com/pandian/viewthread.php? tid = 596&extra = page%3D1.

网路游戏小说受到热捧也是一大原因。网路游戏的宏大结构、纷繁人物和跌宕情节本就是以故事为蓝本生发出来的。较早一批网游就是借鉴了那些经典的古典小说与小小说，如以三国争雄、水浒群英为题材的众多游戏。随著网游的进一步发展，网路上出现了一种以网路游戏为题材的小说，也就是仿游戏的小说。网路游戏的开发商意识到了网游小说的巨大商业价值，将其作为网路游戏的附属产品加入网路游戏的产业链，不仅为网路游戏放大了广告效应，还能增加游戏产品的附加值。于是，就出现了网路游戏开发商为网游征集小说或小说作者的情况，网游及网游小说都得到迅速发展。

正是出于对网路游戏业务开发前景的考虑，2004年10月，盛大收购起点中文网，从此进入网路文学领域。2008年7月，盛大文学正式成立，作为盛大集团旗下文学业务板块的营运和管理实体，并开始了大规模的文学网站收购活动。

目前，盛大文学营运的文学网站包括起点中文网、红袖添香网、小说阅读网、榕树下、言情小说吧、潇湘书院，此外还拥有天方听书网和数字期刊网站悦读网。

据统计，2010年盛大文学在中国网路原创文学市场中所占份额为71.5%，高居首位，同时还是中国移动阅读基地最大的付费内容提供商。

盛大文学的定位已经不是一个单纯的文学网站，而是通过版权的管理和营运，带动盛大文学向无线、线下出版、影视游戏、周边产品等领域进行衍生和扩张。此外，也会向海外扩张。目前起点中文网有30%的用户来自海外。某种意义上，起点中文网的作者虽然使用的是中文写作，但实际上是世界文学语言，即想像力，几十万作者打造的实际上是一个想像力王国。通过版权运作发展出一个巨无霸式的产业。[1]

盛大已经打造了从文学到商业的产业链条，同时还在日益扩张势力范围，它已经成为网路文学界的龙头老大。

盛大缔造的这个庞大的网路文学帝国切实改变了中国网路文学的版图。它不但使付费阅读制度成为文学网站的基本制度，而且直接造就了眼下的网路商业写作局面。

网路投入应用之初，作者在论坛和网站上粘贴文章，或是出于表达自我的需要，或是借以寻求情感交流。虽不乏有人希望借此引来期刊编辑或出版商的注意，从而得到在期刊上发表或正式出版个人作品的机会，绝大多数网友的功

---

[1] http://book.people.com.cn/GB/108221/9423008.html.

利心還是比較淡薄的。讀者可以在文學網站上自由看文，並自行決定是否給予回應。也許未必沒有人看到其中的商機，但迫於網路免費閱讀的慣性，加上網路文學還處於初創階段，內容的質量和價值還有待確認，主要任務是為網站大量聚集人氣、增加流量。這樣一來，免費就成了一項必要的措施。

不過，長時間的免費就很成問題了。一來，它嚴重阻礙了作者積極性的發揮，使得網路文學的發展缺乏後勁。俗話說，「無利不起早」。雖然寫手們進入網路不一定是衝著利益而來，但是，當沒有利益作為原動力的時候，寫作就成了隨意且個人的事情，作者對讀者不必負有什麼責任，兩者之間也難以產生強有力的紐帶。設想一下，如果作者在日常生活中為其他事務所牽絆，很可能就會放棄創作。這是非常可能的，網站上未完結的「千年大坑」[①] 比比皆是。事實證明，利益遠比興趣和衝動更為持久、有效。二來，免費閱讀使得文學網站的正常營運難以為繼。以榕樹下網站為例。作為國內最早的文學網站之一，榕樹下的名字連接著安妮寶貝、寧財神、李尋歡等諸多網路文學界響當當的人物。在鼎盛時期，榕樹下接連舉辦了三屆網路文學大賽（1999—2001），堪稱網路文學發展史上的盛舉，在社會上也引起了很大的反響。可是，由於沒有找到合適的盈利手段，網站資金鏈斷裂、入不敷出，加上版主出走、寫手四散，於是影響漸呈式微之態。[②] 2009 年，盛大集團接手後，榕樹下經過整頓重新問世，其品牌質量和影響力才逐步恢復。

作為成功地將網路作品收費閱讀規則固定下來的文學網站，起點「改變了整個行業的格局」。在它之前「曾有『博庫』『讀寫網』『明楊‧全球中文品書網』等網站試行收費閱讀，但在經營時並沒有取得預期的成功。讀者付費閱讀的習慣沒有培養起來，相應的服務體系沒有跟上，對加盟作者的吸引力也不是很大，網站急於盈利，對市場的估計不足，最終影響了網站的進一步發展」[③]。當然，除了上述原因，盜版的猖獗也是網站推行收費閱讀的主要障礙，「手打團」可以在文章更新出來後的幾分鐘內就將其公布到盜版網站上。

起點當然沒有完全克服盜版問題，只不過它堅持打擊盜版，同時重視籠絡更多的作者。隨著人氣的聚集，讀者們開始習慣收費閱讀、消費正版。同時，

---

① 網路術語，意即一篇文章因為各種原因停止更新，沒有寫完整。

② 作家陳村是較早觸網的傳統作家之一，他親歷了榕樹下的盛衰。在反思時，他認為榕樹下缺少了一些環節。在他看來，傳統文學從寫作、投稿、出版到支付稿酬的過程是自足的循環過程。而當時的榕樹下具有天生的缺陷：寫作者無利益、網站也沒有受益，「資金鏈崩潰後，只能轉手」。來源於人民網：http://book.people.com.cn/GB/69362/8068517.html.

③ 周志雄. 對原創文學網站的考察與思考 [J]. 山東師範大學學報（人文社會科學版），2009, 54 (4).

起點還積極探索其他創收渠道，並獲得了成功。

一是廣告收益。網頁廣告是網站盈利的重要方面。當然這是所有以盈利為目的的網站所共有的特徵。文學網站上的廣告，鮮明地昭示了網路文學在當今社會中的商品性質。文學文本和廣告並存於網站頁面，在分布上它們並沒有優劣之分，但廣告總是會比網站內的小說更醒目。這種做法充分消解了文學閱讀的嚴肅性，凸顯了它的娛樂、消遣功能。

二是網路作品VIP部分的閱讀收益。收費閱讀現在已經成為網路文學界的行業規則。作者在與起點簽約後，作品就可以上架銷售了。起點VIP作品的閱讀收費標準是每千字2~3分錢，有包月、包年等多種選擇。讀者可以通過多種方式為自己的帳戶充值，按照1：100的比例兌換成起點幣。每次讀者閱讀，網站都會扣除其帳戶內的相應數額起點幣，這是文學網站最基本的盈利手段。

三是起點簽約作品的版權收益。起點編輯會在網站上尋找有潛力的新人、新作並與之簽約，隨即買下其版權，然後尋求作品在線下出版或改編為其他形式後的收益。作者可以選擇由網站代理其作品的部分版權或全部版權。「近幾年，網路文學的產業化發展趨勢日益明顯，產業鏈各環節逐漸齊備，網路文學市場迎來了高速發展期。在網民中迅速普及的同時，網路文學對其他產業的滲透也逐漸加深，網路文學開始成為文化創意產業的重要源頭，為網路遊戲、影視動漫等文化娛樂產業提供創意和素材。」[1]從網路作品到遊戲、動漫、影視、話劇作品，或者反過來由火爆的遊戲到網路文學作品，這些不同的藝術形式之間的相互轉化已經形成了一條井然有序的產業鏈，即所謂的文化產業。收費模式的確立和產業鏈的完善直接促成了網路寫作的商業化方向。作者在開始構思時就要確定其作品所針對的特定讀者群，然後通盤考慮題材類型、主人翁性格、故事的大致走向還有總體結構等方方面面，以迎合其潛在讀者的期待視野。同時，在故事寫作過程中，作者還要經常關注讀者意見，隨時修正自己的設想。文學創作成了為了消費的商業生產活動。

起點的模式也就是盛大統領文學的方式。它充分依賴門下各文學網站的讀者基礎，發揚其原有風格並走向極致。如起點靠玄幻起家，現已成為盛大的玄幻文學門戶；紅袖添香著力打造女性文學品牌，瀟湘書院則致力於穿越言情。盛大還積極拓展網路文學的下游產業，不斷尋找新的盈利點，成功地將網路文學這塊蛋糕越做越大。

---

[1] CNNIC. 中國網路文學用戶調研報告［R/OL］. http://www.cnnic.cn/research/bgxz/wmbg/201108/t20110819_22594.html.

第二節　外國網路文學的發展

一、中外網路文學概況分析

（一）中外互聯網發展簡介

網路是網路文學的誕生和存在的技術平臺，網路的普及程度，網民的比率與構成在很大程度上影響了各國網路文學的發展。互聯網（Internet）是全世界最普遍的網路接入方式。它正式誕生於 1969 年美國國防部授權的高級計算機網路研究機構進行的互聯網試驗中。在之後的 30 年間，網路不斷發展，並以美國為中心向世界各國擴展。經濟較發達的韓國的互聯網市場異常活躍，移動互聯網業務發展迅猛。1994 年，中國建成了第一個互聯網國際出口，至今中國網民人數已是世界之最。

在互聯網向全球拓展的過程中，世界網民的情況也發生了巨大的變化。網路空間不斷向全球延伸，以年輕人為主體的網民數量快速增加，網路已成為世界各國人民生活中不可缺少的一部分。從網路誕生起，文學就在這個巨大的虛擬社區中迅速發展起來，全球化的網路不僅是各國網路文學得以產生的技術基礎，而且是影響它發展的重要因素。作為網路使用者的網民是網路文學的創作主體，這些來自民間的個體出現在網上并發出自己的聲音。年輕網民在網路中的文學的技術實驗和情感的自由表達，是網路文學的重要主題。

（二）網路文學名稱、定義

世界範圍內的網路文學究竟誕生於何時如今已不可考。可以確知的是 1967 年美國布朗大學開發出超文本編輯系統，這類系統是原創性網路文學的前導。20 世紀 90 年代，美國開始出現電子詩社等群體在線活動。中文網路文學的問世時間相對確定，北美華人留學生創辦的第一份電子雜誌《華夏文摘》於 1991 年 4 月創刊，第 1 期就設有散文欄目。之後網路文學在全球互聯網飛速發展的過程中迅速成長。

網路文學的名稱、定義問題從其誕生以來一直處在爭論之中，中外網路文學評論家都曾經歷過網路文學的「命名焦慮」。其根源之一在於網路文學的載體網路（networks）本身的技術和用途在不斷變化。隨著網路的不斷發展，網路也被用作商業出版媒介，網路文學作品的構成開始多樣化。其二是因為網路文學的發展歷史較短，網民的國家分布與年齡層次一直在變化。愈來愈多樣化的文化背景中產生的網路文學的樣態豐富而龐雜，要對其進行定義和定性都有

一定難度。如美國理論家道格拉斯（Douglas）在論及網路文學的主要類型之一的超連結小說（Hyper Fiction）時就曾說：「超文本（Hypertext）這個媒介的美學與傳統仍在演進中，就連技術本身也還在發展中，它的內容也是如此。」不過目前中外網路文學也都已有十年以上的發展歷史，對於這樣一個業已存在的文學現象的考察并不缺少事實基礎。同時因為其新銳性，對它做出及時的評析有利於對它的正確引導。

中英文評論界經過一段時間的討論，對中英文網路文學的名稱與定義問題已有比較成熟的結論。

二、外國網路文學的分類和發展

英文中與網路文學有關的名詞主要有以下幾種：

一是在線文學（Online Literature）和互聯網文學（Internet Literature）。這兩個概念的範圍都比較寬泛，多指網站中收錄的傳統文學作品。因為不能反應網路文學的技術特性，所以在英文實踐中這兩個名稱不用來指稱網路文學。

二是電子文學（Electronic Literature），指借助電子設備如廣播、電視、電腦創作和傳播的文學作品。美國是電腦和網路的誕生地，電子藝術氛圍濃厚，而歐洲各國網路媒介都比較發達，所以網路文學是歐美這一類文學的主流。

三是後來出現的名詞 Cybertext 和 Cyber Literature。

美國批評家阿瑟斯（Aarseth）於 1997 年發表了著作《制動文本：透視電腦動態文學作品》（*Cybertext: Perspectives on Ergodic Literature*），此書中在分析電子遊戲的文學、美學、遊戲性元素時，提出了制動文本（Cybertext）的概念，并將其特點界定為通過不同的文本連結實現人與電腦以及用戶間的互動。

之後美國加利弗尼亞大學英語文學教授凱瑟琳·海勒（N. Katherine Hayles）在電腦文本（Cybertext）概念的基礎上提出網路文學的總稱概念 Cyber｜Literature，並界定其遊戲性與文學性并重的特點。後來，Cyber｜Literature 被簡化為 Cyber Literature，正式被用來指稱在網路空間中創作和發行的文本。

Cybertext 和 Cyber Literature 這兩個詞中的前綴 cyber 的意思是「計算機的、電腦的、網路的（尤其是互聯網）」，所以它們的本義是泛稱計算機營造的數字空間（Cyberspace）內存在的文學作品，包括在獨立的計算機上創作的文學作品，和在網路空間中創作并傳播的文學作品。阿瑟斯所提出的 Cybertext 是指制動文本，其概念是源於控製論（Cybernetics）的人工智能之意，主要指計算機程序製造出來的文本，并非專門指稱網路文學。在後來的英文網中，這個詞的外延被擴大，成為出現於網路空間中的各種文本的泛稱。在當今社會

中，電腦事實上已主要作為網路終端機使用，所以我們主要在網路文學和文本的意義上使用這兩個詞了。但是需要注意的是 Cyber Literature 主要作為英文網路文學的總稱名詞使用，多出現於理論分析文章之中。Cybertext 用來指稱具體網路文學文本，不過在英文網路中，也有一些非文學文本被稱為 Cybertext。超文本（Hypertext）是英文網路文學的重要類型。目前，英文界主要有狹義的網路超文本文學（Hypertext）與總稱的網路文學（Cyber Literature）這兩種網路文學概念。

第三節　中外網路文學的同質性與異質性

一、中外網路文學的相同因素

中外網路文學的同質性因素大致表現在以下幾個方面：

（一）產生和發展的技術環境相同

互聯網在世界範圍內的快速發展為各國網路文學的發展營造了一個良好的氛圍。中、英文兩種網路文學是當代世界網路文學的最大兩個陣營，歐美與中國良好的網路環境是中、英文網路文學保持較好發展的主要原因。同時新西蘭、日、韓等國家也擁有較發達的網路系統，網路文學發展態勢也比較好。

相同的技術環境下產生的各國網路文學在作品的寫作、發表、文本形式以及閱讀方式等方面是基本相同的。電腦網路技術帶給網路文學作品不同於傳統文學作品的特點，如鍵盤輸入、人機互動、屏幕閱讀以及數字存儲等特點。因為這些顯而易見都是網路文學作品存在的必需條件，在此就不加以討論了。

網路為超連結、超媒體實驗文本的創作提供了良好的技術條件。超文本結合了音樂、動態畫面等多種技術表現形式，並採用通向不同文本路徑的超連結實現了對文本形式的革命。其創作充分地利用了網路的多媒體、連結自由的特點，是真正意義上的網路文學文本。

（二）網路文學的出現、發展過程大致相同

前文中分析了各國網路文學所經歷的幾個階段。各國網路文學大致相同的發展階段預示著網路媒介會帶給文學更廣的原創空間與出版商機。

（三）網路文學的類型十分相似

幾乎所有討論過網路文學的網友與評論者都有將網路文學歸於民間文學的傾向。有人說它是流落民間的文學，有人說它是來自民間的文學，更有人說它本來就是一種民間文學。這個「民間」的概念值得仔細分析。在現代漢語言

的普通表達中,民間是大眾的生活空間,是柴米油鹽、愛恨情仇的總和,是所有平凡庸常、快樂喧囂、奮進沉淪的代名詞。它有時純潔無瑕、本然質樸,有時愚昧落後、藏污納垢。就是這樣複雜的民間,從20世紀90年代以來,不斷地吸引著文學、人類學、社會學學者的關注。人類學的民間是人類文明原型的隱身之處,現代社會學者的民間是與「國家權力形成良性互動關係的公共空間」。而西方後現代主義的民間就是消解中心與霸權對立的力量。所有這些對於民間的註解都展現了民間所具有的龐雜性與包容性。

網路文學就誕生於這樣的民間。網路的民間存在於現代科技所營造的虛擬空間,是由知識精英、職員商人、青少年學生等網民組成的民間。在網路環境中民間的本然特性與話語氛圍並沒有改變,反而因為網路的虛擬性而更充溢著自由精神。

傳統文學分類中,來自民間的文學就是通俗文學。在傳統觀念形態中,通俗與民間都是主流精英文化歧視的對象。在大多數民間文化評論家眼裡,通俗文化就是貧乏文化的代名詞。然而伴隨著通俗文化在當代社會中的蓬勃發展,通俗文化獨特的價值和在現代公民社會中的不可替代的作用也充分地顯現了出來。通俗文化致力於在現實生活中給普通民眾建構理想的烏托邦,使他們可以暫時地逃避現實生活。在全球化的後現代文化語境中,通俗文化作品被視為最佳的表達公眾幻想的形式,并因此占據越來越多的社會文化空間。好萊塢電影在全球的票房號召力,金庸的武俠小說在普通民眾與精英知識分子階層中的廣泛影響就是最有代表性的後現代通俗文化景觀。

通俗文學作品作為通俗文化的組成部分,以群眾喜聞樂見的形式,貼近民眾生活的表現內容,起到調劑民眾生活、緩解現實壓力的重要作用。通俗文化在普通民眾中的巨大影響力延伸到網路中,就出現了各國網路文學明顯的通俗化特徵。中外網路文學相同的通俗文學類型取向表現了不同文化語境中網路文學相同的民間審美趣味與大眾文化特徵。

二、中外網路文學的不同因素

中外網路小說在網路技術運用和題材表現上呈現出較大的差異,主要表現在技術性差異、遊戲性差異、情感性差異與幻想類小說的差異四個方面。

(一) 中外網路文學的技術性

中外網路文學的技術性差異主要表現在網路超文本(Hypertext)文學的創作方面。受電子文本創作啓發而產生的超文本是英文網路中最初產生的文學作品類型,也是英文網路文學中的代表類型。這種類型文本的創作也受到歐美後

結構主義文本理論的影響，是在網路中進行的文學實驗。中文網路文學中的超文本文學是在西方的影響下產生的。因為對創作者的網路操作技術要求較高，國內一般的文學網民大多沒有能力和興趣進行此類文本的創作，中文網路中只有很少超文本作品出現。

現代電腦網路技術誕生於美國，20世紀70年代開始在歐美發達國家得到快速發展，並孕育了現代電子藝術。歐美網路文學就是在濃厚的電子藝術氛圍中誕生并發展起來的。超文本是90年代後期美國先鋒文學界提出的一個概念，指由文字、圖片、影音片斷以及可多路徑進入的結構組成的電子文本。在網路超媒體空間之中，超文本的技術特性得到了最大程度的發揮。同傳統的印刷文本概念相比，超文本事實上已超出了文學範疇，是一種新媒體藝術。創作者可以採用超媒體（Hypermedia）技術在文本中加入音樂、圖片，甚至動畫、影像以輔助文字的表達。超文本另一個更為重要的特徵是超連結（Hyperlink）技術的應用。超連結是網路上使用最多的一種技巧，它可以是通過事先定義好的關鍵字或圖形，讀者點擊後它會自動連接相對應的其他文件。通過超連結方式可以實現不同網頁間的跳轉。採用超連結技術可以將文本製作成能指向其他文檔的文本，讀者也就可以通過選擇點擊不同的連結，以不同的順序和路徑對文本進行閱讀。

超文本文學作品採用網路超連結技術實現了文本閱讀的多向性實驗，體現出不同於傳統文學文本閱讀的審美取向。一部只有幾百字的超連結小說的容量要遠遠大於同樣字數的傳統文字作品，因為在超文本中可以使用若干個超連結來使其內容擴展到無窮。作者可以在有關故事背景、人物介紹或任何其他的詞語上加上超連結，呈現給讀者更豐富的內容。因為採用超連結，超文本可以建構出一個由無數連結點串連起的文本網路與無始無終的閱讀路徑。一個超文本就像是一個迷宮，在每一個節點選擇過程中，都會再拉出一個不相交的維度，導向截然不同於前的情節發展。它可以像地下莖一樣不斷繁殖，會有多重結局，讀者可以一再回到故事的某一個點，不斷地進行選擇。在每一個情節移步的過程中，都會面臨多元的路口選擇。整個故事有無窮的交叉路口，版本無限，故事也無限。作者是文本遊戲的設定者，他給出了多種不同的選擇。讀者參與其中，每一個讀者的選擇都會形成不同的故事，故事因他們的選擇而呈現出不同形態。

超文本是一種非線性的敘述書寫，是一種對線性邏輯與階層秩序的反動，也是對所謂印刷世代與字母霸權的挑戰。在這種文字接續、選擇、歧出，以及書寫範式由印刷向數位的悄然轉移過程中，超文本也體現、契合了諸多後結構

主義理論家的理論架構。超文本是後現代解構理念和後現代網路技術對文學產生的革命性影響的結果，是文本「互文性」（Inter Textuality）的最佳體現。1987年，麥可·喬伊思（Michael Joyce）發表了超文本小說《下午，一個故事》（*Afternoon A Story*），這部小說被譽為「超文本小說的祖師爺」。之後有很多美國專業作家投身網路超文本小說創作。美國作家史都爾·摩斯洛坡創作了《漫遊網際》（*Hegira Scope*）、《雷根圖書館》（*Reagan Library*）等作品。

在當今的英文網路文學中，有大量超文本書小說存在。很多英文網站中收錄有超文本小說。這些網站售賣超文本小說，同時也收錄關於超文本實驗的理論文章，為網上閱讀和創作超文本小說提供向導。超文本小說是網路文學中相對於傳統文學的最異質的文學形式。因為符合了後結構主義與解構主義的敘事理念，在不斷發展的電腦網路技術的推動下，網路超文本小說的創作在歐美呈現增長趨勢。

受西方超文本文學創作的影響，中國臺灣地區作家較早進行了超文本文學的實驗和探索。其中較有名氣的作家有臺灣代橘、須文蔚、曹志漣、李順興等。大陸網路文學中，有零星的超文本文學試驗性作品出現。榕樹下曾介紹過超文本小說《仲夏情人》。因為超文本創作有一定的技術要求，同時閱讀它需要一定的耐心，所以超文本小說在中文網路中較少得到網民和讀者的關注。

歐美超網路文本小說創作開始興盛并呈增長態勢。因為缺少電子藝術與超文本實驗的創作氛圍，中文網路文學的技術性創作幾乎處於缺失狀態，僅見的幾例超文本小說似乎只是作為一種展覽存在。這是目前中外網路文學在技術特性上的重要差異。

（二）中外網路文學的遊戲性

產生於後現代語境中的網路文學具有明顯的後現代文化特徵，基本表現就是其遊戲性。後現代社會文化工業和大眾文化的高度發展使得哲學不再只將文學看作嚴肅的使命，而是開始看重它的娛樂性和遊戲性。這種後現代主義文學觀也影響了網路空間中的文學表達，中英文網路文學在發展中都表現出了遊戲性特徵，不同的是英文網路文學的遊戲性主要表現在超文本文學所採用的遊戲形式上，而中文網路「無厘頭」小說以其對經典的解構而呈現出文學精神的遊戲性。中國網路寫手李尋歡用過一個形象的比喻：網路文學的父親是網路，母親是文學。中外兩個網路文學評論者都追尋了網路文學的「父根」和「母根」。在網路文學的文學特性的表述上兩人是完全相同的，但他們關於網路文學「父根」的表述卻呈現出差異。事實上英文網路超文本小說既是文學作品，又是一種讀者可以參與其中的網路文學遊戲。李尋歡所說的「網路」則比較

籠統，更多指作為網路文學出現環境的網路空間。如果說這個空間對文學表達有什麼影響的話，那可能就是存在於其間的話語氛圍和網路精神。網路給文學提供了新的表達形式和空間，中外網路不同的技術氛圍和文化語境在形式和內容方面對網路文學產生了不同的影響。

後現代思潮影響下，當代西方文學中出現了對傳統文學表現形式的顛覆與革新。這種文學形式的革命和現代網路技術結合的產物便是超文本文學。英文網路文學的遊戲性主要體現於超文本文學形式的遊戲性。超文本是在不同文字路徑間行進的遊戲，因為大多配有聲圖，這類文本近乎於電子遊戲文本。英文網路文學的遊戲性正是體現在網路文學表達與電腦遊戲形式的結合上。

相比而言，中文網路缺乏相應的遊戲製作和文學形式革新氛圍，所以中文網路中很少有超文本文學作品出現。但網路在當代中國社會所具有的自由話語空間屬性影響了中文網路文學內容方面的遊戲性特徵的產生。在主要由青少年網民組成的中文網路社區中揚溢著一種自由、挑戰權威、戲謔經典的話語氛圍。中國社會的後現代性因素、文化民主問題、青年人的自由精神都集中表現在一些中文網路文學作品中，最能代表中文網路文學的遊戲精神的是網路「無厘頭」小說。

「無厘頭」的一個重要特徵就是對傳統思維模式的解構。傳統的中國社會是一個以小農經濟為基礎的大型封建社會，社會結構相對穩固，儒教統治思想以孝悌為主，極富柔性。這種穩固的經濟基礎和柔性的上層建築在很大程度上教化、馴服了民眾，所以中國的歷史歷來是偉人的歷史，普通民眾在歷史的戰車上總是背負著太多的歷史責任卻沒有發言的權利。過於沉重的思想壓制使中國人個性被禁錮，缺乏自然的人生態度，遊戲精神和幽默感只能在民間文學中稍稍露頭。中國改革開放後，民眾思想的意識形態禁錮開始鬆動，代表著中國民間遊戲叛逆精神的「無厘頭」文化便應運而生。中文網路文學的遊戲精神就集中體現於網路「無厘頭」小說對傳統的解構上。中文網路中一度以玩弄語言和對古典、經典的顛覆性改寫為時尚。

（三）中外網路情愛小說

情愛小說是各國網路文學的主要類型。因為網路文學的創作主體主要是青年人，所以情愛的書寫是各國網路文學共有的題材，不過各國網路情愛小說的具體類型不大相同。

日本、韓國和臺灣,香港,東南亞網路文學中的純愛小說類型（少男少女單純的戀情小說）比較突出。日韓網路純愛小說的風行是受傳統通俗文學中純愛小說創作的影響。純愛小說在日本已經風靡了好些年，片山恭一的《在世界

中心呼喚愛》和市川拓司的《現在，很想見你》一度非常流行。純愛小說在現實社會中的流行影響了兩國網路文學的創作，當今的日韓網路小說的代表類型就是純愛小說。韓國網路純愛小說在中國也有著巨大的市場。從 2003 年起，國內出版界就連續四年推出「最佳韓國網路小說系列」，具體作品有《我的野蠻女友》《狼的誘惑》《那小子真帥》《房塔屋的小貓》《偶的酷學長》等。可能是較多地受日韓文學的影響，中國臺灣地區純愛小說也非常流行。而且與日韓純愛以生離死別的煽情來感人不同，中國網路純愛世俗色彩比較濃，情節比較生活化。

歐美網路愛情小說類型有表現網路愛情的網戀小說（Cyber Love Story）、愛情小說（Romance）和性愛小說（Erotic）。這些類型的網路情愛小說也是歐美傳統情愛小說在網路中的繼續，其比較明確的分類源自於歐美傳統出版業成熟的小說分級體系。歐美網路情愛作品大部分是通過網路售賣的電子或文字版的書籍。

情愛小說在是中國網路文學的主要類型。2000 年之前，中國網路中情愛泛濫，使得中文網路有了「情網」之稱。隨著網路空間的不斷拓展，網路文學的類型也越來越多，但情愛小說仍占了其中很大份額。除少量的純愛小說外，大部分網路情愛作品都帶有濃鬱的世情小說色彩。它們的主題不僅僅是愛情，而是力圖通過抒寫對愛情的追求和感悟來表現對個體命運和社會現實的思考。影響中國網路情愛小說創作的因素主要有中國傳統情愛小說和現實的社會語境。中國文學中最早的情愛表達無疑是那首中國人耳熟能詳的《周南·關雎》了。這首詩中所表現的比翼雙飛、君子求美真是自然到了極致，美到了極致。然而就是這至美至真的愛情，被正統的儒家禮教改纂成用以稱頌「後妃之德」。也正為因為儒家禮教的倫理控制，愛情題材在中國的正統文學中歷來沒有地位。遭到壓制和拒絕的愛情只能在通俗文學中尋求表達。元、明、清三代，隨著社會中市民意識的增強，封建意識形態控制有所鬆動，個性的覺醒刺激了民眾和文人的情感表達。戲劇和小說中愛情、情感甚至情欲的書寫開始大量出現，以《牡丹亭》《金瓶梅》《桃花扇》和《紅樓夢》為代表的小說中的情愛表達已相當大膽和成熟。不過在這幾部經典的情愛作品中，除《牡丹亭》直接書寫愛情追求之外，其餘兩部作品主要通過情感表現和情欲描繪來表現封建社會的世態人情。純真的愛情追求看起來總是顯得幼稚，愛情仍然要屈從於現實社會倫理，於是情愛小說就大多是表現情愛痛苦的小說。

另外中文網路科幻、玄幻、武俠題材的小說中也有很多情愛表達，這些類型的網路作品大多是以「俠」和「幻」的面子包著「情」的裡子，實際上也

是在表情寫愛。可以說當代中文網路文學用私人化的表達方式，以前所未有的自由與力度在大眾的聲域裡酣暢地表達著情感和慾望。

（四）中外網路幻想小說

在歐美和中國，通俗幻想小說都有著悠久的歷史。歐美幻想類文學派生於英國哥特式小說。在美國，18世紀末期幻想小說已成為重要的通俗小說類型。兩百年來，歐美已出現了星際歷險科學小說、英雄幻想小說、新浪潮科幻小說、賽博朋克小說等種種幻想小說類型。中國傳統的以《西遊記》《封神演義》為代表的神魔類幻想小說在明清時期一度也非常興盛。

作為一種重要的通俗小說類型，中外幻想小說在民眾中都有著巨大的市場。隨著當代西方通俗文化的發展，幻想類小說風潮席捲歐美，也影響到了世界其他國家，英國奇幻小說《哈利‧波特》就在全球引起了轟動。但在中國當代文學傳統中，幻想文學創作一度處於低谷。中國當代曾出現過兩次幻想類文學潮流。一是新中國成立前出現的社會諷喻類型的幻想文學，二是在蘇聯科幻文學的影響下產生的預測科學發展的科學幻想文學。這兩類幻想文學都帶有啟蒙色彩，是為了喚醒民眾覺悟和開啟民眾智慧。它們其實都屬於非主流文學，被視為一種較為次要的文類。不過如今伴隨著中國的全球化和市場化，一個較為富裕的時代已經來臨，青少年開始成為重要消費群體，他們開始享有更多選擇物質和文化產品的自由，幻想文學又重新擁有了廣闊的市場。

當代中西方社會通俗幻想小說的興盛對網路小說的創作也產生了很大的影響，中外網路文學中幻想類小說都占了很大的份額。歐美網路幻想小說類型主要有科幻和奇幻（Fantasy），中文網路幻想小說類型則主要是科幻和玄幻。科幻小說一度在英文網路文學中占主導地位，而玄幻小說則是近幾年中文網路中最流行的小說類型。

科幻小說是科學幻想小說的簡稱。奇幻小說是西方除科幻小說之外的重要幻想小說類型。西方奇幻文學有著源遠流長的傳統，其歷史可追溯到中世紀的哥特式小說。西方奇幻大多用代表性的文化符號，如中古建築背景、劍、騎士、魔法為讀者營造了一個完全不同於真實世界的「上空世界（Secondary World）」。「上空世界」一詞最早由英國作家托爾金提出，他的「魔戒三部曲」為讀者描述了一個體系龐雜而又嚴謹的虛構世界，奠定了奇幻文學的寫作模式。以《魔戒》《塞萊斯廷預言》《哈里‧波特》為代表的奇幻作品在當代西方刮起了一陣奇幻風潮。

玄幻小說是中國通俗文學中新出現的類型，其名稱最早由香港通俗小說家黃易提出。目前學界對它還沒有明確的定義，關於它與其他幻想類文學作品的

關係也沒有清晰的界定。從目前的創作來看，中國玄幻小說明顯地受到西方幻想小說的影響。同時也結合了玄學、神話、武俠、魔法等各種中國通俗文化元素，在表現題材和手法上相當於西方奇幻小說，同時也表現出獨特的中國神魔小說色彩。

中外網路幻想文學的差異集中體現於網路科幻、奇幻與玄幻小說創作中。

中外網路科幻小說的創作呈現出不同的態勢。網路科幻小說在英文網路文學中占主導地位。英文網路科幻小說在網路中的興盛源於歐美社會科幻文化氛圍。當代歐美國家中，科幻文學非常興盛。20世紀中期計算機在美國誕生以後，通俗小說家便以極大的熱情描擬了計算機以及計算機網路將會構建的虛擬空間，這類計算機網路題材作品也被稱為賽博朋克（Cyberpunk）科幻小說。因為以計算機網路世界為表現對象，這類文學作品在網路中一出現，就立刻成為網路文學創作的主要類型，極大地帶動了英文網路科幻小說的創作。

相比較而言，中國網路科幻創作顯得相對平寂。科幻小說在中國是舶來品，自清末引進以來已有百年的歷史。但中國社會中一直沒有形成比較好的科幻文學創作氛圍，民眾對它的興趣要遠遠小於對武俠、言情、玄幻類文學作品的熱情。在中國網路文學的發展史上，也幾乎沒有出現過轟動網路的網路科幻名作。

中外網路科幻小說呈現出不同的特點。西方科幻小說類型眾多，但無論何種類型的科幻作品中都充溢著一種探索精神，表現出對自然和宇宙的宗教式的敬畏。中國觀眾熟悉的《星球大戰》的整個體系是參考基督教教義構建的；《思想爆炸公式》作者法國作家彼埃爾·布勒完全以描寫宗教聖徒的筆法描寫科學家，營造了濃厚的「科學宗教氣氛」。這使得西方科幻在某種程度上表現出科學技術探索和精神探索的雙重特點。

中國科幻最早受蘇聯科幻小說的影響，有側重於進行科普宣傳和預測科技發展的特點，後來又受當代歐美科幻的影響，表現空間和內容大大拓展，但與西方科幻相比，仍顯得缺乏想像力。中國科幻創作表現出崇實的傾向，很多作品的著力點在於對更先進的科學技術的表現，而非科學探索意義上的幻想。這些作品大多通過書寫未來的科技發展以表達富國強兵的願望，其對未來可預見的現實的訴求超過了在技術上和精神上的探索。

中國網路科幻相比西方網路科幻缺少了一個很重要的因素，那就是科幻作者對自然的那種宗教式的敬畏。在表現對自然的探索、對人類自身命運的思考時，科幻作品中對自然和造物的深深敬畏感對於科幻小說而言並不僅僅只是一個情節因素，而是科幻小說創作的靈魂。

中外幻想小說的另一個重要差異表現在中國網路玄幻與西方網路奇幻的差別。中國網路玄幻小說的民族文學源淵可追溯至傳統神魔小說。傳統道教認為人人都可以通過修煉得道成仙，因此在某種程度上消弭了人與神的界限，這種迷信思想在封建時代雖然作為麻痺群眾之用，卻也極大地豐富了中國文學的想像空間。中國文學的神魔小說傳統源自魏晉南北朝的志怪小說，經過道教仙傳故事、神魔鬥法小說、鬼怪小說的發展而成熟，並在道教思想基礎上融合儒家和佛教因素，最終形成了最具中國文化旨趣的文學形態。它在中國民間影響極大。

　　中國的神魔小說傳統極大地影響了網路玄幻小說的創作。雖然融入了西方科幻、奇幻元素，網路玄幻小說仍沿續了中國傳統神魔小說基本的神魔對立的敘事模式。當代中文網路玄幻作品就是以神魔小說的套式，講述現代人的心理故事，所以其敘事要素主要是對戰的神魔雙方、超自然的本領和正義必勝的結局。

　　中國網路玄幻作品中的幻想呈現出無原則的自由狀態，在作品具體內容和細節表現上缺乏力度。近年來，玄幻小說在中文網路中掀起狂潮，許多作品點擊率動輒以十萬、百萬甚至千萬計，其繁盛程度令人驚嘆。但這些作品大多模式簡單、內容貧乏，其主題大多是正義、陰謀與愛情，正面人物幾乎全是帥哥美女，或地位高貴，或法術強大。這種簡單化、類型化的幻想相對於西方網路奇幻對中古文化元素與異教信仰的細緻挖掘，顯得過於自由輕浮。從結構和內容來看，英文網路奇幻作品在異文化的展示和探求生活哲理方面更有深度，雖「奇」亦真，而中國網路玄幻多是漫無邊際的空想，因太「玄」而過於空幻。

　　中外網路幻想小說分別以玄幻和科幻為代表類型，表現出不同的特色。綜合來講，中文網路幻想小說處於新的勃發期，整體創作水平還有待提高。同時作為最受文學網民歡迎的網路文學類型，中外網路幻想小說都還有很大的發展空間。

第五章　網路文學批評

第一節　網路文學批評的形成

一、形成背景

從 20 世紀後半葉開始，隨著互聯網技術在全球各地的高速崛起，人類逐漸步入電子信息時代。所謂信息時代，就是人類通過各種快捷、直觀的電子媒介，以全球同步的即時性方式，將信息的作用提高到絕對重要的地位——無論是信息的數量、信息傳播的速度、應用信息的程度等，都以幾何級數的方式進行瘋狂的增殖，並進而創造了一個比任何傳統公共領域都龐大得多的「虛擬空間」。在這個全新的公共領域中，無限量的信息資源，讓全球各領域、各階層的人們在共享原則下獲得了巨大的心理滿足，從而直接改變了人類的生存方式、文化形態甚至價值觀念。

由信息時代所導致的人類社會思想觀念的一系列巨大變革中，大眾文化的全面崛起，對傳統文學秩序產生了尤為深遠的影響。所謂大眾文化是「現代工業社會和市場經濟社會的產物，它主要是指興起於當代都市的，與當代大工業密切相關的，以全球化的現代媒介（特別是電子傳媒）為介質大批量生產的當代文化形態，是處於消費時代或準消費時代的，由消費意識形態來籌劃、引導大眾的，採取時尚化運作方式的當代文化消費形態」[1]。

和西方的大眾文化相比，中國的大眾文化有著自己獨特的文化內涵。由於經濟發展水平不同和文化的差異，東西方大眾文化的產生與發展狀況就不可能相同，進而大眾在不同的大眾文化發展水平中得到的體驗和認知也不可能是相同的。從大眾文化產生的經濟基礎來看，從 1840 年第一次工業革命開始，西

---

[1] 葉虎. 大眾文化與媒介傳播 [M]. 上海：學林出版社，2008.

方社會就已經開始了現代化的歷程，進而出現以啓蒙主義為代表的現代主義文化思潮。而到今天，西方社會的現代化思想已經發展了幾百年。1950年以後，進入了後現代時期，而從現代化思想產生開始就與之相伴隨的大眾文化早已發展成為了與商業化高度融合、與意識形態緊密結合的文化工業。而中國自從改革開放以來才步入真正意義上的現代化社會。短短三十多年的現代化發展歷史，不足以使中國產生猶如西方發展了百年歷史的大眾文化成熟形態，但這種文化大眾化對中國民眾的思想解放仍舊是一個不可或缺的過程，「大眾化為世俗生活提供了新的合法化依據，因而民間的政治經濟文化活動不再與一種神聖的精神價值相關聯，人們不再到生活之外去尋找生活的合法化依據」①。從中我們可以看出，大眾文化所要消解的并不是高雅文化，它的首要任務是要消解神聖化和專制王權，這種大眾化標誌著社會的進步，是實現現代化的重要內容。中國的文化現代化不是像西方一樣隨著啓蒙運動走向民眾，而是隨著媒介文化走向民眾的。它所提倡的多元的價值觀念，打破了以前由中央到地方的權力統治機構對被統治者的思想、價值取向，甚至行為觀念進行嚴密規束的高度統一化傾向。大眾文化也可以稱作平民文化，在民眾已不再盲目崇拜理性主義的這個時代，這種文化代表了一種人人皆可言說的雜語文化，它與主流意識形態、上層精英文化一起構成了中國在社會轉型期的文化格局，使中國從此進入了一個多種文化雜糅共存的時代。

而從大眾文化發展的技術手段上看，已經經歷過三次工業革命的西方社會，科技進步到了一種人們開始反思它所帶來的弊端的地步。20世紀後期西方整個思想體系都開始討論科技給文化帶來的影響。例如西方馬克思主義對大眾文化中的工業化製作和傳播方式就十分譴責，按照阿多諾的看法，大眾媒介是大眾文化的產物，它同時又生產大眾文化產品，它將帶有欺騙性和虛幻性的文化產品傳播給普通大眾，通過消除現實與文化的距離來弱化大眾的想像力，從而使人們放棄了具有獨立自主性的個人發展，而接受依靠複製和批量生產的大眾文化。而中國的國情與西方大大不同，作為一個有五千年歷史的文明古國，中國有著深厚的歷史底蘊同時也存在著根深蒂固的傳統思想觀念，但中國的科技發展的程度還遠遠不夠。而大眾文化恰恰消解了一些思想束縛，帶給了民眾個體表達自由的慾望，使張揚個性成為了表達自我價值的關鍵詞，使追求個人價值成為一種普遍的理想。中國的大眾文化發展帶來了文化層面上的人性解放。

---

① 陶東風. 論對待大眾文化的第三種立場 [J]. 上海文化，1996（3）.

二、形成過程

中國網路文學批評的形成大致經歷了兩個時期。第一個時期是1998—2000年，時間就從臺灣網路文學《第一次親密接觸》開始，中國大陸逐漸開始出現一種新的文學寫作形式——網路文學。但由於網路還不普及導致網路文學批評未能隨之發展起來，最早期的批評只能在一些海外文學網站上看到。這一時期的網路文學批評者大多將網路文學作為一種新的文化現象進行討論。到1999年前後，百度網站旗下的榕樹下網路文學論壇開始刊發一些對網路文學進行批評的文章，出現了一批專門對網路文學進行批評的人，同時部分網路文學作家也對自己的創作有感而發，開始寫一些感悟式的批評類文章。21世紀伊始，網路文學批評的主要陣地仍然是各大文學論壇，這一時期網路文學批評的對象比較駁雜，除了還未繁盛起來的網路文學之外，網路文學批評者開始關注一些傳統文學的經典作家和作品。這一時期的網路文學批評類似於雜文式的批評集合。

無論是網路文學作者對網路文學的感悟式評論，還是眾多文學愛好者的網路批評匯集，這一時期網路文學評論的主體還只是由一部分單純的文學愛好者所構成，並未引起普通民眾的關注，也未引起專業的文學批評者們的足夠重視。由於網路的不夠普及和正規的文學網站數量稀少，網路文學被當成了一種偶然出現的新鮮事物，會隨著時間的推移很快消亡。因此，傳統文學批評界對其採取了一種旁觀甚至漠視的態度。而與之相對的，此時的網路文學作家們雖然數量稀少，但卻投入了極大的熱情，他們將網路作為精神的家園和言說的陣地，無論是創作還是評論都傾註了他們對文學的全部熱愛。與傳統文學批評界的沉默相對，這一時期的網路文學作家們掌握著批評話語的主導權。但由於缺乏專業的理論指導以及網路文學批評的參與領域有限，使得這一時期的網路文學批評未能對網路文學發展做出貢獻，最終陷入了一種自言自語式的境地。

但網路文學批評并未消亡，而是隨著網路文學的日益發展步入了一個新的時期，即網路文學批評的第二個時期——「眾聲喧嘩」時期。2000年以後由於科技的發展、網路的普及，網路文學逐漸熱門起來，眾多文學網站紛紛林立，網路文學作家層出不窮，網路文學逐漸商業化和正規化。這種巨大改變使得傳統文學界無法再將網路文學視為曇花一現的網路現象，而逐漸開始用傳統文學批評的視角來探討和研究網路文學的創作特徵及其未來的發展前景，試圖將其納入文學發展的軌道中來。同時由於市場經濟的推動，網路文學網站逐漸向商業化靠攏，開始與眾多網路文學寫手簽約，開闢專門的評論區域，設置一

些收費的規則。這一時期，網路文學的評論主體不再局限於網路文學作家，傳統的作家與文學批評家、各大高校的教師與研究生都積極參與其中，當然更為廣大的批評參與者是普通民眾。最初學院派批評仍舊將網路文學視為不規範的文學形態，但隨著網路文學不斷成熟，最初的批判態度逐漸消失，專業批評家們開始正視網路文學，對其進行研究。但由於網路的逐漸發達，網路文學批評開始隨處可見，專業的批評反而出現了一種式微的趨勢。即便如此，這一時期的網路文學評論比起前一個時期還是取得了一些理論上的成果，對網路文學的產生、概念、特徵、語言的運用和未來發展方向等方面都進行了探討，對促進網路文學向規範化發展還是有所幫助的。同時，這一時期的網路文學批評開始以在線式批評為主導，與網路文學創作緊密相連，幾乎變成了一種全民參與的批評形式。

三、形成的必然性

媒介形式的變遷，是否會帶來一場新的文學革命？對此我們還難以預測，也不想妄加評論，但網路目前的發展勢頭，以及其對生活所形成的無所不在的衝擊力，卻已讓我們感到了其可能產生的對傳統文學、文學批評進行消解和再構的能量。網路作為高新科技的產物，給我們帶來了全新的震撼和許多相當陌生的變化。從紙筆印刷符號轉向各種網路頁面元素的運用，從傳統的工作效率進入光與電的速度之中，這種轉換要有一個過程。一方面，傳統觀念和思維定勢受到了強有力的挑戰，常令人不自覺地要進行固守；另一方面，大勢所趨，又必須面對網路背景下的現實。網路文學批評能夠作為一種新型的文學批評樣式出現和存在，有其形成的必然性。

大眾文化帶來的思想啓蒙，使得人們急需一個表達自我的空間和平臺，而網路恰恰提供了這種便利。在網上，批評者通常無須表明自我的真實身分，社會角色的扮演在這裡并不存在，任何人都可以自由生存在廣袤無邊的網路世界裡，不需要承擔社會現實所賦予的責任或壓力，雖然批評還要受到系統審查的約束，但與傳統批評的嚴格審查相比較已十分自由。批評者無需考慮稿酬與版稅，也不必擔心批評之外所帶來的褒貶利害，在少約束、少壓力、少功利的狀態下激發出了一種表達自我觀念的勇氣，而這種表達恰恰帶來了一種張揚真我個性的暢快。當然，對於文學批評本身而言，批評話語的對錯或好壞并沒有一個嚴格的評判標準，批評者的立場也只與他個人的批評視角和批評態度相關，批評話語的真假，也許僅由批評者自我的內心感覺來判定。相對於傳統文學批評隱晦的表達，網路文學批評由於排除了各種外在因素的影響，直接表達出了

批評主體內心的真情實感。

　　信息時代帶來的海量信息，導致了任何信息都具有時效性，一旦時效性過去，影響也就隨之減弱，文學也不例外。快節奏的生存模式導致人們沒有耐心去等待一個作者醞釀多年才創作一部作品，讀者需要時時更新。而文學的不斷更新變換，使得與之相伴隨的批評也必須具備快速、通俗等特性。網路空間恰恰提供了一個平等、兼容、自由、開放的虛擬民間場所，其話語表達簡短而犀利，注重生活化、口語化，用詞通俗易懂，表意一語中的，有時甚至口無遮攔、不加掩飾，有時除了運用一些流行語外，還會有文字、圖片和各種符號的拼貼組合。網路批評的即時在線性，使批評者處於直接存在的虛擬狀態。批評者之間的交流，類似於日常生活對話一般。在線式批評省略了繁瑣的思維過程，即時性使得批評往往需要直奔主題，直陳要害，每一位批評者可以時時在線也可以隨時下線，網路的更新速度使得任何評論的壽命縮短到幾分鐘。鮮少有人願意花費大量時間瀏覽一篇長篇評論，即使是十分短小的評論，讀者往往也是一帶而過。瀏覽的迅速導致網路文學批評無法像傳統批評一樣為了顧及情面而措辭精當、表意委婉，更不會通過抽象的闡釋和嚴謹的演繹論證來得出一個結論。

　　面對讀者的隱性篩選和網站的顯性篩選，最具有理論性的網路批評家篩選目前似乎步履維艱。所謂網路批評家，就是以網路為批評載體，具有批評意識的特殊文學工作者。網路批評家與傳統批評家最大的區別就是，網路批評家必須以不同於傳統批評標準與模式的方法批評網路文學。批評最初源自於鑒賞，它是以鑒賞為前提同時超越鑒賞的行為，成為一種較高層次的鑒賞。我們知道，批評的使命是要建構起有序、有理、有價值的文學狀態，文學批評是文學活動的指導師和解析師。

　　然而，傳統的批評標準與批評模式似乎與網路文學格格不入，愈來愈不能適應網路文學的現狀。那麼，傳統批評家必須轉變其批評方式，以新的姿態融入到網路文學這種全新的批評對象中去。網路文學的現狀是，缺乏一個綜合性的、有序的、多角度的文學批評模式，僅僅依靠傳統的批評標準是無法應對新鮮事物的。目前的任務是，組建或者是培養一批運用全新批評標準與模式的網路批評家，使網路文學有序發展。

　　網路文學的發展必然帶來網路文學批評。網路文學用它的獨特方式包容了所有文學的與非文學的因素，徹底消除了以往那種關於文學是一種特權的意識，同時使文學批評重新迴歸了表達批評者自我感受的一種原生狀態。從而使自我價值、自由平等意識在文學批評——這一始終屬於上層社會的精英文化領

域生長起來。從社會心理結構來看，文學批評是作為一種意志勸服的工具，即批評者希望通過自己的批評行為，將自己的批評觀點傳達給批評的接受者，並要求對方認同。在傳統文學批評中，由於批評者一般屬於社會上層人士，所以他們的批評行為往往代表了一種權力的所有者勸導普通民眾服從的行為，即用上層意志規範下層意志。但是，由於網路文學的特殊性，這種批評狀態被徹底改變了。我們知道，統治權力的行使依靠話語權的掌控，掌握了話語的主動權就可以對思想進行約束。而傳統文學批評家的批評話語，就是權力話語的體現。他們通過握有主導權的強大話語權將他們想要灌輸的價值觀念、社會意識甚至是個人意志，通過批評話語強行灌輸給批評的接受者。對於大眾而言，在這種沒有主動權的權力語境之下往往只能選擇接受或逃避。但是，隨著經濟不斷發展，社會階層不斷分化，信息越來越開放，人們已經不再滿足於傾聽一家之言，他們要提出自己的疑問、表達自我的觀點，而網路文學及批評恰好提供了這種語境。它將精英權力進行分散和再分配，給予公眾可以選擇性接受的權力。同時，用互動性消解了權力的集中性，使話語權更加分散和流動，具有更大的多元性和自主性，使社會文化更多地體現為一種兼容并包的多元文化，同時使各種文化平等對話。這種多元式文化在很大程度上緩解了經濟利益衝突造成的文化上的不平等感和不認可性。

信息時代的到來，不僅使傳統的文學承載方式和傳播形式產生了根本性的變化，而且導致了寫作群體、審美趣味和藝術觀念的巨大變革。一方面，它「為文學寫作提供了新的廣闊的空間和新的機緣，開拓出文學寫作的新方式和潛力」；另一方面，它又「無情剝奪了文人和知識精英的文化特權，像一場大地震重組了文化秩序，重塑了文化生態」[1]。這種變化同樣使文學批評面臨著諸多新的挑戰，以至於有人曾發出這樣的慨嘆：「文學研究的時代已經過去了。再也不會出現這樣一個時代——為了文學自身的目的，撇開理論的或者政治方面的思考而單純去研究文學。那樣做不合時宜。我非常懷疑文學研究是否還會逢時，或者還會不會有繁榮的時期。」[2] 儘管這種看法過於偏頗和悲觀，但它在一定程度上也反應了信息時代的文學秩序，其正在對文學批評產生極為重要的影響。

---

[1] 馬大康. 電子媒介時代文學的文化生態 [J]. 文藝爭鳴, 2007 (7).
[2] [美] 希利斯·米勒. 全球化時代文學研究會繼續存在嗎 [J]. 國榮, 譯. 文學評論, 2001 (1).

第二節　網路文學批評的特徵

　　由網路的在線特性所影響、制約的網路批評的形式特徵可以分為兩個方面：一是最一般的形式特徵（即它是最普遍的，幾乎成了一種文體化的特點），二是網路批評寫作上的一些特殊的藝術技巧因素。我們先看它的最一般的形式特性。

　　最一般的形式特性主要有兩點：一是它特定的長度，二是其「生活化」的形式。長度問題分兩種：一是「灌水」批評的長度，二為「板磚」的長度。「灌水」批評的長度大多在 100 字左右，偶爾有稍長的，也不會超過 300 字。這樣的批評和一般紙質媒介上正統的批評文章比，簡直就算不了文章（學院和科研機構統計學術成果或評定職稱時，3,000 字以下的文章是不算數的），它的長度大約只相當於正統批評的一個內容提要。但是在網路批評中，這樣的「灌水」批評卻是最為常見的。雖然這樣的批評對文學作品難有較為深刻、全面的分析，批評者也很難由此獲得聲名，但從點擊或被閱讀的次數看，以及從它產生的網路的「社會效應」看，「灌水」卻具有重要的意義。點擊率高的原因似乎很容易解答，因為它短小，讀者自然樂於閱讀。但實際上「灌水」批評的短小和高點擊率還與另外兩個問題聯繫著：一個是網路在線的即時交互性，另一個是網路批評的「數量戰略」。

　　有過網路發帖經歷的人都知道，一個帖子發出去，心中最大的渴望就是馬上有人做出反應。楚狂接輿在《關於論壇的傳播學分析》一文裡說：「很多網友都有這樣的感覺，自己的帖子在壇子裡貼出來以後，就急切地盼著別人跟，一旦發現後面有人附和，那種興奮的心情，簡直無法言說；而假如沒有引起任何注意的話，則感覺有些沮喪。」這說明了什麼呢？這說明，在網路中，在網路的「在線」條件下，作者（不論是創作還是批評的作者）心中最大也是首要的願望就是能獲得與人即時交流的機會，至於是不是能得到批評家的權威的肯定，深入的解剖分析，反而成了不十分重要的事情。因此，在網路文學和相關的論壇中，首要的事情就不是深刻，不是成熟，不是深思熟慮的扛鼎之作，而是立即有人做出反應。而「灌水」批評的出現，正是在這樣的條件下和需要中產生出來的。另外我們還需注意的是，網路「灌水」批評出現的必然性，與「在線」的即時交互的性質緊密相關。因為「灌水」批評很短小，最便於人們進行這種即時的交流，就像人們在電話交談中的即時交互一樣。「灌水」

批評（它的特徵就是短小）的出現和重要性除了與即時反應和即時交互密切關聯外，還與網路在線的「數量戰略」有關係。所謂「數量戰略」，就是指最重要的也許並不是批評的質量，而是批評的數量。網路作家李尋歡曾就此論述：「我可以根據市場的眼光來判斷，可以看文章被下載、被點擊了多少次。……我直接到網上寫。好不好大家都明白，可能十個人看我的東西形成不了觀點，可是一百個人看的話就會有一個較強的勢力，這會比一個著名評論家的評論更有效。文學會越來越跟個人拉近距離，越來越接近老百姓。」數量不僅對作者有如此重要的意義，對網路論壇及論壇的「斑竹」（即網路論壇中的版主之意，此乃網路中人取其諧音的習慣用語），亦是有重要意義的。這就像一個商場一樣，它最需要的是人氣，而「灌水」批評的短小以及它的即時和即時交互的性質最容易創造出旺盛的人氣來。所以，社區或論壇上每有新作出來，斑竹們就迫切希望有人來「灌水」。如果沒有人或者「灌水」的人太少，斑竹就會親自出馬來「灌」，就是希望以此來「拋磚引玉」，活躍人氣。從以上兩點我們可以看出，「灌水」雖然短小得「不成樣子」，但它的作用卻是不可小視的。

除了「灌水」，其次就是「板磚」。「板磚」的長度範圍當然更大一些，從幾百字到好幾千字的都有，但如果說也有什麼標準長度的話，一千字左右的應該是比較常見的標準的「板磚」：長的極少超過兩千字，短的也有六七百字。這個長度範圍以 word 文檔的頁面計算（字號以網上常見的五號字、行間距以最小值、磅值 20 左右計算），大約就是大半個頁面到兩個頁面之間。當然，考慮到網站的題頭、頁面裝飾和廣告，頁面會相應地增加。總之，讀者的閱讀量就在一個到兩個頁面左右。這個長度範圍，是網路在線閱讀的一個比較令人舒適、容易被人接受的長度。文章若太短，不到半個頁面的話，那就太接近於「灌水」，讀者一望而知，既引不起讀者的重視，作者自己也難以盡意。但若頁面太多，達到四五個頁面的話，以網路在線閱讀的心態和方式（前面提到的衝浪式的尋找和「掃描」式的閱讀）看，讀者一般是很難有這個耐心的。尤其是網路批評，它既沒有情節，也沒有人物，要讀者有耐心地、注意力比較集中地慢吞吞地「走」（而不是「衝」）上五六個頁面的「浪」，的確是不太可能的。文章太長引起的結果往往是，讀者在讀了一兩個頁面以後，一看後面內容還多，就會加快「衝浪」的速度：一目十行，一掃而過。結果呢？不但沒有讀懂與理解你的長篇大作，甚至連你的大作究竟說了些什麼事情，他也不會了然。這樣，你辛辛苦苦的勞作就好比用銀子打水漂，幾乎完全地白費了。所以，網路上的「專家式批評」，或「準專家」的長篇大作，往往是費力不討好。因為，誰有那份耐心聽你在那兒條分縷析、細細道來呢？

網路批評的形式特點除了有限的長度以外，還需要生活化。上面說過，這亦是由網路寫作和閱讀的「在線」特性所決定的。生活化首先是語言，即語言要盡可能地口語化，口語化意味著輕鬆自然和親切，這與在線寫作和閱讀的性質是一致的。生活化的第二點表現就是「非理論化」，當然，準確點說是「非過於理論化」。這也是與在線閱讀的性質相一致的。對網路閱讀來說，專家式的批評顯然過於抽象、深奧、甚至是枯燥的。怎麼能當著人家的「面」，「子曰」「詩云」，這個結構、那個主義地進行批評呢？所以我們看網路上的批評，極少有這樣的過於理論化的寫法。即使是有些真正的專家，他們在網路上寫東西，也必須要照顧網路的特性，而暫時地把他們的「專業語言」放在一邊。生活化的第三個表現就是「非過於邏輯化」。前面我們說過，離線寫作就好比是寫書信，你盡可以在書信裡歸納、演繹、環環相扣、步步推進。但是在線上，你的這種邏輯化多少有點用錯了地方，因為正像我們在前面用過的那個打電話的比方一樣，在電話的「在線」裡誰有耐心聽你的「三段論」呢？遇到這種情況，在電話裡你的唯一的聽眾可能會付之一笑，但在網路裡，那無數的聽眾則可能掉頭而去。綜上所述，生活化就是口語化的語言、對話式的論述以及自由鬆散的結構。下面，我們分別結合實例對這三個特性加以說明：

網路文學批評的充分口語化問題，如果不是直接而且較大量地閱讀網路批評作品，是不大容易被人接受或者了然的。為什麼呢？因為我們一直都這樣被人告知，五四新文化運動以後，文言就退出了歷史的舞臺，而代之以用白話寫作的新文學。白話不就是口語嗎？一般說來，誠然是不錯的。但我們說「五四」以後的白話就是口語，這只是相對於過去的文言說它更接近於人們的口頭語言，或基本上是按照標準的口語進行寫作的。但在實際上，它還不能不帶有許多書面語言的色彩（當然，書面語言不可能與口語完全一致，只能不斷地接近它，甚至網路文學和批評的語言也不能說已經與口語完全一致），例如更典雅、更規範、更潔淨、更多的修飾等。尤其是文學批評，由於屬於理論文章，在語言上也就易於使它更傾向於學者化。我們看近現代以來的文學批評，其語言沒有不是富於學者色彩的典雅型的。網路文學及批評語言之所以能比近現代以來的文學批評更充分地口語化，還在於它們採用口語的動力和目的不一樣。近現代之所以提倡白話，其目的是為了讓人能看懂（想讓人看懂又是為了對人進行啟蒙），但其所寫所論，終究還是書面性質的語言（只是更接近口頭語言而已）。而網路文學批評的語言之所以更充分地口語化，倒并不是顧及人們看得懂或看不懂，而是受制於它的言說方式（即我們前面說過的「在線性」）。這種「在線性」的言說方式從本質上講就不是一種書面語言（至少是

更遠離書面語言）的敘述方式，而是一種更接近於人們面對面的交流、述說的方式。因此，網路批評語言的更加口語化，乃是一件必然的事情。

　　毫無疑問，類似這樣的充分口語化的生動活潑的批評語言，在傳統的正統批評裡是絕難見到的。我們說它是充分口語化的，不僅僅是因為裡面用了些口頭的俗語（當然它們也是重要的標誌之一），如什麼「老混蛋」「酸溜溜」「爛折子」「盤滿鉢滿」「酷」「狠」「稀裡糊塗」等，而主要是那種似乎面對面與你談笑風生的語態，那種貫穿於文章始終的口語化的語氣、句式和句子的組織等。這些因素，才是網路批評語言區別於傳統的書面批評語言的最關鍵的東西。若從局部的用語或者個別用語看，有時候我們不是很容易能發現網路批評語言的這一根本性的變化，因為在這種充分口語化的語氣、語態、句式中，它也并不是完全地使用口頭語、俗語等，有時它也會使用一些書面的、文雅的、甚至文言式的語言。這些書面化的語匯融匯在整體性的口語化的語氣、語態中，並不會讓人覺得書面化，因為它們存在於一個口語化的語境系統中。

　　生活化的第二個重要表現就是對話式或者談話式的論述，這一特點亦是與網路的「在線性」緊密地聯繫在一起的。因為當你意識到你在更直接地面對讀者或者說聽眾的時候，你就必然會改變那種書面式的、過於抽象、邏輯、理論化的論述方式，而代之以一種更輕鬆自然的談話或對話式的論述。因為這種主觀親歷的敘述，最與這種談話或對話式的論述相契合，最能彰顯這種對話式的論述之長處。又如網路批評欣然自得的特性，與這種談話式的論述也是相關的。因為這種談話式的論述，亦最能彰顯文學接受中那種欣然自得的意趣。不過需要說明的是，網路批評的這一特點，較難加以具體地說明，甚至只可意會不可言傳，因為它是一種整體性的、融匯性的特性，並不十分鮮明、具體地體現在某些細節上。

　　總之，網路上的文學批評用傳統、正統批評的眼光來看，是太散漫了，但這恰恰是網路文學批評的結構特色。當然，它的「散」也並不是東拉西扯，總的說來都在談論對作品的感受，讀者也能從中獲得一定的認識。從這個意義上說，它的「神」并不散。當然，網路批評文章自由鬆散的程度不一樣，有的稍微緊湊一點，有的要鬆散一些。但總的說來，這是網路批評最常見的結構方式。因為說到底，這不是作者個人的風格問題，而是由網路寫作、閱讀的「在線性」所決定的。

第三節　網路文學批評的類型

網路文學批評的類型可以分為很多種，比如，從批評主體的身分來說，可以分為傳統媒體的批評、學院派的批評以及網民批評等；從批評的載體來說，可以分為「在線批評」以及「非在線批評」等。根據把握要素的不同，劃分的類型也就不一樣。現主要從批評載體、傳播方式等方面把握，將網路文學批評分為「在線批評」與「非在線批評」兩大類型。

一、在線批評

「在線批評」也叫「e批評」，即以網路為載體，在互聯網上發布的關於網路文學作品或網路文學現象的評價和議論。目前網路上關於網路文學的「e批評」十分普遍，讀者在瀏覽完作品後都可以在網站所設的評論專欄中寫下讀後感，如起點中文網、紅袖添香等文學網站，還有文學論壇、個人博客、微博客等都設有評論版塊，任何人都可以以任何形式在其中張貼自己的感想與觀點，字數不限，文體不限，可以長篇大論，也可以一句話一個詞，甚至是一個標點。在線批評的主要特點就是低門檻，在網路空間中，幾乎實現了「人人都是批評家」的盛況。幾乎所有的網路文學作品與出現的重要文學現象，在網上都有或多或少的、或長或短的「e批評」。

在線批評是現階段網路文學批評的主要形式，其主體絕大多數是普通的網民，并且多以具體的網路文學文本作為他們的主要批評對象。在線批評以鮮活的時代現場感、真切的自我參與感、普泛的民間性獲得了生機。但是，這種不經任何編輯地張貼，三言兩語，體例不拘，隨感式、謾罵式的批評常見，學理的、冷靜的批評聲音幾乎沒有，很少出現有分量、有深度的批評文章。

我們所期待和提倡的「在線批評」不僅要體現在線的活力，同時要展現出廣大網民的獨特智慧。

二、非在線批評

「非在線批評」，是針對「在線批評」提出的，包括以網路文學為批評對象的傳統媒體批評以及學院派批評。他們在除了網路媒體以外的各種媒體上發表各式關於網路文學的批評文章，其中既有隨機性的媒體評論，也有嚴格規範的學術論文。

非在線批評，以其深厚的文化學識、深邃的批評眼光，對網路文學作品、網路寫手以及網路文學諸種現象進行分析、判斷與評價，在一定程度上給了網路文學正確的引導。其主體多是受過專業訓練的資深批評家，無論從語言表述能力上還是理論儲備上都是網民所不能相比的。

　　但遺憾的是，從總體上看，學院派批評和媒體批評在數量上只占網路文學批評很小的組成部分，還有大部分專業批評家并沒有踏入網路文學批評這塊土地。網路文學在市場上的巨大成功并不能代表其具備優秀的文學品格，自誕生以來，網路文學就因水準不高而飽受詬病，以至於主流文學批評者對其往往視而不見。在有限的涉及網路文學的研究文章中，也是將其作為反面教材，重點批判對象，大多將其歸於消費性極強的文學種類，大而化之地一筆帶過。

　　儘管關注網路文學的傳統批評家逐漸增多，但其所調動的資源還不足以表現出自身對新現象的適應。他們喜歡用傳統的文學觀念來審視網路文學，把網路文學硬塞進傳統已有的理論框架中，這種批評對網路文學的發展也是失效的，經常引發網路作者的不滿，甚至產生對抗的情緒。耐人尋味的是，主流批評很少仔細地分析網路文本，大多是對各種網路文學現象進行批判，最終流於空洞的道德說。

　　網路文學需要健康言說、鞭闢入裡的批評，我們期盼著以傳統媒體與主流文學為主的非在線批評，能夠「因材施教」，調整批評觀念與策略，更關注網路文學，更積極參與到網路文學批評當中來，增加網路文學批評的高度與深度。

第四節　網路文學批評的現狀及發展趨勢

　　現階段國內對於網路文學批評的研究還比較少，所以網路文學批評在概念上還是比較模糊的。近年來，中國作協就網路文學創作、評論、傳播、引導等開展了專題調研活動，與中文在線合作開展了「網路文學 10 年盤點」活動，與盛大合作召開了「網路四作家」作品研討會，在《文藝報》上開闢了網路文學理論批評專欄，並培訓了一批網路作家 。可見，網路媒體語境中的「文學現場」已經引起了社會的普遍關注。

一、網路文學批評的現狀

（一）網路文學批評概念的界定

對網路文學批評發展的歷程加以研究，可以追溯到最早期的網路文學批評

是出現在新語絲、橄欖樹等海外文學網站上。這一時期比較有名的網路文學批評作者有方舟子、易維、圖雅、散易生等。這時的文學批評還是一種自發的創作，夾雜在文化批評之中，數量較少，多是一些對於網路文學的批評文章。到1999年前後，榕樹下刊發了大量的網路文學批評文章，出現了元辰、吳過、張遠山等網路文學批評家，一些網路文學作家在創作的同時也寫一些文學批評類的文章。這一時期的網路文學批評也主要是圍繞著網路文學創作來進行的。安妮寶貝、李尋歡、寧財神等一批現在人們耳熟能詳的網路作家的迅速走紅和早期原創網路文學創作陣營的形成，都與這一時期的網路文學批評密不可分。21世紀伊始，網路文學批評的主要創作陣地仍然是各大文學論壇。如果說在早期的文學論壇中，文學批評創作還是圍繞著網友們所共同關注的焦點和熱點來進行，進而形成風潮的話，博客文學批評的批評對象則完全取決於開博者自己的興趣愛好，這就使得網路文學批評所涵蓋的內容更加廣泛。

（二）網路文學批評和網路文學的關聯

網路文學批評和網路文學如車之兩輪、鳥之雙翼，是相伴而生的。最初的網路文學是網友自發創作的，是無功利的自娛自樂和自我實現，文學的題材和體裁也是多元的。網路文學批評對於網路文學從「自由表達階段」發展到「出版業主導利益階段」起到了巨大的推動作用，使得一批網路文學作者成為暢銷書作家。雖然網路文學批評在思想上和學理上都和傳統精英文學批評有巨大的差距，但是網路文學批評對於文學作品的熱情程度能直接反應市場消費終端的需求。一方面促使網路文學向「網站直接利益階段」發展，并在網路文學生產中發揮著巨大作用；另一方面也使得網路文學向類型化方向發展，除了傳統的言情小說、武俠小說外，又出現了玄幻、靈異、修真、網遊等多種小說類型。而隨著互聯網技術的應用和普及，網路文學批評的批評對象不再僅僅局限於網路文學，傳統文學的經典之作、各種文學和文化現象也被納入了批評範疇。但是至少現在看來網路文學批評在促進網路文學的發展上的作用是無可替代的。

二、對網路文學批評發展走向之思考

面對今天的網路文學批評現狀，網路文學批評家們不同程度地表達了自己的焦慮。面對這種現狀，謾罵、指責、逃避都不是應有的態度。尋求批評的良性發展，批評家們首先應該不斷提高自身的文化素質和理論修養，豐富充實自己的知識結構，并在滿足文學審美消費要求的同時，對網民們的審美心理消費要求進行適當的導引。建立一個好的網路批評環境，適時調整自己的知識構架

和文化戰略是一個方面；堅守自己社會和民族的文化立場，堅持批評的職能和立場是另一個重要的方面。在此前提下，大膽探索，參照西方批評的發展，結合今天的社會現狀和文化需求，建設屬於我們自己的批評體系，完善批評的職能，使網路文學批評活動，成為一種健康有益的活動。

（一）提升網路文學批評的主體精神

誰是網路文學批評的主體？是經過嚴格文學教育培養出來的理論專家，還是毫無理論修養完全靠直覺感受的網民？他們如何獲得批評主體的身分？

大量的網民和傳統的紙質文學評論家、大學教師、紙質文學作家以及網路文學寫手構成批評主體。網民可稱為讀者型的評論者，又分為三種：愛聊天的交互型讀者、愛表態的評論型讀者、沒主意的接受型讀者。後幾種可稱為評論家的評論者，又分為兩類：拓荒者和吹鼓手、荒野中的守望者。[1]

傳統的文學界對什麼人的批評算作批評沒有明確的界定，但存在著一種潛在標準，即只有那些專門的理論工作者，或者作家，當他們操著系統的理論對文學現象開展批評時才被看作是文學批評，而那些一般讀者對作品所發出的直觀性的判斷、慨嘆、評論只是欣賞而不是批評。因此，文學批評的主體應該是專業的理論家或者進行評論的作家。這裡要指出的是，與傳統的批評權在專家手裡這一現象同時出現的是社會權力的分化，他們對文學的理論闡釋更具主流地位；而大眾不僅缺乏教育的機會，甚至有限的表達也會受大主流思想的壓抑。在這種情況下，人們容易形成一種印象：似乎文學批評只屬於那些專家，大眾好像失去了批評的能力。理由是他們的思想不具備體系性，更多的是直觀的、感悟的、片斷的，甚至是個人情緒化的判斷與評價，所以不能被認為是批評。而事實上，大眾以直覺判斷的形式表達對文學的批評活動一天也沒有停止過。只是他們的活動被權威思想占據的傳播媒介所壓制，他們的聲音淹沒在權威理論家的話語中。

傳統主流批評領域的評論家，對傳統批評從主流走向「邊緣化」這一現象懷有不同程度的嘆息和困惑，對日益興盛的媒體批評和網路批評也懷有各自的疑慮和擔心。這樣的心態一方面有利於他們從理論的深度、從事物的規律性中剖析總結媒體批評和網路批評的特性，并指出它們的不足和缺陷；另一方面又使他們受限於此，或多或少地忽視了媒體批評與網路批評帶來的文化意義和其鮮活特質。

傳統媒體發表作品，讀者和批評家的反應可說明作品的質量及影響程度。

---

[1] 許苗苗. 性別視野中的網路文學 [M]. 北京：九州出版社，2004.

而在網上流傳的網路文學作品所得到的回帖和評論，并不能作為作品質量高低或是否引起讀者的反響的判斷標準。相反，多數隨機的回帖是因為對於某個作品有話要說。讀者的話語權取決於作品是否留給了他們說話的機會。如在網上發表一部貨真價實的作品，肯定不比發表一個人人能回答的提問得到的回帖多。這樣，回帖和評論其實並不能說明什麼。

可見是網民有意識地努力維護普通讀者享有的文學批評的權力，這既賦予了文學批評以自由民主，也減弱了批評本身的精英色彩，同時也表露出網路文學發展初期本身所具有的一些不理智因素。文學批評者的角色是在文學活動的整體流程中定位的。文學批評者應是優秀的鑒賞者，其擁有健康的心態、端正的閱讀態度、敏銳的鑒賞感覺；文學批評者還是深刻的評論者，其能在哲學的層面，以正確的思想觀點和動態的歷史眼光來把握文學；而從根本上說，文學批評者是一個智慧的再創造者，其不僅歷史性地成為聯結創作者與接受者的紐帶，也巧妙地再創造了文學、創作者和接受者。①

對此，我們也許有必要提倡一種批評的個體責任倫理，亦即文學批評必須實踐自我對於個體負責任的承諾，從而使文學批評不是對理論的正確性負責，不是對闡釋的有效性負責，而是對個體的存在質量、批評立場、文化使命負責，從而確保批評是一種個體的自我建構過程，一種文化趣味的全方位表達。

然而，要產生高質量的網路文學批評，需要成熟的批評主體。第一，批評者要有一定的閱讀量。不認真閱讀一個作品，無法深入評論這個作品；不認真閱讀一個作家的主要作品，無法對這個作家的創作進行評論；不瞭解一群作家的創作情況，無法對這群作家的創作發表議論。這一在傳統創作與評論中不成為問題的常識，在網路中卻成為不得不說的問題。第二，批評者要有藝術修養與必備閱歷。「看不懂」可能是一種批評，但若真的看不懂，又非要「詩雲子曰」地議論一通，難免貽笑大方。不只是知識學問，還有情感意趣、人生哲理、無窮妙道，知人論世必定需要閱歷。第三，批評者要有慈悲愛心。同創作一樣，真誠、真義與愛心不能缺位。缺少真誠的批評等同於無謂的說教，既不能啟發自己，也不能啟發別人。為創作者的長足進步著想，為網路文學的成熟與繁榮著想，秉筆坦言，人天共鑒，不求理解，也不怕誤解——這就是真誠。第四，批評者要有審美寬容度。對你不喜歡的東西可以說不，但不能抹殺作品取得的成功與作者付出的努力，對文本的內容形式、意指、所指、效果願望必須定位準確。否則，建立在解讀基礎上的批評就會無的放矢。第五，批評者要

---

① 闞小琴. 文學批評者的角色定位 [J]. 內蒙古師範大學學報（哲學社會版），2004（7）.

有對批評文本的把握，批評應當成為有獨立閱讀價值的文本。最好具有尖銳的眼光、新穎的視角、發人深省的立論、單刀直入的對接方式與節節到位的表達，語言、結構、材料、見解，處處表現出超凡的領悟力與可讀性。力戒那種不著邊際、離題萬裡、賣弄知識的評論，那種目空一切、自以為是又沒說出所以然的評論，那種將功能簡單定位於表揚或批評、像裁判一樣在網路上指手畫腳的評論。

作為評論的載體，網路也應擔當責任。評論者與網路媒體應設立監督機制，兩者一起努力解決網路文學批評的種種問題。這樣才能淨化網路文學批評的環境。

(二) 健全網路文學批評的評判機制

網民用「戲仿」的手法，用「無厘頭」的語言遊戲和顛覆消解的書寫風格，把批評家拒之門外的同時，也把文學批評變成了「點擊」的同義詞。從長遠來看這并不利於網路文學的提高和發展。批評的民主化，在社會發展還沒達到一個相當的程度與層次之前，在眾多的生活領域中都必定會是一個矛盾集結的焦點，并且容易帶來過度的自由化。文學批評是文學活動中精英色彩最濃厚的環節，但同時也是一個檢驗和診治的環節。指點江山的人過多，反而會帶來更多的混亂。因此，相對於創作的粗糙，批評的民主化表現為網路文學中過於早熟的環節，造成的後果反而是有效的文學批評在網路文學中的缺失，於是網路文學處在一種「放得開而收不攏」的處境，這既體現在眾多寫手的創作之中，也概括了網路文學批評的現狀。

網路文學評判機制主要指互聯網上利用網路傳播特點針對文學作品進行評價與判斷的系統，它包括點擊、回覆、精華、評論、收藏和結集等一系列文學活動。其評論流程包括初期評判：點擊與回覆。網路文學作品一經張貼上網，點擊率是最迅速也是最基本的評判。從批評學角度看，點擊和回覆是接受者第一時間的閱讀感受，因而粗糙、急促、跑題的情況時有發生。以及中後期形式：「加精」、收入文集或開闢專欄。採取這些手段的往往是文區「斑竹」或網站管理員。如果將網路比作烏托邦，以上運作則是權力機構的評判。網路文學作品一旦被加入精華就意味著獲得了網站的認同，並會長期保存。

網路文學在蓬勃發展的同時因現有的評判機制也顯露了自身難以克服的弊端。一方面應該要求網民樹立正確的人生觀、道德觀，從思想根源上進行完善；另一方面也可以立足現有的網路資源和網路評判機制，結合批評實踐進行一些較具操作性的嘗試。主要可以從以下幾個方面入手：

第一，打破單一的數字化點擊率標準，在評判機制中適當調整版塊分布。

在現階段，作品張貼後的點擊和回覆構成了評判機制最初也是最重要的運作方式，也被各大文學站點視為基本的評判方式。網路寫手為了獲得高點擊率、高回覆率不得不迎合讀者的欣賞趣味與閱讀習慣，一時間豔情、暴力作品泛濫而一些藝術價值較高或題材新穎的作品受到冷落，在機制運作初期就跌入谷底。

出於文學網站自身發展與獲利考慮，我們固然不能完全取締現有的數字化點擊率標準，不妨採取折中策略：開設點擊排行榜的同時，也在首頁醒目位置設立精品推薦榜或編輯推薦榜。進入該榜的首要條件不再是高點擊率、高回覆率，作品的文學價值、美學特徵、思想內容都將構成排名的重要標準，並由具有一定審美閱讀經驗，認真負責的網民有系統地進行作品推薦介紹。

第二，評論者結合網路實際，適當改變批評策略。

與如火如荼的網路文學創作和聲勢浩大的「灌水」活動相比，專門性的文學評論文章從作品數量、創作人數、更新頻率到影響範圍等方面都與其有明顯差距。

首先，為適應大部分網民的知識背景和閱讀方式，評論者的語言可適度通俗化、口語化。網路閱讀的瞬時性和網民以休閒消遣為目的的閱讀方式造成了在線閱讀要求文章不必權威，有趣就行；內容不必周詳，易懂即可。因此評論者在不影響基本觀點表述的基礎上，可淡化學理傾向，盡量減少術語使用，適當採用網民喜聞樂見的語言和表達方式。

其次，適應在線批評，調整批評姿態。如果說批評家和作家的傳統關係是緊張，那麼這種緊張關係在網路文學在線張貼、閱讀、評論的接受過程中，就表現得更為明顯和尖銳。過去批評家所要直接面對的往往只有作家的憤怒——作家一般能夠用比較冷靜得體的方式或文字表達這種憤怒。但是網路文學一方面由於寫手群體年齡偏低，從思想深度和人生閱歷等方面都不及傳統作家，聞過則喜的人少之又少，加上網路「在線性」的特點使網路寫手、評論者彼此的思考、組織語言的時間大大縮短，因此寫手和評論者在網上互相攻擊的現象非常常見，再加上部分一般讀者對寫手的「護短」，批評一經張貼就被圍攻的情況時有發生，甚至吵到作者刪除文章、封帖的程度。

為適應這種變化，評論者首先要改變自己的批評姿態，變高高在上的「教育式」為平等、風趣的「交流式」，充分肯定作品的優點，然後以建議的方式指出作品的不足，整個過程注意語氣和作者的反應。

最後，根據網路閱讀特點，調整評論的類型。目前網路上的文學評論文章多數是針對單篇網路作品或網下書籍的評論、推薦，文章的考察面與閱讀面都

比較單一。為了擴寬影響面和接受群體，現階段可考慮多採用總結、歸納、個人排名等形式作為評論類型。

第三，多層面多角度地與傳統媒體交流互動，學習借鑑其成熟的選拔機制和運作模式。

目前網路媒體與傳統媒體的交流互利主要以網文的出版發行為主，從作品的篩選到讀者興趣的調查反饋，從組稿到出版發行都形成了一套相對成熟且行之有效的運作方式。更重要的是，在網路媒體目前關注的，比如如何激發讀者興趣的同時避免庸俗趣味，巧妙把握、迎合讀者的閱讀興趣和教化引導讀者的審美心理之間的微妙平衡等問題上，都有一定的方案、辦法可以借鑑。

此外，文學網站可以邀請當代比較有影響的作家以網路討論、語音會客等方式做客網站，同網路寫手、讀者交流創作手法和閱讀經驗，以形象直觀的方式引導網民的創作、閱讀心理。

網路文學研究者總是將網路理解成一個烏托邦式的社會，但隨著互聯網的蛛網展開，龐大的網路文學已經開始形成自己的評判機制。這種評判機制極不成熟並且面臨諸多不足，然而畢竟可以解釋為什麼內容相近、水平相當的網路文學作品中，有的直接沉入谷底，有的被讀者反覆提起，出版成書；可以解釋為什麼年輕的讀者更青睞網路文學作品。也表明當下的網路文學是一個有其內在評判選擇機制與價值取向的嬰兒，而不是一個泥沙俱下、難以言說、不可理解的後現代怪胎。可以預見，成長於網路文學自身的評判機制的建構與完善將是網路文學步入良性發展的契機。[1]

（三）完善網路文學批評的價值判斷

不管是何種門類的藝術，如文學、繪畫、音樂、建築等，其批評的環節從來都是一個常人無法輕易涉足的領域。從原始藝術時代圍觀者的一聲喝彩，到逐漸規範起來的批評文體與漸趨精細的批評門類與分工，文學藝術批評一路走來，已經成為一種典型的精英文化形態，而如今這種精英色彩受到空前的削弱。如果說批評家曾經是矗立在廣闊原野中的高峰，那麼這種高度如今在網路文學中已經被拉低為丘陵，甚至只剩下簡單的起伏，留存的反而成了網路文學在文壇經歷波折的原因。文學的民主在批評環節上得到了加強和普及，批評者作為獨立的個人特徵得到了強調，這種變化同時體現為任何一個批評者作為「家」的個性在網路文學的批評中是很難得到展現的：一方面是由於網路文學批評本身先天具有的民主性，另一方面這又是眾多網路寫手和網路民眾努力追

---

[1] 梁婭. 建構中的網路文學評判機制 [D]. 武漢：華中師範大學，2006.

求和保持的結果。

網路文學是繼原始口頭說唱文學、龜甲簡牘文學、紙質印刷文學之後的又一新的文學形態。作家身分的網民化、創作方式的技術化、文本載體的數字化、傳播方式的網路化、欣賞方式的「機讀化」、敘事方式的多媒體、超文本化，是網路文學異於傳統的基本形態。網路以平等、兼容、自由和虛擬的特性，向社會公眾特別是文學弱勢人群敞開話語權，打破了精英書寫對文學言說的壟斷，開創了「無紙時代」的平民狂歡文學，大大解放了文學生產力。① 文學批評被譽為文學的「磨刀石」，對文學作品進行分析和闡釋是其義不容辭的責任，也是其題中應有之義。文學是人類心靈詩意栖居的場所，其意義就在於蘊藏人性、叩問人類生存的價值和意義。文學的現實價值在於切入時代、真實展現人類的自我生存狀態和價值意義，以豐厚人類的情感、價值和信仰體系。因此，作為「磨刀石」的文學批評的獨特價值，就在於通過對文學的評斷揭示蘊藏在作品深處的作家獨特的文學氣質和深刻的人文情懷，從而展開對超越現實人生意義的理想訴求。當下一些批評文章的非文本化導致批評的盲目褒貶、庸俗膚淺以及批評標準的隨意性，使文學批評喪失了引領作家、藝術家的創作自覺的功能和對受眾欣賞趣味的導向性，其價值、影響力隨之弱化。②

眾多的著名作家和批評家都認為網路文學是一個很難介入的領域。排除了種種原因，網路文學中特殊的民主氛圍是一個很大的因素。網路語言因為民主而平等，因為平等而排除「獨白」，形成了「復調」和「對話」。這種氣氛使得現代意義上的「批評」這個詞及其對應的話語活動在網路上處在一種非常敏感的境地，也使得文化地位建立在傳統媒體之上的各方神聖常常陷入尷尬之中。客觀地說，傳統的作家和批評家都有一種文化精英的心態，特別是面對網路文學這種新生事物時，這種自我意識更成為一種普遍現象。於是他們在與網路文學的接觸過程中，大多自覺或不自覺地把自己裝扮成了指導者和評判者，言詞之中更多的是「應該」和「不應該」，不是有位著名作家甚至指責網路文學「厚顏無恥、膽大包天」嗎？殊不知這正是網路世界中尤為痛恨的事。用一位網友的話說就是：「我們不要稿費、不求名利，我們招誰惹誰了？」其實網路文學的評獎活動本身就挑戰了網路文學批評的自由民主，它一再觸了眾多網民的霉頭。網友的話道出了一個簡單而明白的道理：文學不是某個人的，文學是每一個人的。

---

① 歐陽友權. 網路文學論綱［M］. 北京：人民文學出版社，2003.
② 劉淑清. 大眾文化語境中文學批評的危機及應對［J］. 德州學院學報，2006（12）.

对於網路文學評論，當務之急是在網路文學作品和千千萬萬普通讀者之間架起一座溝通的橋樑。由於網路本身具有寬容和包容精神，大量的網路文學作品充塞其間。不可避免產生不少文字垃圾，但是也有珍珠般閃光的文字。好的文評，可以沙裡淘金，向讀者們介紹蕪雜眾多的網路作品中值得一讀的佳作，引起大家對該文以及作者的關注。無論是表揚還是批評，這樣的文學批評都能起到它的作用。

(四) 促進網路文學批評與主流學理批評的有機融合

網路時代文學批評的實踐已經打破了傳統文學秩序，提出了諸多亟待人們探求的理論問題。批評對象、批評主體的身分、批評方式、批評標準、批評自身的規定性以及文學觀念等，與傳統媒介時代相比都需要重新審視與建構。

近些年來，伴隨著電子傳媒技術的飛速發展，大眾文化給文學批評帶來表達的自由與迅捷，文學批評的多產與活躍、多元發展所表現出的能上能下、能出能進的「成功率」，使它的社會影響有所提高。然而，更應該看到，文學批評思想高度的提升進程仍很緩慢，「廢品率」仍居高不下，并在諸多理論問題上表現出成熟初期的某種脆弱，尤為嚴重的是其存在的低俗和浮躁。因此，文學批評發展的步履仍不輕鬆。

當然，走向大眾並不等於迎合大眾。對於大眾文化，批評家的任務始終都應當是自覺地、積極地趨利避害，有力而有效地化劣為優。此中，核心和關鍵的就是必須堅持不懈地對大眾文化施以人文關懷與人文提升，積極有效地賦予大眾文化以盡可能多的文化蘊涵、人格提升、理想追求，使大眾文化在不斷地汲取、揚棄與昇華中趨向成熟與崇高。

文學批評作為一種美和詩意的生活評斷，是批評家憑自己敏銳的藝術直覺和精湛的藝術素養，對文學作品及現象的價值判斷，它理應被包含在大眾文化中并介入和提升大眾文化。這時候，文學批評才真正融入了消費生活。所以，文學批評既不能緊緊追隨大眾文化、依附大眾文化、讚美大眾文化，又不能拒絕大眾文化、旁觀大眾文化、對抗大眾文化，而應融入大眾文化生活方式并獲得影響，改變現實的意義。[①]

相對於網路文學批評，主流批評應當具備引導性，具有兼容的能力，能夠對各種風格所達到的實際水平做出準確判斷，並能指出精品創作趨勢及途徑。

文學批評的繁榮需要挑戰與爭論，但同時也需要深刻思想作指導，學理批評起到的就是這種引導的作用。這要求學理批評走出學院、書齋，改變過去那

---

① 劉淑清. 大眾文化語境中文學批評的危機及應對 [J]. 德州學院學報，2006 (12).

种深居不见人的传统做法。这里所说的「走出」，并不是指改变自己严肃认真的做学问的态度，或者说走出并不等于放弃，而是像生产产品的工厂，要将它的产品推向市场就必须对其加以包装，按照市场的行情和大众的口味进行宣传，使之乐於并且无障碍地接纳。

从某种意义上讲，现在网路与媒体批评的繁荣可看作是批评整体发展的热身操，起到了「广而告之」的作用。由於网路文学活动参与的便利性，当大众普遍对批评产生兴趣并做出尝试後，就会慢慢厌弃那种哗众取宠、缺乏内涵的大众批评，并会逐渐地接纳带学理意味的批评或对学理批评本身做出积极的响应。这正是竞争机制在网路上的反应，学理批评的胜出是必然的。这种风气的形成，才是批评真正繁荣时期的到来，也为批评本身的进一步发展培育了丰厚的土壤。

网路文学批评应该是一棵常青树，应该表达出一个生命对另一个生命的渴望、理解、融通与爱慕。

文学「博客」将成为网路文学大潮中逐渐生长起来的新大陆，在每天艰辛的思索与更新连结的工作中把网路文学中的有效资源逐渐梳理出来，建立起网路文学批评井然有序的家园。[1] 因为「博客」作为媒介天生具有这种宣传功能，而纯粹的专业网路文学批评网站建设才开始起步，我们还需努力，才能真正做到批评的有序连结。

在众声喧哗的大众文化语境中，文学批评远离了意识形态，以自由的、多元的格局展开，拥有了崭新的发展契机，但同时又被无情地卷入了消费时代的市场经济大潮，面临著前所未有的挑战。

网路文学批评作为一种新的文学批评，是人们借助互联网这个载体，进行「在线性」的即时互动的批评活动，以各种各样的网路文学现象为言说批评的对象，是网路批评与文学批评的产物。

网路文学批评给当下的传统批评界带来阵阵新鲜的民间清风，革除了传统批评界的多种弊端。当网路正在越来越多地为作家、批评家们瞭解和熟悉的时候，人们发现，文学的创作与批评，已经不再是作家和批评家的专利了。

在「人人都是批评家」的狂欢下，网路文学批评也存在诸多问题：网路的开放性和自由性导致了网路文学批评的随意和浅薄；网路批评主体的草根化和年轻化导致了网路文学评价体系的混乱；批评的跟帖式和连锁性导致了网路

---

[1] 於洋，汤爱丽，李俊. 文学网景——网路文学的自由境界 [M]. 北京：中央编译出版社，2004.

文學批評功能的削弱等。

　　網路文學批評要想得到長足發展，首先要健全網路文學批評的評判機制；其次得提升網路文學批評的主體精神，完善網路文學批評的價值評判標準；最後要努力尋找學理批評與網路批評的契合點，使兩者有機融合，取長補短，發揮其應有的作用。這樣才能對當代文學創作提供正確合理的指導。

　　互聯網在文學的寫作、出版、傳播和接受等方面，為我們提供了新的便利，也體現了一種新的權力機制。要很好地發揮其功能，仍然需要文學批評發揮作用。眾所周知，作品和評論是文學起飛的雙翼，兩者缺一不可。因此，網路文學批評也是一種建設，同網路原創文學作品一樣，肩負著共建網路文學金字塔群落的重任。

第五節　網路文學批評的意義

　　麥克盧漢有一個著名的命題：媒介即訊息。他指出：「任何媒介（即人的任何延伸）對個人和社會的影響，都是由於新的尺度產生的；我們的任何一種延伸（或曰任何一種新的技術），都要在我們的事務中引進一種新尺度。」[1]媒介作為承載信息的載體，不僅帶給我們知識上的更新，同時對我們如何感知、認識和把握世界等方面都產生了潛移默化的深刻影響。簡而言之，新媒介的出現，也就意味著一種新的認識角度和觀念的產生。

　　網路媒介改變了文學生產、傳播的方方面面，同時使文學深深地烙上了網路文化的痕跡，使之與傳統批評存在較大差異，因此構建網路文學批評顯得尤其重要和迫切。特別是「在線式」網路文學批評，帶有鮮明的「網路」特徵，形成了獨特的風味，具有不可忽視的文學、文化意義。

一、對網路文學發展的意義

　　毫無疑問，網路文學的健康發展離不開文學批評的參與和引導，對網路文學自身的關注也是網路文學批評存在的重要價值之一。

　　第一，構建網路文學批評的必要性建立在承認網路文學對當代文學產生了巨大甚至革命性影響的基礎上。馬季在接受採訪時就直截了當地說過，網路文

---

[1]　[加] 馬歇爾·麥克盧漢. 理解媒介：論人的延伸 [M]. 何道寬, 譯. 北京：商務印書館, 2000.

學重組中國文學的格局是必然的,在網路這個大舞臺上,將會誕生真正偉大的中國文學。① 既然網路文學是今後文學發展的主力軍,就沒理由不去重視它,呵護它。很多人以網路文學發展還不成熟,網路作品不夠典型、精彩為由,拒絕介入網路文學批評,這是欠妥的。正是因為網路文學存在著不足,才需要去評論。批評的目的也在於給文學一個回覆與反饋,促進文學的不斷發展。

第二,這種必要性也建立在承認網路文學與傳統紙質文化存在差異性的基礎上。儘管網路文學和傳統的紙質文學在某些方面存在相通之處,並且在近年來出現了彼此滲透甚至走向合流的苗頭,但兩者的迴異之處可能要遠遠大於兩者之間的相通之處。從審美方式、創作生產方式、語言風格、價值取向以及傳播渠道、接受人群等方方面面,網路文學與紙質文學都存在著巨大差異。植根於傳統文學創作土壤中的傳統文學批評的理論即使在形式和理論上很成熟,但面對網路文學還是有先天的無力感。因此,將現有的批評理論平移到網路文學中去,或者說將網路文學生拉硬拽到現有的文學批評理論中來都不得要領。沒有適合的理論支撐構建新的批評,就會造成批評對網路文學的「缺席」與「失語」。

對文學來說,批評是一面鏡子,可以明得失;也是一條鞭子,可以知進退。網路文學批評對網路文學而言就是一面不得不照的鏡子和一條激勵的鞭子,起著反饋和引導的作用。適時地加強網路文學批評建設,促進網路文學批評的發展,從而通過文學批評的引導和矯正使網路文學創作步入健康良性的發展軌道,這是當下我們不可迴避的一項重要工作。

二、對改善文學批評生態的意義

發端於網路的網路文學與以網路文學為研究對象的網路文學批評都帶有明顯的「網路」特徵,因此不可避免地被烙上了開放、自由等網路文化特徵,而這些文化特質給文學帶來了一股清新的空氣。特別是「在線式」網路文學批評,以平等開放的姿態、低門檻的要求,使得全民都有機會參與文學批評;而傳統的批評在面對網路文學時也不得不調整批評方式與姿態,摒棄那種說大道理的「假大空」模式。網路文學批評的興起從客觀上起到了改善批評生態的作用。

其一,率性言說,形成清新自然的文風。網路的平等開放與三無狀態(無身分、無年齡、無性別)形成了一道天然的屏障,不僅給予讀者們可以言

---

① 張健. 網路文學漸成陣勢重組當代文學新格局 [N]. 人民日報,2009-07-23.

說的自由，更是賦予了他們如何言說的自由。對於傳統的文學圖書出版機制而言，網路上的寫作更多的是瞬間的、無拘無束的。評論者可以輕鬆隨意地表達自己的想法，怎麼寫、寫什麼都由自己來決定，這也是網路文學批評區別於傳統的批評的範疇所在。這種寬鬆的環境使得率性言說成為可能，網路文學批評一改陳腐之氣，形成一股清新自然的批評文風；同時也為一些深刻犀利的真知灼見打開了窗戶，思想的鋒芒也經由網路這一特定的空間得以保全。

　　網路空間中文學批評盡量避免了長篇大論，篇幅短小精悍，卻言簡意賅。這些平民化的批評不喜歡繞彎子，愛就愛得大膽，不扭扭捏捏，恨就恨得咬牙切齒，不講究溫柔敦厚，態度直率真實；不愛故弄玄虛，生搬硬套的術語、套式不見，堅硬晦澀的理論也消失，字裡行間是自己讀後的直觀感受，貼近人性，顯現人情，讓人讀後倍感親切。這種憑藉著個人的藝術直覺，描述抒發的表達方式，往往閃爍出精彩的火花，可讀性極強，引發讀者共鳴。

　　2010年，微博客興起。以「短、平、快」為特點的微博，嚴格控制在140字內，不需要考慮文題、組織語言修辭來敘述，更是不允許長篇大論，故作高姿。在微博世界裡，批評多如牛毛，要想從龐大的基數中突出重圍，獲得讀者的關注和點擊率，必須要看他有沒有銳利的思想，辛辣的筆力，是否能一語中的，搔到讀者的癢處。過去那種動輒幾千上萬字的長篇大論在微博中是沒有市場的，微博語言講究「一劍封喉」「寸鐵殺人」，簡潔有力，這逼迫著批評家在語言上加強錘煉。

　　其二，交流互動，實現多維度的對話。批評伴隨文學而生，卻從沒有走入民間，它一直被文人牢牢霸占著，成為文人的一項專利。有人說，如果我們把文學和文學批評比喻成為一對鳳和凰，文學這只鳳長期地被驅逐於山野之中，難得登上大雅之堂；而文學批評這只凰卻可以說是一直被囚禁於籠中，還從來沒有得到過展翅高飛的機會。① 操弄文學批評的人操弄著一套帶有專業色彩的批評話語，與日常語言存在很大的差異，大家在圈子裡自娛自樂，普通讀者很難「說三道四」。長此以往，文學批評就形成了一個自閉、僵化的圈子，語言呆板、形式單一，散發出令人厭倦的說教氣息，與大眾已經存在很大隔閡，難以贏得認可。

　　「在這個作者、作品和大眾的三角形中，大眾並不是被動的部分，並不僅僅作為一種反應；相反，它自身就是歷史的一個能動的構成。一部文學作品的歷史生命如果沒有接受者的積極參與是不可思議的。因為只有通過讀者的傳遞

---

① 譚德晶. 網路文學批評論 [M]. 北京：中國文聯出版社，2004.

過程，作品才進入一種連續性變化的經驗視野。」① 網路的出現不僅使大眾得以「把玩」文學，同時也讓一般讀者得以「染指」文學批評，使讀者與作者實現了真正意義上的對話。文學論壇、文學網站和電子期刊等新媒介的生成，使得網路文學的傳播和閱讀過程更為順暢，使閱讀和觀看的「快感」在這裡得到更大的滿足。同時也為文學批評開拓出了新的空間，可以容納更為大眾化和平民性的話語，接受平實、樸素和直接的評論方式，大眾甚至還可以參與創作，對開放性的作品提出修改的意見。網路中的即時回帖建立了一種多維的對話，加強了彼此之間的交流和互動，是網路文學批評的一大特色。

蛛網覆蓋的網路文學批評終止了傳統批評認同過去的時間美學，開闢出在線空間的互動式批評，在結束批評家單向度私密品評的同時，開創了大眾參與、交互共享的思維空間。杰拉爾德‧格拉夫說過：「一種豐富的多元文化將依賴於一種『共同追求』的理想，即多種不同的見解通過有效的交流，尋求產生一種儘管有多個側面，但卻是關於真實的普遍的真理。」② 只有在網路這個虛擬環境中，才能實現互動性批評的高度自由，才能實現多個側面交匯的批評場面。網路文學批評注重與讀者的互動與溝通，善於汲取民間精華，一改批評呆板、僵硬的局面，使文學批評獲得新的生命。

三、對當代文化建構的意義

文學批評的專業技術具有排外性，使得圈外人難以插上一腳，以致批評與大眾讀者的關係變得疏遠。而網路打破了文學批評的專業性，讓批評為普通大眾敞開大門，啓動了文學批評的大眾化時代。文學批評不再是專業人士「擁兵自重」的專利，不再是小眾「圍城」中的專業遊戲，而是可讓普通讀者參與、分享彼此文學感受、觀點的公共空間，為文學批評愛好者提供了一個自由發言的機會、渠道。可以說，「人人都可以成為批評家」的後面隱藏的是打破話語壟斷，實現話語權重新分配的問題。

文學批評小圈子化，失去了與大眾對話的機會，也就失去了文化建設的功能。圈子裡的某些專家、教授既不對文學文本做務實的闡釋與解讀，也不對現實生活進行觀照，而是致力於對空虛理論話語自產自銷式的吃喝，已經失去了存在的意義。圈外的大眾想要「染指」文學批評的可能性幾乎為零——某刊

---

① ［德］姚斯，霍拉勃. 接受美學與接受理論［M］. 周寧，金元浦，等，譯. 沈陽：遼寧人民出版社，1987.
② ［美］杰拉爾德‧格拉夫. 自我作對的文學［M］. 施慧，徐秋紅，譯. 石家莊：河北人民出版社，2004.

物要求發表者具有副教授及以上的職稱，某雜誌要求發表者是什麼級的專家。各種條文無非是將普通大眾關在門外，日後又有資本大肆炫耀。文學批評對於大多數人來說永遠是高高在上，民眾充當了一個邊緣的「看客」，進入批評殿堂自由表達自己的意見是一個可望而不可即的夢想。

　　網路文學批評彰顯了一種追求自由的精神。文學批評離不開傳播媒介，因為它沒有專門屬於自己的話語頻道，它必須通過媒體才能傳播自己的聲音，過去如此，現在也如此。對於一個文學批評者來說，那些學術期刊特別是核心期刊是首選，但資源極少，而且審核製度非常嚴格。即使是報刊、廣播、電視等媒體，由於各種因素的制約，批評的內容和形式將被精心地策劃。評論什麼、以什麼樣的形式進行評論，都有著潛在的規定，必須遵循某些硬性格式與框架。

　　網路文學批評的興起與構建一方面能結束對網路文學「無監管、無批評、無引導」[1]的失語境況、改善文學批評的生態，另一方面也會對文化建設產生積極的影響。因為，在文學批評中，網路的「信息共享」過渡到了「思想共享」，開始真正凸現出網路的文化知識價值。[2]

---

[1]　白燁. 文壇亂象叢生，文學批評的聲音太弱 [EB/OL]. 和訊網.
[2]　方興東博客. http://fangxd.blogspot.com.

第六章 網路小說的現狀及主要問題

第一節 中國主要文學網站的生存現狀

一、中國文學網站的生存現狀

網站的潮起潮落，生生死死似乎獨獨和文學網站沾不上邊——多如牛毛的文學網站依然讓人目不暇接。這使關注文學的網民喜憂參半，喜的是在商業網站的「嚴冬」裡，文學網站還活著；憂的是文學網站目前也只是活著，沒有呈現出蓬勃的生機。

（一）文學網站的自得其樂

文學網站大多擁有相對固定的用戶，而且文學愛好者的忠誠度通常較高。許多文學網站就像是文學社團聚會的場所，各種流派和文學主張在網上自己為自己喝彩，倒也自得其樂。活不活，怎麼活？這是很多文學網站不願考慮的問題。只願永遠活在信念中！

只求耕耘不問收穫，這可說是大多數文學網站的共同心理。許多文學網站在殘酷的網站競爭中並不太在意得失，反倒更能自得其樂地活下去。

（二）文學網站的停滯不前

文學網站眼下基本上處於一種自生自滅的狀態，它們大多數都遊離於網路經濟之外，所以無論創立還是關閉都不太惹眼，在很大程度上呈現出一種不死不活的狀態。

在文學不死的前提下，文學網站作為網路時代新興的文學傳播媒介就有它存在的空間。活下去是不成問題的，可想活得好些卻不太容易。對絕大多數的文學網站來說，訪問量上不去使它們像個文學圈內人的「圈子」，死是死不

了，可活也活不好，更遑論大有作為。

（三）文學網站的散漫無章

忽如一夜春風來，文學網站眨眼間就遍布了網路，以至於今天誰也說不清網上到底有多少個文學網站。只是為數眾多的文學網站平時很少互通聲氣，大多抱著各自的文學主張在單槍匹馬地苦撐著，除了主頁上交換個友情連結，就難以看出還有什麼聯繫。

針對這種散兵遊勇的情形，有些網站倒是提出了團結起來組建文學網站聯盟的設想。但看看一些聯盟的網站，仍改變不了一盤散沙的印象。所謂的聯盟也只是把那堆散沙裝進了一個脆弱的玻璃瓶內，入盟的文學網站本質上仍是一盤散沙地繼續著自娛自樂。

（四）文學網站與文學脫鉤

文學與網站的脫鉤幾乎成了文學網站的「內傷」。懂文學的人不一定懂網站的建設，懂網站建設的人不一定懂文學，於是「文學」與「網站」被許多文學網站分割開來。要麼偏重於「文學」，而文人做網站向來不看中人氣多少；要麼就偏重於「網站」，所做的網站缺乏文學氛圍。

文學有文學的規律，而網站有網站的規律。選擇文學是種理想，但畢竟做的是網站，文學與網站不可偏廢。適應了網站的遊戲規則才能更好地經營文學，文學網站應該能使「文學」與「網站」兼得。僅憑對文學的熱愛和激情是不夠的，文學網站也應該嘗試走商業化的道路，趁早考慮盈利模式，從傳統文學刊物走過的路當中可以得出有益的借鑑，走「窮文」的道路很難。

二、中國文學網站發展的整體狀況

根據中國互聯網路信息中心（CNNIC）發布的《第 27 次中國互聯網路發展狀況統計報告》[①]，截至 2010 年 12 月底，中國網民規模達到 4.57 億，較 2009 年底增加 7,330 萬人；中國手機網民規模達 3.03 億，依然是拉動中國總體網民規模攀升的主要動力，但手機網民用戶增幅較 2009 年趨緩；最引人注目的是，網路購物用戶年增長 45.6%，是用戶增長最快的應用，預示著更多的經濟活動步入互聯網時代。

中國互聯網路信息中心數據顯示：截至 2010 年 12 月，網路文學使用率為 42.6%，用戶規模達 1.95 億，較 2009 年底增長 19.9%，是互聯網娛樂類應用

---

① 第 27 次中國互聯網路發展狀況統計報告［R/OL］．中國互聯網路信息中心（CNNIC）http://www.cnnic.net.cn/dtygg/dtgg/201101/t20110118_20250.html，2011.

中，用戶規模增幅最大的一項且用戶滲透率唯一增長的應用。

　　統計報告中認為網路文學的商業化推進是促使網路文學用戶快速增長的主動力。首先，網路文學商業化運作的步伐加快，文學網站通過增加投資金額、加大宣傳力度、打擊侵權盜版等措施，調動作者創作熱情，豐富文學作品內容，從而吸引用戶的廣泛參與。其次，電信營運商、終端設備商開始介入網路文學市場，為網路文學開拓新的傳播渠道，使網路文學覆蓋到更多用戶。再次，手機網民的增長，以及用戶對無線內容的龐大需求，拉動了手機網路文學的使用率，對網路文學用戶規模增長起到推動作用。最後，電子閱讀器、PSP等閱讀終端的技術升級和不斷普及，豐富了網路文學的傳播載體，將網路文學應用推送到更大範圍的用戶群。①

　　報告顯示，有36.4%的網路文學用戶只在電腦上在線或下載看網路文學作品，30.7%的用戶只在手機上在線或下載看網路文學作品。這說明網路文學用戶群體在電腦和手機兩類終端使用上較為分化。②

第二節　網路小說的盈利模式

　　要探討中國網路小說盈利模式，首先要對盈利模式相關理論進行瞭解。更為重要的是應該把文學網站盈利模式和網路小說盈利模式在一定程度上區分開來，這樣才能更好地抓住問題的本質，分析清楚網路小說的盈利模式。文學網站盈利模式是根據網站提供的服務和產品，以滿足用戶的需求，而從中所獲取利潤的模式；而網路小說盈利模式，是如何依靠網路小說本身這個產品獲取利潤的模式，即如何從網路小說內容資源中獲取利潤的方法。

　　網路小說的載體是互聯網，要研究網路小說盈利模式，自然和互聯網產業盈利模式不可分割。一般說來，互聯網產業利潤是根據用戶的基本需求來獲取的。這種用戶基本需求通常有四大類：信息、溝通、娛樂和商務。網路小說便屬於娛樂類，這決定了網路小說盈利模式一定程度上與互聯網產業盈利模式相通。下面我們就對盈利模式基本理論和互聯網產業盈利模式做一簡單闡述。

---

　　① 中國互聯網路信息中心. 第26次中國互聯網路發展狀況統計報告 [R/OL]. 中國互聯網路信息中心 http://www.cnnie.net.cn/，2010.
　　② 中國互聯網路信息中心. 第26次中國互聯網路發展狀況統計報告 [R/OL]. 中國互聯網路信息中心 http://www.cnnic.net.cn/，2010.

一、盈利模式的概念

對於盈利模式的定義，目前尚無統一定論。比如阿蘭‧奧佛爾和克里斯托福‧得希在《互聯網商務模式與戰略》一書中提出，盈利模式是「一個企業建立和有效使用自己資源的方法。通過這個方法，企業能夠向客戶提供比競爭對手更大的價值，并以此來盈利。簡單地說，盈利模式就是對於企業現在如何賺錢、將來如何規劃的描述」。[1] 又如揭筱紋等所著的《創業戰略管理》中指出的，「盈利模式實質上就是企業獲取利潤的方式，它的重要性又如人體的血管一樣。沒有血管，人體的器官得不到養分，人就會死亡。盈利模式對企業的作用也是一樣，沒有適合企業的盈利模式，企業的任何輝煌都是曇花一現」。[2] 我們從中不難發現，他們所論述的盈利模式都是從企業如何獲取利潤出發的。

但是也有學者認為盈利模式并不是局限於企業範疇。比如美國學者保羅‧H. 蒂默斯就是一個典型代表，他在《六大電子商務發展戰略》一書中就把盈利模式定義為「一個集合了產品、服務和信息流的體系結構，包括了對於不同商業活動參與者以及他們所扮演角色的描述，以及對於每個參與者能帶來的潛在收益和收入源的描述」[3]。再如，郭金龍、林文龍在其所著的《中國市場十種盈利模式》中談到：「所謂的盈利模式就是探求生意的利潤來源，生成過程和產出方式的系統方法，就是生意或者經營當中與產業之間的調節槓桿。」[4] 而這些定義都是建立在整個市場層面上的，并不局限於企業。

綜上所述，盈利模式的內涵至少可以劃分為兩個層面。一個是純企業層面的盈利模式，即企業如何依靠其資本營運、資產重組、產品輸出獲取利潤，一般我們所談的阿里巴巴的盈利模式、其子公司淘寶的盈利模式等均屬如此；另一個是純市場層面的盈利模式，它可以是某種產品類別的盈利模式，也可以是某個行業類別的盈利模式，比如互聯網產業的盈利模式，電子商務網站的盈利模式均屬如此。而本書中所指的網路小說盈利模式的研究主體則是純市場層面的盈利模式，即如何通過網路小說生成交易而獲得利潤的方式。[5]

盈利模式按照不同的標準分類也不同，比如按照盈利形式分類可以分為終

---

[1] [美] 阿蘭‧奧佛爾, [美] 克里斯托福‧得希. 互聯網商務模式與戰略 [M]. 李明志, 等, 譯. 北京：清華大學出版社, 2005.

[2] 揭筱紋, 張黎明. 創業戰略管理 [M]. 北京：清華大學出版社, 2006.

[3] [美] 保羅‧H. 蒂默斯. 六大電子商務發展戰略 [M]. 劉祥亞, 譯. 北京：機械工業出版社, 2002.

[4] 郭金龍, 林文龍. 中國市場十種盈利模式 [M]. 北京：清華大學出版社, 2005.

[5] 郭金龍, 林文龍. 中國市場十種盈利模式 [M]. 北京：清華大學出版社, 2005.

端模式、廣告模式、連鎖模式、增值服務模式等。另外，如上所述，按照利潤生成和產出的載體的不同可以分為產品的盈利模式、企業的盈利模式、行業的盈利模式等。無論如何分類，簡單來說，盈利模式就是賺錢的渠道，通過怎樣的模式和渠道來賺錢。網路小說盈利模式就是指如何通過網路小說來獲取利潤的模式。

二、互聯網產業主要盈利模式

網路小說盈利模式的產生首先是依託於互聯網路載體，互聯網產業盈利模式對於網路小說盈利模式在很多方面具有借鑑之處。比如作為互聯網產業的主流盈利模式——廣告模式，網路小說也可利用這種盈利模式獲取利潤。雖說廣告模式不是網路小說的直接盈利模式，但是文學網站可以依託網路小說的豐富內容資源，收取廣告費用，獲得利潤。一般說來，支撐中國互聯網產業盈利大局的主要是網路廣告、網路遊戲和無線增值。其中廣告收入幾乎是網路媒體獲取利潤的主要來源，而網路遊戲是近些年來互聯網產業發展最快的盈利模式。

在互聯網產業發展史上，其盈利模式大約經歷了三個階段。第一個階段的盈利模式主要是通過對互聯網產業有投資興趣的風險投資者來實現的，利潤點是定位明確且有利可圖的商業計劃書。第二個階段的盈利模式是依靠於網站的流量，只要具有極高的訪問量和點擊率，就會使網站價值迅速膨脹，從而獲得利潤。第三個階段的盈利模式是建立在專業網站的不斷興起，各種互聯網應用不斷得以完善的基礎上的，從而形成廣告收入、短信收入、網路遊戲等形式多樣的盈利模式。下面主要就這些盈利模式作一簡單闡述：

一是在線廣告。在線廣告一般是通過網站的內容服務吸引巨大的流量，使有意向的商家在其頁面上做付費廣告。具體方式有網幅廣告、文本連結廣告、電子郵件廣告、插播式廣告等，它是目前最主要也是最常見的網路在線盈利模式。這一盈利模式在互聯網產業分布極廣，包括傳統的門戶網站、視頻網站和一些個人網站等。最具有代表性的有新浪（www.sina.com.cn）、搜狐（www.sohu.com）、網易（www.163.com）、You Tube（www.youtube.com）、土豆（www.toodou.com）等。二是無線增值業務。這主要是依靠彩鈴彩信下載、短信發送、電子雜誌訂閱等形式，與電信或移動營運商合作分成的一種盈利模式。這也是最賺錢的網路盈利模式之一。目前，許多大型網站均採用這種模式獲取利潤，比如空中網（www.kong.net）、3G門戶（www.3g.net.cn）等。三是電子商務。這種模式主要是通過網站銷售產品。產品可以是別人的，也可以是自己的，可以針對商家，也可以針對個人，因此細分起來有C2C、C2B、B2B、

B2C 等，具有代表性的互聯網公司有淘寶（www.taobao.com）、易趣（www.ebay.com.cn）、卓越（www.joyo.com）、當當（www.dangdang.com）等。四是互聯網增值服務。這一部分範圍較大，主要可以分為會員收費、網遊營運和競價模式等。會員收費主要是依靠提供增值服務收取會員費用，此類網站通過提供給收費會員與免費會員的差異化服務，獲取利潤。這種網站以行業網站居多，包括人才網站、電子圖書、交友網站、在線電影等。這種盈利模式廣受歡迎，現在許多網站也在不斷地摸索這種模式，尋找新的利潤點。具有代表性的有阿里巴巴（www.cn.alibaba.com）、中國化工網（www.chemnet.com.cn）等。網遊營運這種盈利模式在一定程度上與電信增值模式和會員收費模式存在交叉，但作為互聯網產業發展的主要力量，一般將其單獨劃為一類。他們可以開展免費營運和收費營運兩種模式，免費營運模式一般通過虛擬裝備和道具買賣獲取利潤，而收費營運就是按照遊戲時間收取費用。以網遊營運為盈利模式的具有代表性的公司有盛大遊戲（www.shanda.com.cn）、九城遊戲（www.the9.com）等。競價模式主要是依靠搜索競排、產品招商、分類網址和信息整合等方式所進行的付費推薦和抽成盈利的模式。一般他們是通過收取商家費用，利用自我平臺給予付費商家一個更為有利的位置。具有代表性的有百度（www.baidu.com）、中國商機在線（www.28.com）、360 安全網址導航（www.hao.360.cn）等。

　　另外，還有些通過仲介服務來獲取利潤的。比如廣告聯盟網站通過給廣告主和站長服務，實現差價銷售廣告，獲得利潤。現在，企業信息化服務也是互聯網產業主要盈利模式之一，這類公司更多地從事核心互聯網產業所衍生出來的相關服務。比如通過幫助企業建設維護推廣網站、代理銷售大公司的網路產品、網路基礎服務提供、網路營銷策劃、域名註冊，服務器託管和搜索引擎優化等方式來獲得利潤。具有代表性的有中企動力（www.ce.net.cn）、銘萬（www.mainone.com）、書生（www.booksir.com）等。當然，依靠風投或其他公司收購也可以說是一種盈利模式，特別是一些依靠用戶內容製造的 web2.0 網站。通過經營使網站流量得以不斷提升，以此獲取點擊量，吸引風投的眼光，最後他們一般是被 Google、Yahoo、微軟等網路巨頭公司收購。本書前面也提到了，這類盈利模式一般以第一代互聯網公司居多。

三、中國典型互聯網企業盈利模式例證

　　為了更好地分析中國網路小說盈利模式，除了瞭解互聯網產業主要盈利模式外，還有必要對中國一些典型互聯網企業的盈利模式進行論證，以此讓網路小說產業從中汲取一些經驗。下面就中國一些具有代表性的互聯網企業的盈利

模式進行闡述：

　　阿里巴巴是互聯網產業中 B2B 模式的典型代表。它所取得的巨大成功與其清晰的盈利模式是分不開的。阿里巴巴從業務角度來看，贏利點主要在以下幾個方面：設企業站點、網站推廣、誠信通和貿易通。阿里巴巴採取了多元盈利模式，包括會員收費、廣告收入、增值服務等模式。其多元盈利模式的成功主要有以下四個原因：一是阿里巴巴一直以信息流業務為核心業務，從而匯聚大量的市場供求信息，建立了在信息流上無與倫比的優勢。這是阿里巴巴實現多元盈利模式的首要條件。二是市場面向全球化和人性化的經營理念。業務遍及全球的阿里巴巴一直以來都是採用本土化的網站建設方式，針對不同國家採用不同的語言，這體現了阿里巴巴人性化的經營理念，也給其盈利模式營運提供了強有力的保障。三是盈利模式的平臺服務構建是步步為營。比如在最初階段，阿里巴巴降低會員准入門檻，以免費形式吸引企業登錄平臺，從而匯聚信息，帶來商機。四是不斷探索增值服務盈利模式。阿里巴巴為給會員提供更加優越的市場服務，對於網上交易市場的服務項目功能也力求創新，從而更大程度地滿足客戶需求。

　　騰訊公司是當前中國最大的互聯網綜合服務提供商之一，它具有最多的中國用戶。騰訊本身具有的最大的優勢在於客戶端渠道的壟斷性地位。正是因為騰訊所具有的得天獨厚的盈利條件，所以其每營運一個新的盈利模式，比其他公司就更易獲得成功。目前，騰訊構建了即時交流、門戶信息服務、網路遊戲以及網上商城四大平臺，形成中國規模最大的網路社區。其盈利模式主要集中在互聯網增值服務、移動及通信增值服務和網路廣告三類。其中無線增值服務所占比例最大。具體說來，移動及通信增值服務盈利模式主要是通過為用戶提供 QQ 產品與手機或其他終端互聯互通的即時通信及增值服務，包括移動文字聊天、移動語音聊天、移動遊戲、手機圖片鈴聲下載等。互聯網增值服務盈利模式主要體現在會員服務、社區服務、遊戲娛樂服務三方面，具體業務包括電子郵箱、娛樂及資訊內容服務、聊天室、交友服務、休閒遊戲及大型多用戶在線遊戲等。網路廣告盈利模式是通過在即時通信的客戶端軟件及騰訊門戶網站平臺的廣告欄內提供網路廣告盈利。另外，網遊服務、衍生產品開發也是騰訊公司的重要盈利模式。

　　新浪作為門戶網站的典型代表，其主要盈利模式是採用「廣告+無線增值服務」。新浪的廣告收入在國內互聯網產業名列前茅，主要通過大量的各類免費咨訊、大小熱點新聞、服務去吸引大量的瀏覽者，形成固定的客戶群，以保持較高的點擊率和知名度，然後吸引各企業紛紛在新浪網站投放廣告，通過新

浪的廣告推廣自己的產品。新浪的廣告可以說已經覆蓋網站上所有頁面、所有模塊，主要形式包括強制性彈出窗口廣告、背投式廣告、按鈕廣告、旗幟廣告、網上視頻廣告等。另外，新浪還提供手機鈴聲、VIP 郵箱、企業郵箱、網路空間等增值服務。現在，新浪還通過出租網上商店、視頻廣告等方式實現盈利。

總而言之，網路廣告、增值服務和網路遊戲是互聯網產業最常見的盈利模式。另外，收費郵箱、收取會員費、信息費、競價排名等也是互聯網產業的主要盈利模式。上述這些互聯網產業中典型公司的盈利模式給網路小說盈利模式帶來了一定的啟示。比如在尋找網路小說盈利模式時，一定要找準網路小說的核心競爭力，即內容。網路小說要突出特色，不僅要滿足讀者需求，還要為後期版權開發做準備。只有提供給客戶更有特色、高質量的網路小說內容，才能實現網路小說價值最大化。當然，網路小說要實現盈利，不僅要依靠內容，依託技術也是重要因素。技術不但可以創造差異化服務，更為重要的是為客戶提供更佳優質的平臺。

第三節　網路小說產業化中面臨的主要問題

一、同質化嚴重，缺乏自身特色

對一個文學網站來說，要盡量發揮優勢而避開劣勢，才能夠在文學網站的激烈競爭中，找到自己的立足點。這需要從網站的頁面設計、網站作品內容的選擇、網站的功能設置、網站業務開拓方向等方面尋找優勢點，并放大這種優勢，讓用戶一進入網站，就知道自己在這裡能夠得到與其他網站不同的東西。但實際情況是，中國的文學網站在頁面設計、網站作品內容選擇等方面都有許多雷同之處。

起點中文網一直走在文學網站發展的最前沿，一直致力於網站技術的開發，在網站頁面的設計上不斷創新。如今，同類型的文學網站，幾乎都模仿起點網頁模式，大多數網站在網頁功能的設置上，都有作品發布區、作品打榜區、作家介紹區、互動討論區。在網站作品標籤的設計上，也幾乎都有校園、武俠、言情、歷史、穿越、玄幻等，絲毫找不到自己的特色。雖然模仿起點的網頁模式，可以省去許多再開發的費用，但是也使得網站缺乏自己的特色，無法很快從眾多的網站中脫穎而出。盛大文學下的紅袖添香和晉江文學城走了一條與起點中文網不同的道路。晉江文學城避開起點中文網作為綜合性文學網站

的優勢，發揮自己的優勢，走一條小眾化道路，把目標客戶群主要投向女性讀者；在網站的頁面設計上獨樹一幟，只有五大板塊，簡單分明；作品內容主要集中在言情和耽美小說。這樣看似失去了龐大的讀者市場，但卻緊緊抓住了女性讀者市場。在女性讀者和喜歡閱讀另類文學作品的讀者競爭中，晉江文學城的優勢大大超過其他類型的網站。

晉江文學城所走的個性化道路，非常適合一些資金實力不強、人員不足的小型網站。這些小型文學網站可以從細微處入手，細分讀者市場，找到不同類型讀者的興趣點，建立有自身特色的文學網站。

二、某些文學作品價值取向模糊，作為實體書出版審核不過關

對於傳統的作家來說，要想出版一部作品，要經過許多道把關後，才能夠與讀者見面。但對於文學網站上的網路作品來說，網路作家只要想發表作品，幾乎只需與網站簽訂合同，就可以在網站上發表自己的作品。因為，網路編輯的把關沒有傳統意義上的編輯把關嚴，相關部門的監管力度相對薄弱，法律上對文學網路營運規範方面的立法也相對滯後。一些網路作家為了賺取讀者的點擊率和收藏，在網路作品中，寫一些涉及色情、暴力、鬼神、靈異方面的內容。這些內容在網路上或許可以順利發表，但作為實體書出版時，面對國家出版機構的「三審三校」，往往過不了關，給網路文學衍生品開發造成困難。

三、缺乏版權意識，盜版泛濫，危機公關不得力

近年來，文學網站寫作者和文學網站之間經常會出現一些作品盜版和侵權的問題。這些問題給文學網站或是個人造成了巨大的經濟損失，最重要的是，給整個文學網站的發展造成了負面的影響。往往在這些事情上，文學網站的危機公關意識不強。事情發生後，手忙腳亂，回應不迅速，處理不得當，給網站發展帶來了損失。

當前，在法律上，中國對網路文學作品的盜版和侵權問題，還沒有明文規定。因此，在遇到網路作品盜版和侵權的問題時，往往會無法可依，或是很難做出公正的裁決。因此，國家應加緊對網路作品的交易和出版進行立法，以約束網路作品版權交易等活動，避免因為網路作品盜版而造成的經濟損失。

四、缺乏對用戶的監測和跟蹤，未建立用戶數據庫系統

目前，中國文學網站的業務已經不僅僅局限在網路上。文學網站的管理者在尋找盈利點的過程中，不斷把文學網站上的文學作品帶入產業化的道路，對

網路文學作品進行 N 次開發，最大限度地挖掘網路文學作品的價值。在這個過程中，本來扎根網路的讀者，其角色也在不斷轉換。一個受眾可能會出現在文學作品產業鏈條中的任意一個環節上。傳統的文學網站在營運過程中，忽視了這一點，把受眾僅僅看成一次性交易對象，一次交易完畢後，不再進一步跟蹤受眾的活動，造成營銷過程中，對其受眾或是潛在受眾的分析不準確，致使促銷策略、價格策略等傳統營銷學策略無法施展。因此，從網站的長遠發展來看，必須建立一套完善的受眾監測數據庫系統，對受眾進行準確分析，這樣有助於增強文學網站營銷的正面效果，使其做出正確的營銷決策。

第四節　網路小說繁榮背後的危機

　　網路文學發展至今，歷史證明，一切有生命力的事物總是以強勁的姿態試圖徵服它的障礙——網路文學在文學走到「暗夜」的時候點燃了一根火把。海德格爾預言了文學黑夜時代的來臨，自從赫拉克勒斯、狄奧尼索斯和耶穌基督這個「三位一體」棄世而去，世界時代逐漸趨向於黑夜。正是上帝的離去決定了世界時代。[1] 這也就意味著世界失去了原有的牢固的根基，而人類也開始變得迷茫：對自身以外的任何事物都抱有懷疑，甚至對自己開始產生懷疑。弗洛伊德顛覆了莎士比亞的經典特質，從薩特、梅洛・龐帝到米歇爾・福柯，這些人從內在身體感官展開的研究使人類不相信任何經典與任何權威，悲觀主義侵襲而來。隨之，西方後現代主義的話語權浪潮一波接著一波，而在中國當代也同樣表現為「反現代」——身體覺醒了。人們為此歡欣鼓舞，國家意識形態的裂縫中終於呼出了一口涼風。那些「杜拉斯們」「波伏娃們」「艾倫・金斯堡們」「張愛玲們」都過了一把叛逆的癮。網路小說中對慾望的無遮蔽反射，甚至連神學家斯賓諾莎都為慾望解說：「慾望是人的本質自身——就人的本質被認作人的任何一個情感所決定而發出某種行為而言。」[2] 這似乎有文學墮落的嫌疑。而網路文學如果需要踏實地前進，必須對自己有清晰的認識：即那些相較於傳統文學的弊端。

---

[1]　[德] 馬丁・海德格爾. 林中路 [M]. 孫周興, 譯. 上海：上海譯文出版社, 2007.
[2]　[荷] 斯賓諾莎. 倫理學 [M] //莫特瑪・阿德勒, 查爾斯・範多倫. 西方思想寶庫. 周漢林, 等, 譯. 北京：中國廣播電視出版社, 1991.

一、無法被「經典」的尷尬

當讀者被拋入文學作品的大洋中時，也許「終身閱讀計劃」可以成為很好的救生圈和指南針。出版商不會介意這一類「大師推薦」，因為它們總是能夠作為銷量的保證。比如，海南出版社的一本《你應該讀的書》就集結了「37 位大師推介的 70 部文學經典」，其中包括小說、詩歌和散文等。這裡，我們先剔除推介的因素，只關注所謂的「經典」。

伊塔洛·卡爾維諾在《為什麼讀經典》一書中對「經典」發出了一些看法：

經典是那些你經常聽人家說「我正在重讀……」而不是「我正在讀……」的書。

經典作品是一些產生某種特殊影響的書，它們要麼本身以難忘的方式給我們的想像力打下印記，要麼喬裝成個人或集體的無意識隱藏在深層記憶中。

一部經典作品是這樣一部作品，它不斷在它周圍製造批評話語的塵雲，卻也總是把那些微粒抖掉。

一部經典作品是這樣一部作品，哪怕與它格格不入的現在占統治地位，它也堅持至少成為一種背景噪音。

……①

這位自認為「仍然屬於和克羅齊一樣的人，認為一個作者，只有作品有價值」，並且不提供傳記資料的作家，對「經典」的解釋儘管多帶有主觀價值立場，但是他將能夠成為經典作品的規則坦露得一清二楚。這裡，我們需要先明確「經典」的涵義。《說文解字》中有關於「經」與「典」的界定：經，織也。典，大冊也。《現代漢語辭典》（第 6 版）中關於「經典」的解釋是：傳統的具有權威性的著作。

按照這種解釋，我們所討論的文學經典並不是仁智各見、隨心所欲的作品，它必須符合一定的規則、被相應的理論所支撐、被時代機制下的讀者大眾所擁護，同時又經得起時間和空間的考驗。對於經典的決定權，佛克馬認為，在中世紀，文學經典就已經決定於學校、教會和政府三個權力機構，「教會和司法體系各自創造了自己的經典，而在教育中則形成了由那些必須閱讀和研究

---

① ［意］伊塔洛·卡爾維諾．為什麼讀經典［M］．黃燦然，李桂蜜，譯．南京：譯林出版社，2006．

的作家們所構成的第三類經典」①。自中世紀以後，這種經典的範疇在西方一直沒有變動過。而在中華人民共和國成立之前，中國文學被推崇的經典一直處於政治機構的統治之下，《詩經》《易經》《春秋》《尚書》這些傳承了兩千多年的儒家經典，就是統治階級的話語傳聲筒。儘管在 1949 年以後文學經典被自由衝淡，但是主流一直沒有改變過。「事實上，在任何一個宣布民主或者宣揚民主的國家，原則上人們可以任意地去創作一部經典文學作品，或者什麼也不做。世俗化也許已把人類從先驗權利中解放了出來，但仍沒有把他從對其同類的責任感中解救出來。因為在民主世界中，批准和強行頒定一部文學經典的神權、君權沒有了，但一散而盡的只是對經典合法化的外部證明，對經典在教育、教學方面的需要還沒有消失。」② 這裡的「世俗化」，筆者認為指的就是文學的審美大眾化。也就是說，儘管文學經典在當代被賦予了自由的外衣，但是內在本質沒有改變也無法改變：主流始終排斥並吸引一切支流。

在這裡，網路文學就遇到一個尷尬：能否被「經典」？網路文學無法離開傳統文學獨立生存，其原因在於傳統的經典作品受到意識形態、批評家以及時代機制下的讀者大眾的共同支配。而網路文學如果想要不被歷史長河所瓦解，就必須被歷史、被主流所認可并記載。經典作品有它自身的特質，人們擁護經典的原因是：對於個人，經典引導著每一個人的人生閱讀軌跡；對於社會，經典是時代價值觀、道德觀和人生觀的重要催化劑和塑性劑；而對於文學，經典則更為重要，它能夠樹立人類對文學性的堅強認識。只有在那些經典中才能夠找到時代的主流和時代的黑洞。所以，我們需要經典。

那麼，就文學本體論來說，經典必須給出自身界定的規則。（文學本該不受任何「條件」的約束，它需要合適的自由和空間，但是一切行為都需要一定的規範，否則時代將永不前進。）尤其在這個「世界黑夜的貧困時代」（海德格爾語），規則變得十分必要。美國當代理論家布魯姆在《西方正典》中談到，在維護文學經典和反對文學經典同樣高度政治化的今日，對西方經典來說，最重要的是精英們按照嚴格的標準去建立遴選的規則。③ 我們可以再看一下阿拉斯戴爾·弗勒在《文學的類型》中對為何需要刪選具有時代性的體裁的解析：

---

① ［荷］D. 佛克馬，E. 蟻布思. 文學研究與文化參與［M］. 俞國強，譯. 北京：北京大學出版社，1997.

② ［荷］D. 佛克馬，E. 蟻布思. 文學研究與文化參與［M］. 俞國強，譯. 北京：北京大學出版社，1997.

③ ［美］哈羅德·布魯斯. 西方正典［M］. 江寧康，譯. 南京：譯林出版社，2005.

我們必須容忍如下事實：文體從來都不會均衡地，更不用說全面地出現在一個時代裡。每一時代只有一小部分體裁會得到讀者和批評家的熱烈回應，而能為作家所用的體裁就更少了：除了最偉大、最傑出或最神祕的作家，短暫的經典對所有人是一樣的。每一時代都會從體裁庫中刪掉一部分……但是，這一思考沒有堅實的基礎。我們最好將體裁的變動僅僅視為一種審美的選擇。①

弗勒的看法很適中，他客觀地指出了文學在縱向發展中所面對的問題。捍衛文學經典者與反對文學經典者都是持同樣的出發點，但是結果卻是經典的延續性很難被破壞。當代學者王寧在《「文化研究」與經典文學研究》一文中指出，一部文學作品是否經典取決於三個群體：文學機構的學術權威、有著很大影響力的批評家和擁有市場機制的讀者大眾。其中前兩類人可以決定作品的文學史地位和學術價值，後一種人則能決定作品的流傳價值。②讀者並不是指普通讀者，其必須置身於市場機制下且對市場反應比較敏捷。讀者大眾主要是從情感層面上來批評經典，因此感性成分往往占統治地位。同樣批評家並不是指所有批評者群體，因為批評家是文學理論成果的探索者、凝聚者和導出者，而經典的產生必須具備足夠的說服力。文學機構的學術權威是政府意識形態的工具，通過階級干預促使經典代表一種官方形象。政府在意識形態的控製方面必須做到主流，樹立一些價值原型，否則任何國家都無法形成主流道德和政治觀。這并不是政府的意識形態控制，而是為了保持歷史的延續和社會的長足發展。總之，這三方面的因素共同作用才能夠產生經典作品，而且這三方面的共同作用避免了單方面作用的缺失，使得經典作品不至於與非經典作品差距太大。

而就網路文學這方面來看，需要「被」經典實則需要付出與傳統文學同樣多的努力。儘管網路文學讀者和作者群體十分龐大，然而由於缺少了比較健全的批評模式與標準，對於經典的推介顯得力不從心。越來越多的網路小說和詩歌集被出版，每年都有文學網站的新秀被推崇，但是至今為止，仍然沒有被社會所認可的經典作品。那些影響頗大的作品，如《悟空傳》《第一次親密接觸》《鬥羅大陸》《泡沫之夏》《誅仙》《小兵傳奇》《夢回大清》《盤龍》等，至今未能被「經典」所接受。2009 年有關於選編《新中國 60 年文學大系》的調查，其中選編工作由中國作協相關權威專家擔綱，調查則由讀者從推薦的書系中挑選。調查結果顯示，基本沒有網路文學入選，不能不說這是網路文學無

---

① [美]哈羅德·布魯斯.西方正典[M].江寧康，譯.南京：譯林出版社，2005.
② 王寧.「文化研究」與經典文學研究[J].天津社會科學，1996 (5).

法「被」經典的尷尬。事實上並不是說網路文學沒有經典，而是網路文學缺少健全的批評機制和更完善的學術權威的認可。如果只擁有基數龐大的讀者大眾作為經典推介的基礎，結果只能是經典的泛濫、經典與非經典分類的無意義。

二、無法「被」正名的尷尬

網路文學在遇到無法「被」經典的尷尬時，實際上已經滋生了另一個重要的問題：無法「被」正名的尷尬。這兩者是牽引關係，是否能夠「被」經典在很大程度上取決於是否「被」正名，正所謂「同者同之，異者異之」（荀子語）。「異形離心交喻，異物名實玄紐，貴賤不明，同異不別。如是，則志必有不喻之患，而事必有困廢之禍。」[①]《荀子》的《正名篇第二十二》中反覆強調了「名」的重要性和必要性，如果不同的事物的名與實相混同，那麼社會中事物的同與異就不能區別，社會便無法正常運作。如此，對文學的規範首先重在對「名」的定性。其實，這裡的「正名」主要指的是對文學的身分認同。

長久以來，人們一直將精英文學視為文學之正宗、文學之正統，而大眾文學則得不到主流文學的認同。鄭振鐸就這麼形容「俗文學」：「凡不登大雅之堂，凡為學士大夫所鄙夷，所不屑注意的文體都是『俗文學'。」[②] 可以說俗文學（也就是大眾文學）自古就受到精英文學的排擠。法國結構主義理論家路易·阿爾圖賽認為，所謂意識形態，「是個體與其真實的生存狀態想像性關係的再現」。「意識形態是一個諸種觀念和表象的系統，它支配著一個人或一個社會群體的精神。」[③] 依照這種思路，文學領域內的意識形態便是國家機器支配下的主流文學。由於網路文學產生於民間，其中不乏文學價值較高的作品，但是基數過大，造成了整體評價的下降。因此，網路文學始終難以被主流文學所認同。除了上述網路文學得不到主流文學的文化意義上的認同之外，在這個具有後現代意義的中國社會，網路文學還缺少自我認同的需要。讀者在閱讀經典時，很容易能夠在其中找到自己的影子，并且為自己的行為開脫「罪名」——因為那是經典，理直氣壯地擴充了自我虛榮和精神空虛的雙向滿足。然而網路文學不能承受社會主體價值觀和道德觀的責任，讀者儘管奉獻自我的

---

① 安繼民（註譯）. 國學經典叢書：荀子 [M]. 鄭州：中州古籍出版社，2008.
② 鄭振鐸. 中國俗文學史 [M]. 北京：北京工業大學出版社，2009.
③ 周憲. 讀圖，身體，意識形態 [M] //汪民安. 身體的文化政治學. 開封：河南大學出版社，2004.

全部熱情，但是卻無法得到主流的肯定，因而缺乏自我認同感。

儘管中國作協公開表示歡迎網路文學的參與，放鬆了對准入網路作家的門檻，魯迅文學獎也為此修改了評獎條例，然而事實上無論是主流意識形態、批評家還是讀者大眾，對於網路文學是否能「正名」還是有異議的。主要的「瓶頸」是網路文學的非主流化，個體敘事的無規則。

只需要一瞥網路文學的部分作品就可以發現，文學體裁、內容、結構等都發生了全新的轉變。「文學市場上不見了往日的『宏大敘事'作品，而充滿了各種『稗史'性的亞文學作品和影視光盤。嚴肅的作家很難再找回自己曾在新時期有過的廣闊活動空間，為人生而寫作或為藝術本身而寫作的現實主義和現代主義美學原則一度變為為市場而寫作，或者為迎合讀者的口味而寫作。」①當代學者王寧一針見血地指出了20世紀90年代以來中國文學的這種現象。確實如此，在當代學者們越來越多地關注和研究全球化進程下各種事物的變動時，文學自身也不可避免地捲入這場攻擊。網路文學的非主流化意味著與主流文學界限鮮明。然而網路文學過度傾向於對個體敘事的崇拜，私人化創作替代了個性化。弗洛伊德以精神分析理論發現力比多的事實後，人們逐漸將目光轉移到性和身體上，然而這種轉移同時又給人們造成很大困惑：一方面對身體足夠清楚的意識，破除了非科學因素的影響；另一方面則意味著人類對身體的處境感到尷尬，伴隨著壓抑與無所適從。這種反向矛盾運動在福柯的身體理論中被認為是影響著現代社會的權力機制。并且，對性和身體的關注越來越激起對女性主義的推崇。在女性主義內部關於身體與性的學說中，也因而一直存在兩種意見：即本質論與建構論。前者認為女性身體建立在生物學基礎上，後者則在身體上加入了社會因素。② 當代女性創作因而也逃離不開這兩種觀點的牽引。

當「下半身」寫作已經成為繞不開的話題時，我們就需要提出這樣一個問題：何種底線能被主流文學所認同？當代評論家謝有順在《文學身體學》一文中這麼認為，海子和「下半身」，幾乎成為文學無法逾越的兩個身體限度：一個是反身體的，一個是身體崇拜；一個是代表極端的精神烏托邦，一個是肉體的烏托邦。③ 也就是說，文學的最高和最低兩個層面都被身體涉及了，

---

① 王寧. 全球化時代的文學及影視傳媒的功能：中國的視角 [M] //陳定家. IX全球化與身分危機. 開封：河南大學出版社，2004.

② 黃華. 權利，身體與自我——福柯與女性主義文學批評 [M]. 北京：北京大學出版社，2005.

③ 謝有順. 文學身體學 [M] //汪民安. 身體的文化政治學. 開封：河南大學出版社，2004.

並且「下半身」寫作觸及到了身體的社會意義，而非單純的「性來性去」「叫春拉肚」「脫衣舞試驗田」（《十美女作家批判書》，韓衛兵）。但是，網路文學不同。網路小說是對性的無規則放縱，是脫離現實意義的純粹的自我愉悅和滿足。比如《折翼天使》（太陽黑子）完全脫離社會意義的創作，純粹屬於精神娛樂，也不能歸屬於「下半身」寫作。

第五節　網路小說的未來展望

　　網路文學這種特殊的網路生活體驗為文學藝術提供了一種全新的隱喻世界，從而為文學發展提供了特殊的想像支點。互聯網在傳統的文學藝術與真實的世界之間構建起一個仿真的世界，一方面，它大大地滿足了人們企圖通過想像擴展自己現實世界的慾望；另一方面，網路世界具有比傳統傳媒更加可感的特性，它又滿足了人民潛意識中「夢想成真」的意願。這樣不斷地模糊藝術和現實邊界的結果，似乎應驗了100多年前歐洲唯美主義者對藝術的描述：不是藝術模仿生活，而是生活模仿了藝術。正如作家餘華所說的那樣：現在，網路給我們帶來一個虛擬的世界，與文學一樣，是一個沒有邊界的世界，它的空間取決於人民的想像力，有多少想像在出發，它就會有多少空間在出生。與文學不同的是，人們不需要在別人的故事裡去尋找自己的眼淚和歡樂，網路使人人都可以成為虛擬世界的主人，點動滑鼠就可以建造一座夢想中的宮殿，加密之後就像有了門鎖和電網。

　　就目前來看，網路小說應該是逐漸度過成長期，正向成熟期邁進。雖然還未出現具有很大影響力和說服力的經典作品，網路小說作家也沒有出現大師級的人物，但是我們對它的未來還是充滿信心。理由如下：

　　第一，經過幾年的萌芽成長，特別是經過這些年的喧嘩與歷練，網路小說逐漸走上了自己的發展軌道，開始形成自己獨特的形式和風格，這為後來者提供了借鑑和參考。

　　第二，隨著網路普及化，將會有越來越多的真正有才華和抱負的年輕人投身於網路文學的創作中，這將會為網路小說帶來一番新氣象。

　　第三，網路文學創作機制不斷完善和規範，特別是有各大出版社的介入和傳統媒體從網路選取稿件進行有償發表，會刺激更多的人加入創作行列之中。

　　不少人認為網路小說內容膚淺、語言過於放肆，再加上網路小說現已泛濫，好作品不多，前景並不樂觀。但青少年是網路小說最大的消費市場，只要

青少年繼續支持，網路小說的前景還是很樂觀的。不少中年人也受其影響，原因是網路小說寄予著他們對學生時代的回憶。或許網路小說會在曲折中發展，也許還會產生以網路小說為主的新行業。

互聯網的不斷發展，為很多喜歡小說創作的網民提供了廣闊的舞臺。網路小說的創作，出現了空前的繁榮。網路給很多人提供了一個寫作和發表的機會，吸引了眾多的人參加小說創作。目前，網路小說趨於發展中。在紙媒小說不景氣的今天，網路小說眾人點柴的欣欣向榮，朝氣蓬勃以及由此帶動起來的一批好的網路寫手，確實給小說界注入了生機和活力。任何事物都既有利的一面，也有弊的一端。網路小說的低俗化，與反低俗化也會不斷地進行著，像任何新生事物一樣，引起人們的種種爭議，然後又被人們接受和認可。網路小說雖然存在眾多的不足，但是它還年輕，正以強勁的發展勢頭向前推進。通過正規的商業化操作，採用提高作品質量門檻、規範語言等有效措施，可使網路小說朝一個健康、有序的方向發展。概而言之，網路小說的前途是光明的，道路是曲折的。當網路小說真正占領了圖書市場和影視市場，當網路真正成為人們的生活、工作方式時，網路小說就會成為大眾的主要閱讀對象，就像品茶、喝咖啡一樣，成為現代人的一種新的生活方式。

一、網路文學的未來就是文學的未來

後現代主義藝術在全球蔓延，電影、建築、繪畫、音樂、文學等藝術表現方式都潛移默化地被影響。僅從電影的誕生和發展來說，就是對文學領域的一個衝擊。20世紀初，默片的誕生給藝術界增添了許多奇異色彩，人們開始習慣在週末往電影院跑。1939年上映的彩色電影《亂世佳人》，在當時可謂轟動一時。影片耗資高達390萬美元，製片人大衛·塞爾茲尼兜更是在瑪格麗特·米歇爾這部小說出版一個月後用5萬美元買斷了小說的電影拍攝權。對原版著作的翻拍，在當時可以說是非常「時尚」的。那個年代，翻拍名著成為電影界的新寵，如《巴黎聖母院》《呼嘯山莊》《簡·愛》《苔絲》《基督山伯爵》；中國的四大名著、《色戒》《山楂樹之戀》《紅高粱》《太陽照常升起》等。經典名著被翻拍，給大眾的視覺和感官造成了巨大的衝擊，觀看電影更是縮短了大眾閱讀原著的時間，因而這些被翻拍的電影往往有良好的社會效益。同時，電影有一個特權，那就是能夠滿足大眾的窺淫癖。希區柯克的《後窗》和安東尼奧尼的《放大》就是比較早詮釋窺淫癖的電影嘗試。美國學者梭羅門指出：「電影業認為當代人是有觀淫癖的，這就使許多製片人感到不得不使

用兩性關係的畫面，而不問它是否同敘事有關。」① 這種心理學現象促使導演必須用兩性關係作為電影的一部分。縱觀當代電影市場，那些文藝電影，如中國導演賈樟柯、王小帥、陸川、王家衛，外國導演戈達爾、基耶斯洛夫斯基、安東尼奧尼、伍迪‧艾倫等的作品中，都不乏隱密或顯露的兩性描寫，而商業片則更是將兩性描寫作為吸引觀眾注意力的一個放大的焦點。電影畫面是對感官的一種較為直接的刺激，如果要追溯大眾觀淫癖的根源，那將是心理學分析的一部分。

被作為文學來對待，《金瓶梅》《查泰萊夫人的情人》《洛麗塔》《虹》《失樂園》，這些幾乎通篇描寫兩性關係的紙質書籍，或是因為感情的間接傳達，從美學角度去審慎的群體越來越局限。這種局限放大，就成為受眾兩極分化的導火索：理性的規範和感性的泛濫。而且毋庸置疑的是，前者是後者的子集。人類所有的快樂在本質上都是善的，因此，追求快樂是人類本能的行為。獲得滿足在本質上是追求快樂的一部分，那麼，當受眾挑剔地選擇畫面的享受時，紙質書籍的前景就越來越令人擔憂。

然而，這是針對電影之於文學的影響，卻忽視了電影自身受其他因素的衝擊。電影最先作為一種傳播媒介，主要通過影院來傳播信息。人們可以花錢買一張定時的電影票在城市的封閉性電影院裡欣賞電影。這種欣賞方式從默片時代一直延續至今，電影院也因而成為一個時代的美好記憶。然而當網路媒介的時代悄悄來臨時，電影藝術也受到潛在的影響。人們可以坐在私人的微型電腦前，免費享受一部基於名著翻拍的電影。這與最原始的紙質書籍閱讀方式可以說是大相徑庭。如此說來，每一種新生事物的產生，都伴隨著對傳統事物批判性地繼承；同時，新生事物也發揮了其被社會接受的優越性。但是無論是電影院模式、網路媒體還是紙質書籍，作為傳播媒介，永恆不變的一點是：它們自身不會消亡，也不會被其他媒介所取代。原因在於這些傳播媒介都有特殊的優越性：電影院的膠片運轉，私密的環境，畫面和音質的無可挑別；網路的方便快捷，免費欣賞的愉悅，以及隨處可看的便捷；紙質書籍對原始閱讀習慣的繼承，觸摸書籍的真實感覺，實實在在的不會消失的紙皮；等等。因此，當一種文學有多種傳播途徑時，讀者會隨自己所好去選擇接受方式。但是，傳統閱讀方式確實遭到了重創。網路與電影對傳統文學生存空間的擠壓已是不爭的事實，「速食文化」帶來的影響正是對傳統經典的排擠和誤讀，我們所要面對的

---

① ［美］S. J. 梭羅門. 作為後現代藝術的電影［M］//王岳川，尚水. 後現代主義文化與美學. 北京：北京大學出版社，1992.

是文學的未來該如何前進的問題。

關於文學,「考察一個現代國家的文學成就,小說方面的成就是一個重要的標誌」①。單從文學的眾多體裁來看,小說尤其是長篇小說以故事性的敘事張力、思想的表現力和完整性,成為文學之奇葩,藝術魅力經久不衰。《紅樓夢》《三國志》《追憶似水年華》《約翰·克利斯朵夫》《飄》,這些鴻篇巨制展現了超越時代的立體感,這是短篇小說難以達到的。縱向考查中國當代文學史,「十七年文學」記錄了新中國成立以來人民文學的種種使命,作家們關注現實生活,紛紛都以革命現實主義為主題進行創作。趙樹理曾說:「群眾愛聽故事,咱就增強故事性,愛聽連貫的,咱就不要因為講求剪裁而常把故事割斷了。」② 可以說,小說的故事性是受眾接受程度的一個指標。曲波的《林海雪原》以傳奇體樣式反應解放戰爭,趙樹理的《三里灣》、柳青的《創業史》反應了農業合作化的農村生活,還有為人民群眾樹立光輝形象的《紅日》《紅旗譜》《紅岩》;另外,像宗璞的《紅豆》、鄧友梅的《在懸崖上》、茹志鵑的《百合花》、陸文夫的《小巷深處》等都刻畫了人物複雜的內心世界。這一時期,小說的紀實性被提到日程上來。到了第二個時期,也就是「文化大革命」時期,文學思潮相對統一。《部隊文藝工作座談會紀要》成為「文化大革命」時期文學的「法律」。在全盤否定「十七年文學」的同時,江青一伙提出「根本任務論」「三突出」原則等創作理論,「革命樣板戲」成為當時的經典。而小說方面影響較大的黎汝清的《萬山紅遍》、姚雪垠的《李自成》等都是主流文學的典範。

新時期以來的文學展現了文學多樣化的一面。「傷痕文學」「反思文學」、改革文學、文化尋根思潮、現代派、新寫實等思潮此起彼伏,文學流派的更迭週期也相應縮短。詹姆遜提出後現代性以來,「後新時期」文化特徵逐漸清晰。尤其是20世紀90年代文學創作,多元與自由交相輝映,使文學張揚了它的獨特性。在現代主義階段,作家層也有斷裂傾向。王蒙、張賢亮、劉心武、馮驥才等都已經步入老年作家群;王朔、王安憶、張抗抗、韓少功、駱一禾、西川等也已到中年。他們都把創造、改革奉獻給了那個特定時期。而較年輕的則當數生長於20世紀70年代的作家們。例如一批女性作家開始受到追捧,以衛慧、棉棉最為火熱。這個群體熱衷於表現在城市中寄居的人及其人性,他們的小說中大多描寫情愛、酒吧、菸火、頹廢,以個性標榜自我,是與前兩個年

---

① 中國科學院文學研究所編寫組. 十年來的新中國文學 [M]. 北京:作家出版社,1963.
② 張岩泉,王又平. 20世紀的中國文學 [M]. 湖北:武漢大學出版社,2009.

齡層的作家截然不同的。而更為年輕的一代則是「80後」「90後」作家，也就是以網路文學為寫作基地的一大批文學創作群體。

這是文學史的發展脈絡，也是預示文學未來的前兆。「人自己在鏟除給定的不可預料的事物中建立起由他自己創造的不可預料的事物，」① 文學的發展沒有偶然性，只有必然性。

此時此刻，當我們被網路文學繁榮的景象包圍時，文學史依然在撰寫，并且網路文學會成為一塊里程碑。但是，很多文學史編寫者在編寫到文學消費和消費文學時就擱筆停止了，他們寧願將空白留給歷史自己填補，這是他們對文學前途的焦慮。

文學會有前途嗎？文學會被畫面所取代嗎？文學會基因突變嗎？讀者在質疑，作者在質疑，文學研究者也在質疑，但是答案只有一個——文學的未來就是網路文學。當代學者王寧認為，20世紀90年代以來中國文學處於「後新時期」，但是這個轉型時期不會持續太久，各種話語力量的角逐必定會有一個結果。② 這個觀點十分合理，正如「一代有一代之文學」，一個時代必定只能有一種文學成為主流，否則文學也不能發展。這個轉型時期正是網路文學成為文學未來的醞釀時期。文學的受眾是普通讀者，這個讀者群集納了五湖四海的各個年齡階段的人，可以是中小學生，也可以是領薪水的公職人員；可以是文化程度較低的人，也可以是高校教授學者。網路文學的閱讀群體從來都不拘泥於時間和地點，並且有些讀者對網路文學的迷戀往往都是超出想像的程度，甚至可以說遠遠超過過去人們對傳統文學的熱愛。普通讀者是滋養文學的露水，只有在讀者群眾的批評聲中才能不斷產生優秀的作品。普魯斯特曾說過，任何印象都是雙重的，一半包裹在客體之中，另一半則延伸到我們身上。作品的好壞取決於作品自身的優劣和讀者的批評。古往今來，有多少舉世聞名的著作都是在後世被忠實的讀者所推崇而成為經典。網路文學不可否認的事實是，讀者與作者都傾註了極大的文學熱情，文學的未來正是需要如此強烈的精神財富。

傳統文學對網路文學的一次次「寬容」，正是基於網路文學自身極大的魅力：文學創作者與讀者用新穎的思維瓦解傳統桎梏，這種文學形式的一次大換裝唱響了年輕一代的激情與才情。21世紀已過去十多個年頭，而這一時代的文學主力軍是「80後」「90後」，他們的生活環境與學習環境已經與生長在

---

① ［德］古茨塔夫·勒內·豪克. 絕望與信心——論20世紀末的文學和藝術［M］. 李永平，譯. 北京：中國社會科學出版社，1992.

② 王寧. 全球化時代的文學及影視傳媒的功能：中國的視角［M］//陳定家. 全球化與身分危機. 開封：河南大學出版社，2004.

「文化大革命」時期甚至更早時期的中年人群存在很大的差異。網路文學的主力軍都是聽著《春天的故事》成長起來的，從小接受現代化的教育，啃著麵包、喝著牛奶長大，他們擁有一顆活躍的、奮進的、善於挑戰的心，對於文學也有自己個性的思辨理解，其創造力也是無與倫比的。而且，這個轉型時期是不同於過去任何一個時期，因為西方思想泉湧而入，十足是一個「大雜燴」。古希臘哲人赫拉克利特就說過：「互相排斥的東西結合在一起，不同的音調造成最美的和諧；一切都是鬥爭所產生的。」① 那麼，在傳統與新興文學相互交融的這個關鍵時刻，碰撞所沉澱下來的就是最有價值的。

網路文學在發展的十多年間，新事物的產生逐漸取代舊事物，在文學領域引起了不小的反響。真正的起源不是在「開端」而是在「結束」，只有當社會和存在成為根本的即把握住自身的根源時，真正的起源才開始，而歷史的根源則是勞動的、創造的、改造和超越現實的人。② 事實證明，新世紀網路文學不是文學的反叛和悲悼，而是文學完成嶄新蛻變的結點。批評與擁護的熱烈顛覆了傳統文學原有的批評標準與模式，網路文學也在朝向自己的未來摸索著前進。當代學者陳曉明在《整體性的破解》一文中指出，當代文學並沒有在一個「歷史終結」的時期找到最恰當和有效的表達方式：作為一種適應和直接的表達，它是卓有成效的；而作為一種更積極、更有效地穿透這個時期並且展開新紀元式的話語創造，當代文學顯得缺乏創造的活力。③ 陳曉明拋出了一個實質性的問題，但是沒有給予解答。而當傳統文學四處尋求更完美的藝術表現方式時，他們沒有意識到網路文學的價值所在。文學寫作中弗洛伊德的「力比多」已經過度泛濫，曾經標榜著「寫作意味著激情、瘋狂和熱情，同時意味著整個肉體的完全投入」（朵漁語），而如今到極限了，到頂點了，也就意味著開始衰落。網路文學則是文學未來發展的新道路。當成熟的批評模式與批評標準建構起來後，網路文學的運轉將會史無前例地成功，那也將是文學史上的一次巨大更迭。

二、網路文學的未來就是人類的未來

長久以來，康·帕烏斯托夫斯基的《金薔薇》是一代又一代青年人勵志

---

① 周輔成. 西方倫理學名著選輯（上卷）[M]. 北京：商務印書館，1987.
② [德] 古茨塔夫勒內·豪克. 絕望與信心——論20世紀末的文學和藝術 [M]. 李永平，譯. 北京：中國社會科學出版社，1992.
③ 陳曉明. 整體性的破解——當代長篇小說的歷史變形記 [M] // 方寧. 批評的力量. 重慶：西南師範大學出版社，2009.

的金色小冊。1984 年版李時的譯本中，第二篇《碑銘》就講述了這樣一個故事：在拉脫維亞的一個村子裡，千百年來住著以捕鯡魚為生的漁夫們。然而波羅的海的風暴時常威脅著漁夫們的生命，以至於海邊立著一塊圓花崗石，上面刻著一行題詞：紀念那所有死在海上和將要死在海上的人們。然而村民卻有另外的解讀：紀念那些徵服了海和即將徵服海的人。在這個故事的背後，帕烏斯托夫斯基留給人們這樣的啟示：

　　作家的工作不是手藝，也不是職業，而是一種使命。……不能給人的視力增添一點點敏銳，就算不得作家。

　　一個人變成作家不僅僅是由於內心的召喚。我們聽見內心的聲音，多半是在青年時代，那個時候，我們感情的清新世界還沒弄得閉塞而混亂。

　　但一到成年時代，除掉內心的召喚的聲音而外，我們又清楚地聽見一種新的強烈的召喚——自己的時代和自己的人民的召喚，人類的召喚。①

　　將使命作為作家一生的事業，不能不說這是對作家最高的致敬。因為文學從來都是流淌著生命之血的，無論怎樣都要繼續作家對於文學的這份忠誠和赤心，對人類精神的永續。作家，一分鐘都不能屈服於精神和苦難的脅迫。只有將文學視為生命中不可或缺的糧食時，文學才不至於失去它最本質的光芒。正如「70 後」作家棉棉在《糖》序言中的自我剖析：「寫作在治療我的同時，也曾經嚴重毀壞了我的生活，跟突如其來的名聲一起。而我終於有機會可以學習愛與知識，終於可以對光明與完美保持期待。寫作對我來說不再是一件痛苦的事情。我希望我的寫作可以盡可能不虛榮。」② 在這個物欲橫流的商業化時代，棉棉可以說保持了特立獨行的行事風格，她的自白應該說是對文學的坦誠。當寫作拋卻了浮華的辭藻、雕琢的造句、矯情的情節，而使文學成為一種心靈純粹，那麼寫作終於可以步入正軌，成為生命的又一次出發。

　　中國當代文學的未來，無論是作者、讀者還是批評家，都有著些許的絕望。為什麼會出現這種現象呢？有一個方面是不容忽視的，即關於文學實用主義的思想。劉克敵在《陳寅恪與中國文化精神》一書中談及陳寅恪對傳統文化的評價時，他指出中國傳統文化只重實用主義，又由於這種實用傾向是在倫理道德領域，所以既不能促進自然科學發展，也不能有真正純粹的精神哲學出現以給國人精神的救藥，因而中國傳統文化只有走向衰落。③ 而作為文化之核心的文學，也因此遭際了致命的打擊。中國傳統文化在西方新思想未大量進入

---

① ［蘇］康·帕烏斯托夫斯基. 金薔薇［M］. 李時，譯. 上海：上海譯文出版社，1984.
② 棉棉. 糖［M］. 珠海：珠海出版社，2009.
③ 劉克敵. 陳寅恪與中國文化精神［M］. 福州：福建教育出版社，2009.

之前，由於缺乏可比性，因此也沒有人覺得不適合，而在新思想湧入之後勢必產生「優勝劣汰」的結果。事實證明在當代，傳統文學的發展力量明顯受到新勢力的制約，而這種新勢力則是以網路文學為代表的非傳統文學。在最初，文學的重實用成為傳統文學的一個代名詞。「興觀群怨」「思無邪」「學而優則仕」，這些教誨人民群眾的思想曾經壟斷文學話語權，可以說操持這種實用主義文學觀的作家大都是「以文學為生活」（王國維語）的文學家。他們視文學為一個職業，一種技術，文學創作也帶有鮮明的功利性；而相反，現今的網路文學是與傳統文學針鋒相對出現的，網路文學最初的嘗試是出於自覺的無用。「無用」指的是與功利性相對的無實際用途，只注重文學自身的審美性。持文學無用觀的網路文學作家大都是「為文學而生活」（王國維語），憑藉對網路文學的喜愛與忠誠去奮不顧身地創作，並且能使自己徹底地沉浸在文學的世界裡。這兩種截然不同的文學觀的際遇，在當代已經發生過許多化合反應。而在轉型發展之後，文學未來的走向又該如何呢？答案不言而喻。網路文學在經歷了十多年的發展後已是融合了多種元素，但是唯一不變的是——文學的「無用」依然故我。變化的只是包裝文學的彩色蠟紙，實質內容仍具有最高的純粹。

絕望是孤獨的墓地，絕望的另一面是無意識中萌生的希望。而這種對文學的希望正在我們眼前，正在當下——那就是網路文學的未來！「中國文學自古以來都是有立場的，所謂生命的立場——文學是生命的文學，學問是生命的學問。」① 在整個人類的發展過程中，人的生存方式和感知方式并不是一成不變的，恰恰是在歷史塵埃的滌蕩下走向新的變化。文學也是一樣，每年成千上萬本文學著作面市，而能夠被所有人都熟知的作品又有多少呢？這些年來文學已經出現了斷層，列維·斯特勞斯、J.杜威、羅蘭·巴特、諾斯洛普·弗萊、馬爾庫塞、歐文·白壁德、瓦爾特·本雅明、米歇爾·福柯……他們創作出的具有歷史開拓性的理論著作已經距離我們很遠了。儘管文壇依然滿天繁星，然而卻是撲朔迷離，缺少持久性的震撼人類的經典巨著。文學與哲學、理學不同，後者的理論成果必須經過實踐和空間的雙重實驗，而文學的成果是即刻綻放的火花。這種差異的造成意味著當代文學（尤其是文學和文化理論）似乎已經停滯不前。其中一個原因在於當代的文學創作缺乏了「文學的質」，缺乏了文學對生命價值的拷問和追尋。

不言而喻，在全球化語境之下，人們越來越質疑文化認同這個重要的問

---

① 謝有順. 中國當代文學的有與無 [J]. 當代作家評論, 2008 (6).

題。中國傳統文學毫無疑問屬於傳統文化的一個部分，傳統文學或多或少地與中華民族古老的歷史連結在一起。然而這種帶有教條性的連結卻讓傳統文學陷入尷尬的境地：文學的本質是跨越了民族的無邊界審美屬性。文學不應該受制於各種權利。如果只將文學放到中國的國家製度下，那只會導致一種主流：民族文學本質化。我們回顧中國當代文學的「尋根文學」，作家韓少功在《文學的「根」》中聲明：文學有根，文學之根應深植於民族傳統的文化土壤中。這股思潮在於重新把握住民族文化的特殊本質，然而如果將尋根文學置於整個人類文學語境之下，則缺少了超越性的一面。顯然「復古」的文學缺少持久發展的動力內核。當代學者南帆認為：「如果一個民族製造了某種『民族本質』的神話掩護自己悄悄地撤出歷史的脈絡，那麼，這個民族肯定無法成為立足於全球化之中的民族。」① 如同南帆所說，全球化浪潮已經成為事實，保留民族特色的文學或文化當然無可厚非，只是我們應當把民族文學作為經典以流傳，而不是作為權利來行使。任何一個民族都不能故步自封，在我們的肉身已經全球化的現實之下，精神的全球化已經不遠。

歷史是個沒有邊界的概念，每一個時期都有時代賦予它特定的人文特質、文化內涵和科學判斷。作為當下具備歷史性的文學，我們必須直面網路文學和它所帶來的一系列「海嘯」。在全球化的商品經濟浪潮中，網路文學具備了適應這一時期的歷史性的三大法寶——媒介傳播、圖像生成、文學內涵。這三大法寶分別對應了人類生存的三個層面，即物質層面、科學技術層面和精神層面。

第一個層面是媒介傳播，也是消費時代下最明顯的特徵。人類文學藝術最早的傳播方式有舞蹈、繪畫、歌唱、書寫等，之後通過口口相傳，形成了「口頭的文學」。在印刷術和造紙術發明之後，人類開始使用紙作為傳播信息的媒介。發展至近現代則出現了廣播、電視、報紙等比較現代化的信息傳播媒介。而最近出現的也是最先進的當屬網路了。通過網路可以傳播各種各樣的信息、圖像、音樂、影視、文字，無論是動態的還是靜態的，網路的傳播也漸趨平民化和生活化。并且事實證明，現代人已經越來越離不開網路媒介，甚至電視、廣播都運用了網路作為第二媒介。網路作為傳播媒介，除了最基本的傳播途徑外，它還引來了一系列的物質效應。廣告商和出版商就會瞄準這塊豐盛的蛋糕——有媒介的地方就會有廣告商的腳印。他們採取各種各樣的方式為網路

---

① 南帆. 全球化與想像的可能 [M] //陳定家. 全球化與身分危機. 開封：河南大學出版社，2004.

時代中的消費方式添加上第二種色彩，并且越來越赤裸裸地攫取物質利益。事實上這也是社會發展的良性循環。

第二個層面是圖像生成，它屬於科學技術層面。因為現在多媒體運用已經十分普遍，技術的更新換代也越來越迅速。在消費時代中，各種各樣的圖像已經成為人類生活不可或缺的調味品。地下通道兩邊各式的海報貼圖，百貨商場上巨幅的商品廣告，書籍、雜誌裡裡外外的彩色圖片，形形色色的圖像宣告了圖像時代的來臨。人們不願意在忙碌的工作之餘還要埋頭於黑白兩色世界中。

第三個層面是文學內涵，這是網路文學最核心的因素。網路文學不是繪畫和音樂，它依然脫離不了文學的本質。文學是人類最原始的精神財富，也是每一個人都可以用來實現生命價值的手段。這三個方面是其他任何文學形式都不具備的，所以只有網路文學才能順應這個時代的發展。

網路文學的現狀已經超越了很多人的預言，它的迅速發展已經告示人類——人類的未來屬於網路文學。在三大法寶的共同制約之下，網路文學才能夠彰顯出這個時代的歷史性特徵。我們只有對網路文學進行合理規範，構建一個全新的網路文學批評模式，才能使網路文學的未來大放異彩。

國家圖書館出版品預行編目(CIP)資料

當代網路文學研究/ 黃衛 著. -- 第一版.
-- 臺北市：崧燁文化，2018.07

　面；　公分

ISBN 978-957-681-362-7(平裝)

1.文學 2.文學評論

810.7　　　　107011016

書名：當代網路文學研究
作者：黃衛
發行人：黃振庭
出版者：崧燁文化事業有限公司
發行者：崧燁文化事業有限公司
E-mail：sonbookservice@gmail.com
粉絲頁　　　　　網址：
地址：台北市中正區重慶南路一段六十一號八樓815室
8F.-815, No.61, Sec. 1, Chongqing S. Rd., Zhongzheng Dist., Taipei City 100, Taiwan (R.O.C.)
電　話：(02)2370-3310 傳　真：(02) 2370-3210
總經銷：紅螞蟻圖書有限公司
地址：台北市內湖區舊宗路二段 121 巷 19 號
電話:02-2795-3656　傳真:02-2795-4100　網址：
印　刷：京峯彩色印刷有限公司（京峰數位）

　　本書版權為西南財經大學出版社所有授權崧博出版事業股份有限公司獨家發行電子書繁體字版。若有其他相關權利需授權請與西南財經大學出版社聯繫，經本公司授權後方得行使相關權利。

定價：350 元

發行日期：2018 年 7 月第一版

◎ 本書以POD印製發行